第一本左右跨頁完整呈現拉丁語、希臘語的英語起源

英文字源解剖全圖鑑

原島廣至 —— 著

Harashima Hiroshi

前言

為什麼要「解剖」英語單字？

　　醫學生要成為醫師，就必須透過人體解剖，學習解剖學用語的名稱並確認位置。學生不但要記住 200 多種骨骼的名稱，也要背每塊骨頭各部位的中英文名稱，有時甚至連拉丁語名稱也要背起來。舉例來說，我們來看看肱骨，也就是上臂的骨頭。雖然只是一根骨頭，但骨頭表面上的突起、凹陷處、孔洞，每個細部特徵都有其名稱，包括肱骨頭、大結節、大結節嵴、結節間溝、小結節、小結節嵴、肱骨體、三角肌粗隆、橈神經溝、鷹嘴窩、冠狀窩、橈骨窩、肱骨小頭等等……除此之外，還要記住 head of humerus, greater tubercle, crest of greater tubercle, intertubercular sulcus, lesser tubercle, olecranon fossa, coronoid fossa, radial fossa, capitulum of humerus 等等對應的名稱。

　　前面列舉的用語還只是解剖學中最基礎的部分。接下來，還要記憶多達 650 條肌肉的名稱，以及每條肌肉連接哪塊骨頭的哪個部位、受到哪些神經控制、由什麼血管補給養分，又具備怎樣的功能。另外還要學習神

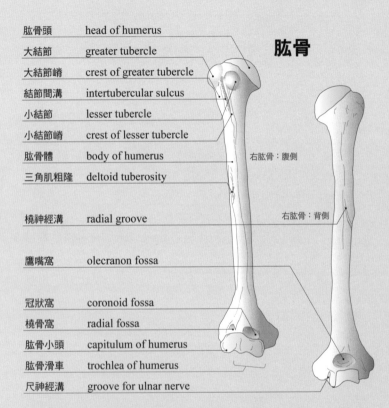

肱骨頭	head of humerus
大結節	greater tubercle
大結節嵴	crest of greater tubercle
結節間溝	intertubercular sulcus
小結節	lesser tubercle
小結節嵴	crest of lesser tubercle
肱骨體	body of humerus
三角肌粗隆	deltoid tuberosity
橈神經溝	radial groove
鷹嘴窩	olecranon fossa
冠狀窩	coronoid fossa
橈骨窩	radial fossa
肱骨小頭	capitulum of humerus
肱骨滑車	trochlea of humerus
尺神經溝	groove for ulnar nerve

肱骨

右肱骨：腹側

右肱骨：背側

人體構造的每個細節都有其解剖學用語。上圖顯示一部分的肱骨解剖學用語（還有其他的部位名稱）。有了這些名稱，才能正確又簡潔地表達人體的正確部位。圖片參照拙作《圖解：骨骼單字大全》（日本丸善雄松堂出版，台灣已由楓書坊出版）。

經、血管、淋巴、消化器官、呼吸器官、泌尿器官、內分泌器官、生殖器官，以及腦部的立體構造，同時也必須記住這一切的解剖學用語。光靠閱讀以文字表達的書、死背內容，學習效果是有限的。人體解剖學必須透過長時間實習，「理解」各個器官複雜的構造、立體位置關係，以及器官之間的關聯，才能有系統地記住解剖學的用語。

學習解剖學用語，其實和英語學習有共通之處。雖然一味死背數百、數千個單字也是一種方法，但透過分析英語單字的構成要素、了解其構造與歷史，從多種角度「理解」單字後再背誦，更能加深對單字的認識。

請看前面提過的一個肱骨部位「結節間溝」。從中文「結節」來看，可以想像這裡有兩個突起的節點，而節點之「間」有一條「溝」。結節間溝的英文則是 intertubercular sulcus，如果深入研究其中 intertubercular 的字源，可以分解成表示「在…之間」的字首 inter-、表示「突起，腫脹」的字根 tuber-、形成小稱詞的 -cul、形成形容詞的字尾 -ar 等構成要素，這樣即使不查字典，也可以推測出意義。

人體器官基本上是由覆蓋臟器表面或消化管內側的「上皮組織（epithelium）」、維持器官形狀的「結締組織（connective tissue）」、負責器官運動的「肌肉組織（muscle tissue）」，以及傳達中樞神經的命令，並且向中樞神經傳達器官狀態的「神經組織（nervous tissue）」所構成。雖然心臟、胃、腸、肝臟、膀胱等各種器官看起來都不一樣，但上述基本構造卻是共通的。這些組織協調運作，各個器官才能正常發揮功能。

舉例來說，包覆器官的上皮組織有「單層扁平上皮」「單層立方上皮」「單層柱狀上皮」「複層扁平上皮」「偽複層柱狀上皮」「移形上皮」等多種類型。單層扁平上皮既平又薄，所以在負責氧氣及二氧化碳等物質交換的血管內皮和肺泡上可以看到。單層柱狀上皮由高度較高的細胞並列而成，適合用於吸收或分泌，所以在胃、小腸、大腸、子

血管

單層扁平上皮

消化管

單層柱狀上皮

皮膚

肺

複層扁平上皮

纖毛上皮

宮內壁可以看到。複層扁平上皮由許多細胞層層相疊而成，出現在皮膚、口腔黏膜、食道黏膜等等需要承受機械性磨擦的部位。身體就是像這樣依不同部位的需求配置合適的上皮組織。

　　許多英語單字也有共通的結構。英語單字可以分解成開頭的「字首（prefix）」、承載核心意義的「字根（root）」，以及加在結尾的「字尾（suffix）」。

prefix ＋ root ＋ suffix
字首　　　　　　字根　　　　　　字尾

例：**ana-** ＋ **tom-** ＋ **-y**

[ə`næ]　　　　[təm]　　　　[ɪ]

字首　　　　字根「切割」　　　字尾

「解剖，解剖學」

　　我們來看看字首的部分。字首是接在字根前面，為字根添加各種特殊意義的成分。例如上面所舉的 anatomy 這個例子，字首 ana- 有「在上方，徹底地，再次」的意思。所謂「解剖」不是只有「切」而已，而是「徹底地切割」，並且仔細觀察切開的東西，研究其構造與功能。而在病理解剖、法醫解剖的情況下，解剖

也有徹底研究病因、死因的意味。接下來，關於字根的部分，請看右頁的單字列表。這些例子顯示，字根 bio- 加上各種字首、結合形式、字尾，可以形成各式各樣的單字。由此也可以看出，因為要表達適當的意義，所以才加上了符合字義的字首。人體器官和英語單字都一樣，可以藉由分解並分析構成要素，或者說透過「解剖」的方式，了解各個部分的意義、特徵與作用，並且達到全面的理解，進而培養應用的能力。對於字首、字尾有大致的了解，一定會對於養成分析主要字首、結合形式、字尾的習慣有所幫助。

　　熟悉字首，對於增加詞彙量會很有助益。例如 pre- 這個字首有「在前面」的意思。pre- 加在 judge [dʒʌdʒ]「判斷」前面，可以形成 prejudice [`prɛdʒədɪs]。這個詞是什麼意思呢？因為是「在前面先判斷」，所以是「偏見」的意思。就算不認識 prejudice 這個單字，但只要知道字首 pre-，就有可能推敲出單字的意義，記憶也會變簡單。

（這裡列出的只是含有 bio- 的單字中的一小部分）

anabiosis	從假死中復蘇
anhydrobiosis	無水生活
antibiotic	抗生素
biochemical	生物化學的
biochemist	生化學家
biofeedback	生物回饋
biographer	傳記作家
biography	傳記
biological	生物學的
biologist	生物學家
biology	生物學
biometry	生物統計學
biotechnology	生物科技
biosynthesis	生物合成
dysbiosis	腸道菌叢失衡
epibiosis	附生
metabiosis	後續共生
symbiosis	共生，互依關係
trophobiosis	營養共生

看到這個單字列表，或許會覺得都是很困難的專業術語。這個列表中的單字都是希臘語字根 bio- 加上希臘語字首或結合形式所構成的。英語的日常用語（father, son, give, book, fish, king 等等）大多源自日耳曼語，其中稍微難一點的詞語則是源自拉丁語（family, picture, computer 等等）。所以，中學時學習的英語單字，大多源自日耳曼語或拉丁語，但醫學用語及科學用語則有許多源自希臘語的單字。之所以會有這樣的差別，原因在於英語「借詞」的歷史。

古羅馬人在政治上征服了希臘，但在文化上反而是希臘人佔上風。所以，在古羅馬人所說的拉丁語中，就借用了希臘語的詞彙來說明專業事項。之後，拉丁語在各地發展出不同的方言，形成法語、義大利語、西班牙語等等的分支。後來英國因為被法國諾曼第地區的君主征服的關係，使得上流階級說起了法語，法語詞彙也融入一般民眾所說的英語中。文藝復興時期，學者又將更多源自拉丁語及希臘語的借詞引進英語。

就這樣，島國英國在歷經多次來自歐洲大陸的侵略之後，英語中的借詞變得相當廣泛，最終也成為世界上詞彙最豐富的語言。

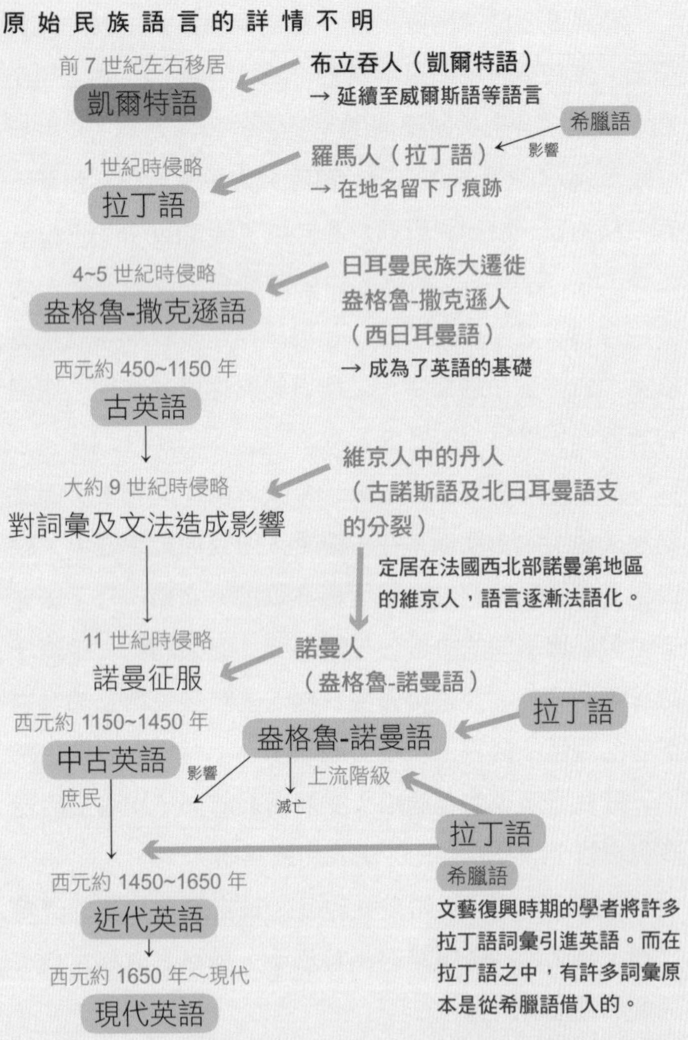

英語的基礎是盎格魯-撒克遜語，所以源自盎格魯-撒克遜語的單字稱為固有詞（native word）。相對地，從其他語言借入的詞彙，則稱為借詞（loanword）或外來詞。在本書解說字首與結合形式的 Part 1、2，將源自盎格魯-撒克遜語的固有詞，以及來自諾斯語等日耳曼語系的詞語都標示成「源自日耳曼語」，並以綠色表示。

至於源自古羅馬拉丁語的詞彙，或者因為諾曼征服而大量進入英語的法語詞彙，在本書中不論中途是否經由法語而來，都以紅色表示源自拉丁語。源自希臘語的單字則是以藍色表示。

如果注意這些顏色的區分，應該會發現源自日耳曼語的單字通常是日常用語，而源自希臘語的單字則有許多專業術語。

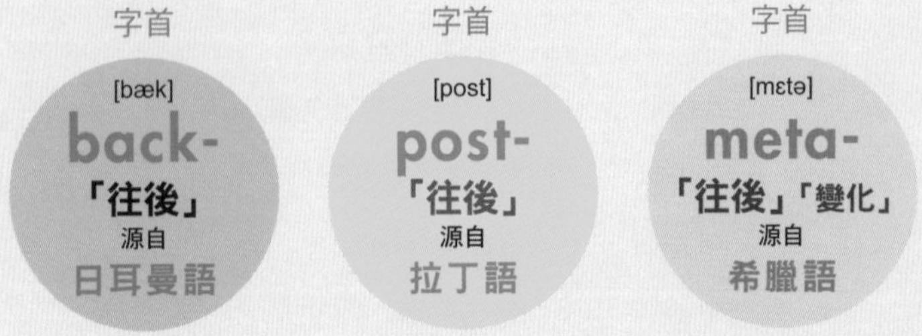

另外，有一個原則是源自拉丁語的字根基本上會搭配拉丁語的字首，源自希臘語的字根則搭配希臘語的字首。以大字表示的單字中，源自日耳曼語的字首以深綠色表示，而源自日耳曼語的字根則是淺綠色。源自拉丁語的字首則是深紅色，拉丁語的字根是淺橘色。

日耳曼語字首（綠）

[ˈforˌkæst]

forecast

「預測」

日耳曼語字根
（淺綠）

拉丁語字首（深紅）

[ˈʌltrəˈvaɪəlɪt]

ultraviolet

「紫外線」

拉丁語字根
（淺橘）

希臘語字首（藍）

[ˈɛnə-dʒɪ]

energy

「能量」

希臘語字根
（淺藍）

不過，也有來源不同的成分組合而成的「混種詞」（hybrid）。這種單字幾乎都是比較新的詞彙，但偶爾也會在歷史比較久的單字中看到。在日語中，也有和語（日語固有詞）和漢語結合而成的混種詞，例如前為漢語音讀、後為日語固有訓讀的「新顏（shin-gao，新人）」

[pə-ˈhæps]

perhaps

「或許」

[ˈtɛlə-ˌvɪʒən]

television

「電視」

「金星（kin-boshi，成就非凡的功績）」，以及前訓讀、後音讀的「敷金（shiki-kin，押金）」「高台（taka-

dai，高地）」，原本都不是正確的讀音，但現在已經是一般人習慣的讀音了。在歐美地區，有人會意識到希臘語和拉丁語的區分，但也有人不會區分，而將兩者混在一起造詞。在日本也有類似的情況，「重複（juu-fuku）」的一般讀法是前為吳音（歷史較早的漢字讀音）、後為漢音（時期較晚的漢字讀音），有些日本人強烈主張「全部使用漢音的讀法 chou-fuku 才對，juu-fuku 是錯的」，但也有些日本人一點也不在意。

本書的其中一個目的，是讓讀者意識到「源自日耳曼語」的單字、「源自拉丁語」的單字及「源自希臘語」的單字之間的不同，這是想要研究字源的人應該做的第一件事。

不過，在閱讀本書的時候，應該也會發現相同意義的字首在希臘語、拉丁語中的形式相似的現象。

拉丁語　　希臘語

[sʌb]　　[haɪpo]

sub- hypo-

「在下面」

拉丁語　　希臘語

[supə]　　[haɪpə]

super- hyper-

「在上面」

拉丁語和希臘語單字類似的情況，雖然也有可能是從希臘語借入拉丁語的借詞，但拉丁語字首則是在羅馬

人接觸希臘語之前就存在於拉丁語，所以不是借詞。事實上，包括拉丁語、希臘語及日耳曼語在內，從歐洲到印度地區的數百種語言，最早都源自相同的原始語言。從這個原始語言，分裂出一些語族，並且一再開枝散葉至今。所以，關係相近的語種，發音和拼字也相似，而關係較遠的語種往往會有很大的差別。

　　如果用人體來比喻的話，就像是構成人體的數百種細胞，也都是從同一個受精卵分裂、分化而產生的。受精卵一開始分為「外胚層」「中胚層」「內胚層」三大類細胞，由此繼續不斷發展，成長為人體中的組織與器官。要學習人體解剖學，就必須先學習人體的發育過程。同樣地，了解語言的歷史，對於理解現代英語的樣貌是很重要的。困擾英語學習者的問題，包括英語發音和拼字不一致，以及同一個單字的英式和美式拼法有時不太一樣。對於這些現象的原因，必須從英語單字的歷史著手，才能解釋清楚。

　　只要研究英語的歷史，就會知道所謂的「不規則」變化，其實並非真的「不規則」，它們在過去也是一種「規則」變化，只是因為各種變化方式互相競爭，才逐漸統一為單一的變化方式，但日常生活常用單字的變化形沒有被統一，而是保留了原本的形式，才顯得不規則。如果能讓讀者透過本書體會英語規則的深奧與趣味，將是我的榮幸。

原島宏至

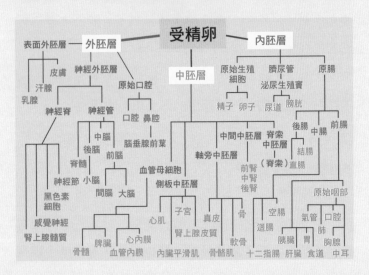

日本原版製作人員

書籍設計：吉岡秀典（セプテンバーカウボーイ）
內文插畫：飯村俊一
校　　正：小林達也、田中李奈
校　　對：白石よしえ、鎌田孝
圖　　片：原島廣至、大塚航、堀場正彦
shutterstock.com
wikimedia commons

Contents

Part I 解析英語的字首

Part **II** 解析英語的「結合形式」

Part **III** 解析英語的「字尾」

Part **VI** 解析英語的「字母」

本書內文的標示

英語音標與各種用語

● **英語單字的音標** 本書中英語單字的發音，主要採用台灣師生較為熟悉的 KK 音標，並以方括號 [ ] 表示。然而，對於古英語或其他語言，KK 音標無法正確標示非英語的語音，所以除了現代英語以外的發音，都採用國際音標（International Phonetic Alphabet，簡稱 IPA），並以斜線 / / 表示。（順道一提，在語言學的文獻中，/ / 是表示音位，[ ] 則是表示實際的發音，例如古英語的 /s/ 實際上有 [s] 和 [z] 兩種不同的發音，/f/ 的發音則會是 [f] 或 [v]。但在本書中，/ / 和 [ ] 是用來區分 IPA 和 KK 音標兩種不同的標音系統。）

● **英式英語和美式英語** 英式英語和美式英語的發音、拼字有些許差別，例如 color（美式）和 colour（英式）、center（美式）和 centre（英式）、apologize（美式）和 apologise（英式）等等，本書主要採用美式的拼法。在美式英語中，o 在有重音的閉音節（有子音結尾的音節）發音是 [ɑ]，在無重音的閉音節則是 [ə]，例如名詞 content「內容」的發音是 [ˋkɑntɛnt]，動詞 contend「競爭」的發音是 [kənˋtɛnd]。

● **古英語和中古英語** 在古英語和中古英語的時期，拼字還不統一。即使在相同的時期中，隨著英國內部方言的不同，以及書寫者的個人偏好，也會有各種不同的拼法。所以，請留意本書中採用的拼法，只是各種拼法中代表性的例子，而相同的詞彙還會有別的拼法和唸法。在語言的變化方面，有一些推測的情況，也有可能隨著新的研究而發現更正確的資訊。

● **希臘語** 本書中的「希臘語」是指古典希臘語、通用希臘語等古代的希臘語。需要標註希臘語發音時，以古典擬音表示。

● **拉丁語** 本書中的「拉丁語」是指古代的拉丁語。需要標註發音時，也以古典時期的發音為準，而不是後來的教會式發音。雖然在初期拉丁語之後，h 就變得不發音了，但本書還是會表示出 h 的發音。至於拉丁語母音的長短，即使是同一個單字，在不同的字典可能也會有差異。

● **原始印歐語** 原始印歐語使用的 * 符號，表示推測的形式，拼法則會隨著各個學者和文獻而有差異，書中呈現的只是其中一種形式而已。

解析英語的「字首」

Part I

在 Part I，首先將大致說明英語單字的結構，接著將介紹其中一項重要構成要素「字首」。文中也將特別對源自拉丁語及希臘語的字首進行對比，探討彼此之間的差異及相似處，還有不同字首之間出人意料的歷史連結。只要能夠理解字首，它們就會成為提昇英語字彙量的強大武器。

Anatomy of "Prefixes" of English

分解英語的「單字」

帽子（字首）＋身體（字根）＋尾巴（字尾）

英語單字是由幾個部分構成的！

字首	字根	字尾	
pro- +	**port** +	**-ion** =	**proportion**
「往前」	「分配」	「結果」「動作」	「比例，比率，均衡，部分」

TOPICS
1

有必要背字首和字尾嗎？

就算不背字首和字尾，一樣能開口說英語。不過，如果記得一些重要的字首和字尾，在記憶新的單字時很容易就能記住。而且，看到不認識的單字時也能從字首和字尾推測它的意義。

如果增加或替換「帽子」（字首）、「尾巴」（字尾）的話…

proportion

「比例，比率，
均衡，部分」

disproportion

「不均衡」

dis- 是表示「相反、否定」的
字首

proportional

「成比例的」

-al 是形成形容詞或名詞的
字尾

reapportion

「重新分配，重新分派」

字首 re- 表示「再次」，
ap- (ad-) 表示「往…」

> 雖然結尾是
> -tion，但其實是
> 動詞

加上字首或字尾，就能產生各種單字！

TOPICS
2

「字首」、「字尾」和單字有何不同？

在文法上，字首、字尾是指加在單字前後、為單
字增添意義的部分，而不是獨立的單字。中文的
「非…」、「未…」也可以視為字首，「…性」
則可以當成字尾。

complete
完成的

字首
incomplete
未完成的
字首

in- 和「未…」不是獨立的詞語。

字首、字尾的主要功能

→ 字根是「意義的核心」。字首為字根補足意義。
字尾是為了改變單字的詞性而添加的。

字首是為字根補足意義的部分
→ 本書 Part 1 p.26 之後

字尾是為了改變單字的詞性而使用的
→ 本書 Part 3

字首　　　　　字根　　　　　字尾

pro- + port + -ion
「往前」　　「分配」　　「結果」「動作」

字根是意義的中心

有許多字首表示位置關係或方向、時間的前後關係，例如 com-「一起」、in-「在裡面」、super「在上面」。

「結合形式」雖然和字首一樣用在單字的開頭，但同時也具有核心的具體意義，是將字根加上連結母音而產生的（gravi-「重的」、neo-「新的」等等）。本書的 Part 2 將介紹一些結合形式的例子。

新發明的英語單字，也有很多並不是依照這樣的結構形成的。Part 4 將會介紹各種不同的「造詞方式」。

詞性是什麼？ → 依照單字在句中的功能而定的分類。
字尾經常用於構成名詞、形容詞、動詞、副詞。

[ˋkɑtɪdʒ]
cottage
小屋

-age 是構成名詞的字尾

名詞
[naʊn]
noun

人事物的名稱。

[ˋkʌləfəl]
colorful
色彩繽紛的

-ful 是構成形容詞的字尾

形容詞
[ˋædʒɪktɪv]
adjective

修飾名詞的單字。

[ˋhesn]
hasten
趕快

-en 是構成動詞的字尾

動詞
[vɝb]
verb

表示動作或狀態的單字。

[ˋkwɪklɪ]
quickly
動作快地

-ly 是構成副詞的字尾

副詞
[ˋædvɝb]
adverb

修飾動詞的單字。

[hi]
he 他
代名詞
[ˋpronaʊn]
pronoun

代替名詞的單字。也被視為名詞的一種。

[ðə]
the 那個
冠詞
[ˋɑrtɪkl]
article

加在名詞前面。英語裡有 a, an, the。

[aʊt]
out 從⋯出來
介系詞
[͵prɛpəˋzɪʃən]
preposition

放在名詞前面，為名詞增添地點、時間等意義。

[tu]
two 2
數詞
[ˋnjumərəl]
numeral

表示數目的單字。

ah! 啊！
感嘆詞
[͵ɪntɚˋdʒɛkʃən]
interjection

表示感嘆、應和或呼喚的詞語。

and 和
連接詞
[kənˋdʒʌŋkʃən]
conjunction

連接字詞與字詞、句子與句子的單字。

TOPICS
3

「詞性」用英語怎麼說？

在英語的文法用語中，詞性稱為 part of speech，縮寫是 PoS。乍看之下會以為只是「會話的部分」這種普通的意思，要特別注意。名詞、動詞、形容詞、副詞、冠詞等等，就是構成會話（也就是句子）的「零件」。

字根是什麼?

字根和詞幹有什麼不同?容易混淆的兩個用語

英語的字根是 root(根),詞幹是 stem(莖)

→ 在英語中,「字根」是去掉字尾、字首後剩下的部分。
「詞幹」是動詞或名詞去掉詞尾變化後剩下的部分。

tennisplayer
「網球選手」

gameplayer
「遊戲玩家」

衍生詞

playerless
「沒有玩家的」

players
「玩家們」

詞幹

詞幹
stem
=植物的莖

player
「玩家」「選手」

字根

字根
root
=植物的根

play
「玩」

動詞去掉第三人稱單數的字尾 -s、
現在分詞的字尾 -ing、
過去式的字尾 -ed,
名詞去掉複數的字尾 -s,
剩下的部分就稱為「詞幹」,也就是動詞或名詞變化形的骨幹。動詞的詞幹就是所謂的原形。
→沒有動詞這種變化的形容詞、副詞、介系詞等等,
不稱為「詞幹」(但在非英語的語言之中,也有會產生詞尾變化的形容詞)。

字根是指將單字拆解到最後,剩下最基本意義的部分。也可以說是單字去掉字尾、字首後剩下的部分。
→除了動詞和名詞以外,形容詞、副詞也可以使用「字根」這個用語。

動詞

play
玩，比賽

plays

藍色部分是字尾

他玩（第三人稱單數現在形）

playing
正在玩（現在分詞）

played
玩了（過去形）

詞幹 = play
字根 = play

這裡的詞幹和字根是相同的。

名詞、動詞

replay
名詞或動詞：
重新播放

橘色部分是字首

replays
藍色部分是字尾
replayed
replaying

詞幹 = replay
字根 = play

去掉字尾 -ed 或複數字尾 -s 的 replay 是詞幹。將 replay 去掉字首 re-、player 去掉字尾 -er 之後，剩下的 play 是字根。

名詞

playboy
花花公子

playboys

藍色部分是字尾

花花公子們

詞幹 = playboy
字根 = play, boy

playboys 去掉字尾 -s 之後剩下的 playboy 是詞幹。playboy 之中有 play 和 boy 兩個字根。

廣為人知的字根例子

字根 spect-、aud- 加上各種字首、字尾之後，衍生了許多英語單字。
這裡列出的只是一小部分。

源自拉丁語的字根 spect- 「看」的衍生詞

['spɛktəkl]
spectacle （名詞） 景象，奇觀，眼鏡

[spɛk'tækjələ]
spectacular （形容詞） 壯觀的，驚人的

['prɑspɛkt]
prospect （名詞） 前景，展望，視野

[rɪ'spɛkt]
respect （動詞） 尊敬，尊重

[rɪ'spɛktfəl]
respectful （形容詞） 尊敬的，恭敬的

[rɪ'spɛktfəlɪ]
respectfully （副詞） 尊敬地，恭敬地

[ɪn'spɛkt]
inspect （動詞） 檢查，視察

[ɪn'spɛktə]
inspector （名詞） 檢查員，稽查員

[ɪn'spɛkʃən]
inspection （名詞） 檢查，視察

[ɪk'spɛkt]
expect （動詞） 期待，期望

[.ɛkspɛk'teʃən]
expectation （名詞） 期待，期望

[ɪk'spɛktənt]
expectant （形容詞） 期待著的

[ɪks'pɛktəntlɪ]
expectantly （副詞） 期待地

> spect- 的 s
> 隱藏在 ex- 裡

源自拉丁語的字根 aud- 「聽」的衍生詞

['ɔdɪo]
audio （名詞） 音響裝置，聲音

['ɔdɪo.vɪʒuəl]
audiovisual （形容詞） 視聽的

['ɔdɪə.faɪl]
audiophile （名詞） 愛玩高級音響的人（發燒友）

[ɔ'dɪʃən]
audition （名詞） 選秀會，試演，試鏡

['ɔdɪəns]
audience （名詞） 聽眾，觀眾，謁見

[.ɔdɪ'torɪəm]
auditorium （名詞） 聽眾席，觀眾席，會堂，禮堂

[ɔ'dɑmətə]
audiometer （名詞） 聽力計

[.ɔdɪ'ɑlədʒɪ]
audiology （名詞） 聽力學

['ɔdə.torɪ]
auditory （形容詞） 聽覺的，耳朵的

['ɔdɪtɪv]
auditive （形容詞） 起因於聽覺的，聽力的

['ɔdɪt]
audit （名詞） 審計，稽核

['ɔdɪtə]
auditor （名詞） 審計員，稽核員，旁聽生

拉丁語字根的例子

源自拉丁語的字根 flor-「花」的衍生詞

[ˈflorəl]
floral （形容詞） 花的，花朵圖案的

[ˈflorɪd]
florid （形容詞） 過分華麗的

[ˈflorədə]
Florida （名詞） 佛羅里達（地名）

源自拉丁語的字根 anim-「生命，呼吸」的衍生詞

[ˈænəml]
animal （名詞） 動物

[ˈænəˌmet]
animate （動詞） 賦予生命，製成動畫

[ˌænəˈmeʃən]
animation （名詞） 動畫，活力

[ˈænəˌmɪzm]
animism （名詞） 泛靈論，萬物有靈論

源自拉丁語的字根 ann-「年」的衍生詞

[ˌænəˈvɝ·sərɪ]
anniversary （名詞） 週年紀念，紀念日

[ˈænjuəl]
annual （形容詞） 一年一度的，年度的

[ˈænlz]
annals （名詞） 編年史，年報

源自拉丁語的字根 circ-「環狀」的衍生詞

[ˈsɝ·kl]
circle （名詞） 圓，圈子，弧形梯級座位

[ˈsɝ·kəs]
circus （名詞） 馬戲團，馬戲表演

[ˈsɝ·kɪt]
circuit （名詞） 電路，環形賽車道

源自拉丁語的字根 clam-「叫」的衍生詞

[klem]
claim （動詞） 要求，主張

[ˈklæmərəs]
clamorous （形容詞） 喧嚷的，吵鬧的

[ˌdɛkləˈmeʃən]
declamation （名詞） 慷慨激昂的演講，朗誦

字首與介系詞

原本是拉丁語、希臘語的介系詞（副詞）！

拉丁語、希臘語中的介系詞

英語的字首之中，源自拉丁語、希臘語的字首特別多。其實這些都是拉丁語、希臘語當成介系詞或副詞使用的成分，在英語中則用作字首。

拉丁語句子的範例

Per aspera ad astra.

通過… 困難（複數） 往 星星。

「通過困難，前往星星」也就是「克服困難而獲得榮耀」

「克服困難，前往星辰」這句拉丁語的格言，成了堪薩斯州的標語。這個句子裡的 per 和 ad 是當成介系詞使用。

在英語單字中，per- 是 persist「堅持，持續」、perform「履行」等等的字首，ad- 是 address「地址」、admit「承認」等等的字首。

希臘語句子的範例

ekbállei　　ek　　toû　　thēsauroû　　autoû

… ἐκβάλλει ἐκ τοῦ θησαυροῦ αὐτοῦ …

取出 　　從… 定冠詞　　寶藏，倉庫　　自己的

「從自己的寶庫拿出來（馬太福音 13:52）」ἐκβάλλει 的 ἐκ 是字首，表示「從…」的 ἐκ 是介系詞。

介系詞是…

放在名詞前面，表示名詞的位置關係或時間關係。在英語的介系詞中，源自日耳曼語的有 on, in, before, into, from, through 等。

表示「位置」、「方向」、「時間」的字首很常用！

英語的字首中，有很多是表示上下左右的位置或方向，以及時間的先後。只要大概記住這張圖，在記憶新的英語單字時，一定會派上用場。

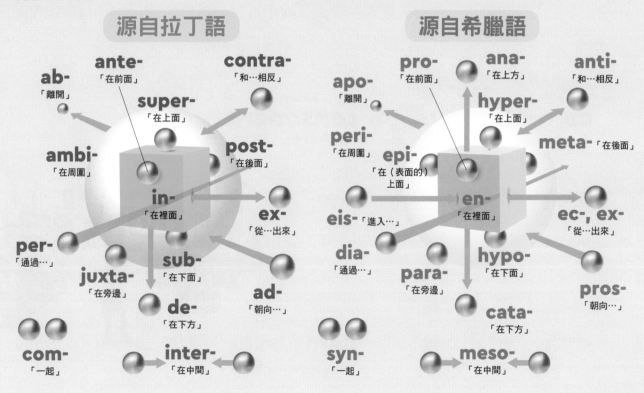

源自拉丁語

源自希臘語

ab-「離開」
ante-「在前面」
contra-「和…相反」
super-「在上面」
post-「在後面」
ambi-「在周圍」
in-「在裡面」
ex-「從…出來」
per-「通過…」
juxta-「在旁邊」
sub-「在下面」
de-「在下方」
ad-「朝向…」
com-「一起」
inter-「在中間」

apo-「離開」
pro-「在前面」
ana-「在上方」
anti-「和…相反」
peri-「在周圍」
hyper-「在上面」
meta-「在後面」
epi-「在（表面的）上面」
en-「在裡面」
eis-「進入…」
ec-, ex-「從…出來」
dia-「通過…」
para-「在旁邊」
hypo-「在下面」
pros-「朝向…」
cata-「在下方」
syn-「一起」
meso-「在中間」

混種詞 ── 詞語的「混種」
讓英語詞彙變得豐富的特別構詞方法

基本上，多數衍生詞是由源自同語言的字首和字根組合而成的

→ 原則上，源自拉丁語的字根會接拉丁語的字首，而源自希臘語的字根會接希臘語的字首。

拉丁語字首　　拉丁語字根

[`kansənənt]

com- + **sonus** → **consonant**
「一起」　　「聲音」　　「和諧音的，子音」

流傳到英語的拉丁語及希臘語衍生詞，其中的字首和字根，原本都是同為拉丁語或同為希臘語的組合。

希臘語字首　　希臘語字根

n 變成 m
↓

syn- + **phony** → **sym**phony
「一起」　　「聲音」　　「交響樂，交響曲」

混種詞──語言的混血兒？

→ 拉丁語的字根加上希臘語的字首或結合形式而產生的單字，大多是比較新的英語單字。

義大利語的 telescopio 這個詞是 1640 年代出現的。

希臘語結合形式   **希臘語字根**

tele- + **scope** → **tele**scope

「在遠處」   「看」   「望遠鏡」

希臘語結合形式   **拉丁語字根**

tele- + **vision** → **tele**vision

「在遠處」   「看」   「電視」

television 這個單字是 1907 年出現的。

混種詞

這兩個單字雖然字源的意義相同，但 television 是詞語的混血兒，稱為混種詞（hybrid）[ˋhaɪbrɪd]。英語的混種詞除了源自希臘語、拉丁語以外，也有許多來自其他各種語言。

因為可以自由造出混種詞，所以英語的詞彙比其他語言還要多！

拉丁語字首 vs. 希臘語字首

拉丁語接拉丁語，希臘語接希臘語

拉丁語字根大多是接拉丁語字首

這裡介紹同一個字根「投擲」加上
字首後產生的各種單字。

拉丁語字根
ject-「投擲」
/jakio/
源自 拉丁語 iacio

[ɪn`dʒɛkʃən]
injection
「在裡面」＋「投擲」
「注射」

[prə`dʒɛktə]
projector
「在前面」＋「投擲」
「投影機」

[ɪ`dʒɛkt]
eject
「往外」＋「投擲」
「（將光碟等）退出」

[`abdʒɪkt]
object
「朝向…」＋「投擲」
「對象」

[dʒɛt]
jet
不接字首，從「投擲」衍生
「噴射機」

[səb`dʒɛkt]
subject
「在下面」＋「投擲」
「使服從」

[rɪ`dʒɛkt]
reject
「往後」＋「投擲」
「拒絕」

希臘語字根大多是接希臘語字首

[ˋsɪmbl]
symbol
「一起」＋「投擲」
「象徵，符號」

原本是指分成兩半之後，合起來可以判定真偽的東西。

[ˏmɛtəˋbalɪk]
metabolic
「在後面」＋「投擲」
「新陳代謝的」

metabolic syndrome 的意思是「代謝症候群」。

[ˋbæle]
ballet
沒有字首
從「投擲、舞動（自己的身體）」衍生
「芭蕾舞」

希臘語字根
bal-, bol-「投擲」
源自
希臘語 /ballo/
ballo

[ˋprɑbləm]
problem
「在前面」＋「投擲」→「問題」

原本是「被丟到前面的東西」，表示「接收到的任務、問題」。

parabolic antenna
（拋物面天線）的
曲面呈拋物線狀。

[ˏpærəˋbalɪk]
parabolic
「在旁邊」＋「投擲」
「拋物線的」

[ˋpærəbl]
parable
「在旁邊」＋「投擲」
「寓言」

投擲到旁邊→放在旁邊→並列比較→變成比喻、寓言的意思。

源自希臘語的衍生詞，有很多並不容易從字源推測現在的意義

表示「上面」的字首

日耳曼語「over-」、拉丁語「super-」、希臘語「hyper-」

各種字源的字首用法區分

[ˈsʊpɚˌhɪro]

superhero

「超級英雄」

hero「英雄」源自拉丁語，再往前則可以追溯至希臘語。

[ˌhaɪpɚˈtɛnʃən]

hypertension

「高血壓」

※tension「緊張」源自拉丁語。低血壓是 hypotension [ˌhaɪpɚˈtɛnʃən]。

[ˈovɚˌwɝk]

overwork

「工作過度，過勞」

[ovɚ]

over-

「在上面」

源自 日耳曼語

「在下面」

[ʌndɚ]

under-

[supɚ]

super-

「在上面」

源自 拉丁語

「在下面」

[sʌb]

sub-

[haɪpɚ]

hyper-

「在上面」

源自 希臘語

「在下面」

[haɪpo]

hypo-

在母音前面是↓

hyp-

[ˈʌndɚˌwɛr]

underwear

「內衣」

源自日耳曼語的 over-、under- 主要用於日常生活的單字。而源自希臘語的 hyper-、hypo- 則經常用於醫學用語或化學用語。

[ˈsʌbməˌrin]

submarine

「潛水艇」

←marine「海」源自拉丁語

[ˌhaɪpɚˈdɝmɪk]

hypodermic

「皮下的」

↑ derm-「皮膚」源自希臘語

hypodermic injection

「皮下注射」

拉丁語的 super- 和希臘語的 hyper-，意義有差別嗎？

→ 雖然表示同樣的意思，但源自希臘語的字首有時
會有特殊的意義。

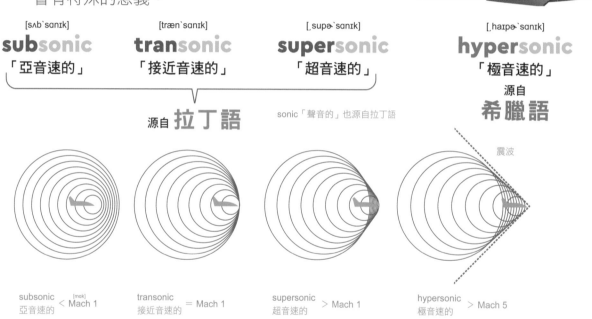

[sʌb`sɑnɪk]
subsonic
「亞音速的」

[træn`sɑnɪk]
transonic
「接近音速的」

[ˌsupɚ`sɑnɪk]
supersonic
「超音速的」

[ˌhaɪpɚ`sɑnɪk]
hypersonic
「極音速的」
源自
希臘語

源自 **拉丁語**

sonic「聲音的」也源自拉丁語

震波

subsonic < [mak] Mach 1
亞音速的

transonic = Mach 1
接近音速的

supersonic > Mach 1
超音速的

hypersonic > Mach 5
極音速的

super- 和 hyper- 都經常用來表示「超過…」的意思，但源自希臘語的 hyper- 有時表示比
super- 超過更多的意思（例如比 supermarket 更大的 hypermarket）。除此之外，hyper- 也用
來表達「過度興奮、過度活躍」的意思。

※ADHD（注意力不足過動症）是 Attention Deficit Hyperactivity Disorder 的縮寫。

各種「上面」hyper-, epi-, ana-

意義有精確區分的希臘語字首

請把手放在「上腹部的上面」

「上腹部」是指肋骨之下、肚臍往上約 5 公分的部位。

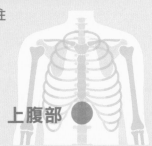

上腹部

A 的情況是表示「上腹部再往上的部位」。在這個情況下，「上腹部的上面」被理解為「上下關係的上方」。

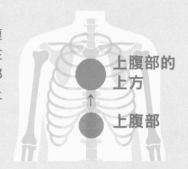

上腹部的上方

上腹部

如果醫師說「請把手放在上腹部的上面」，你會把手放在哪裡呢？

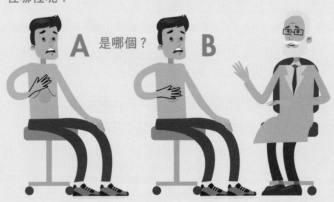

A 是哪個？ B

B 的情況是表示大約在上腹部的地方，「從在皮膚表面上或者在底下的觀點來看，是在表面上」的意思。

上腹部的表面

上腹部

由此可知，中文的「在…上面」是不太明確的，必須從所處的語境判斷意義。

和中文相比，希臘語有好幾種「上面」！

在希臘語中，有表示「上下位置關係的上面」、「表面上」以及「上方」的介係詞。從這些介係詞產生的字首也有明確的位置關係。

雖然中文也可以用「上下位置關係的上面」、「表面上」、「在上方」等表達方式來區分，但沒辦法用這麼短的詞語明確表達。

[haɪpɚ]
hyper-
上下位置關係的
「在上面、往上」
引申為「高⋯」

相當於英語的
upon

[ˌhaɪpɚ] [ˈgæmə] [ˌglɑbjələˈnimiə]
hyper γ **-globulinemia**
「血內 γ 球蛋白過多症」

[ˌhaɪpɚˈropɪə] [maɪˈopɪə]
hyperopia「遠視」 **myopia**「近視」

[ɛpɪ]
epi-
表面的
「在上面」
引申為「被附加的⋯」

相當於英語的
on

[ˈɛpɪθɛt]
epithet「稱號」（被附加的名字）

[ˈɛpəˌlɔg]
epilogue「戲劇收場，後記」

[ænə]
ana-
離開對象
「在上方，往上」
引申為「再次⋯，徹底地」

相當於英語的
above

[ˌænæmˈnisɪs]
anamnesis「病歷」（再次記起）

[ˌænəˈlɛptɪk]
analeptic「興奮劑」（再次抓住）

[ˌænəˈbæptɪst]
Anabaptist「再洗禮派教徒」

TOPICS
5

「上腹部」用英語怎麼說？

[ˈstʌmək] [ˌɛpəˈgæstrɪk] [ˈfɑsə]
上腹部的英語說法是 pit of the stomach （胃窩），或者 epigastric fossa。epigastric 的 epi- 是「在上面」，gaster 在希臘語是「胃」的意思。上腹部正好就是胃的「表面上」的位置。上腹部在日語則稱為「心窩部」，因為它的位置在心臟附近。

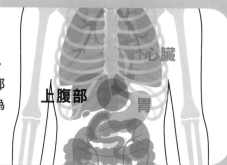

心臟

上腹部

胃

表示「在上面」、「在表面上」的 epi-

關注 epi- 的同輩 ob-, opiso-, off

化學用語中常見的 epi-

希臘語字首 epi-，被認為源自表示「在上面」、「接近」、「對著…」的原始印歐語 *eps 的方位格 *epi。從這裡列出的例子可以知道，使用 epi- 的單字有很多是化學用語、生物學用語、醫學用語等專門用語。

[ɛpə`nɛfrɪn]

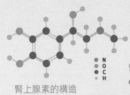

epinephrine

「腎上腺素」

腎上腺（adrenal gland）分泌的激素。epi- 和 nephros「腎臟」都源自希臘語。相對地，ad-「接近…」和 renal-「腎臟的」都源自拉丁語。

腎上腺素的構造

腎上腺
腎臟

[ɪ`fɛmərəl]

ephemeral

「短暫的，轉瞬即逝的」

希臘語 epi-「在上面」+ hemera「一天」。「只存在一天」→「轉瞬即逝的」。

在 h 前面是 **ep-** ←

[ɛpɪ]

epi-

「在上面」「在表面」

「在後面」「被附加的」

源自
希臘語

[`ɛpɪ‚græf]

epigraph

「碑文，題詞」

epi-「在上面」+ grapho「寫」。

[‚ɛpɪ`dɛmɪk]

epidemic

「疫病的流行，蔓延」

epi-「在上面」+ demos「人們，民眾」。pandemic [pæn`dɛmɪk] 則是加上希臘語的結合形式 pan-「全部的」，指範圍比 epidemic 更廣的傳染。

在母音前面是

ep-

[`ɛpək]

epoch

「時代，值得紀念的事件，重要時期」

epi-「在上面」+ ekho「持有，保持」。

[`ɛpɪ‚sɛntɚ]

epicenter

「震央」

epi-「在上面」+ center「中心」。

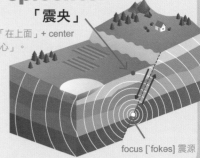

focus [`fokəs] 震源

蜉蝣屬的屬名 Ephemera，是因為蜉蝣這種生物的成蟲壽命很短而得名。

字首 epi- 的同輩

原始印歐語的字根 *eps 到了希臘語變成 epi-，在拉丁語變成 ob-，在梵語則是 api-。在英語轉變成 of, off，意思也逐漸變化。希臘語字首也有 opi- 的形式，但意思是「向後」。

[əˋbidjənt]
obedient
「服從的，順從的」
ob-「在後面」+ audio「聽」。

[əˋblaidʒ]
oblige
「強迫，迫使」
ob-「在後面」+ ligo「綁」。是指因為誓言而「被綁住」的狀態。

[ab]
ob-
「在後面」
「向著⋯」
源自
拉丁語

在 c 前面
[əˋkʌlt]
occult
「神祕學，神祕的，超自然的」
ob-「在後面」+ celo「隱藏」。源自「被隱藏，看不見」的意思。在醫學用語中，occult 則是「隱藏的」、「臨床上沒有被發現的」。

[ˋabstəkl]
obstacle
「妨礙，障礙物」
ob-「對著⋯」+ sto「站」。

在 c, t 前面
os-

[asˋtɛnsəbl]
ostensible
「表面上的，假稱的」
obs-（和 ob- 有關的字首）「在⋯前面」+ tendo「伸展」。「往前伸展，往前展開讓人看」。obs- 的 b 消失了。

[ɑpɪsəˋmitə]
opisometer
「曲線計」
opiso-「向後」+ metron「測量」。這是指在地圖之類的東西上測量曲線長度的裝置。

[ˋɔfə]
offer
「提供，提出」
ob-「向著⋯」+ fero「攜帶」的意思。

→ of-

[əˋpoz]
oppose
「反對，對抗」
ob-「向著⋯」+ pono「放置」。

→ op-

[ɑpɪsə]
opiso-
「向後」
源自
希臘語

麥穗麵包的「épi」和字首 epi- 有關嗎？

TOPICS 6

麥穗麵包是容易剝開的脆皮美味麵包，法語名稱 pain d'épi 中的 épi 是指「穗」，源自拉丁語的 spica。在法語中，開頭加上了 e-，並且去掉了 s。所以，這個詞和字首 epi- 沒有關係。

épi
「穗」
（法語）

表示「往上」、「再次」的 ana-
意義廣泛的字首

有各種意義的字首 ana-

希臘語字首 ana- 源自原始印歐語的字根 *an-「在上面」。英語的 on「在上面」也是源自這個字根。不過，ana- 的意義比英語的 on 還要來得廣泛。

我不會爬樹啦！

[`ænəˌbæs]
anabas
「攀鱸」

希臘語 ana-「往上」+ baino「去」→「攀登」。雖然事實上不會爬樹，卻有攀木魚的別稱，大概是看到被鳥捕捉之後掛在樹上的魚還活著的關係吧。這種魚有能夠在空氣中呼吸的「迷器」（labyrinth organ），所以在潮濕的陸地上也能匍匐移動一段時間。

[əˋnæθəmə]
anathema
「詛咒，逐出教門」

ana-「在上面」+ tithemi「放置」。這是源自於獻上祭品進行詛咒的行為。

[əˋnætəmɪ]
anatomy
「解剖」

ana-「完全地」+ temno「切割」。

[ænə]
ana-
「往上」「再次」
「向後」「和…相反」
「完全地」「錯誤的」
「新…」
源自 希臘語

[ˌænəbaɪˋosɪs]
anabiosis
「假死，（從假死狀態）復蘇」

ana-「再次」+ bios「生命」。

[ænəˋstesɪs]
anastasis
「復活」

源自 ana-「再次」+ *sta-「站立」。英語的「復活」通常是用 resurrection [ˌrezəˋrekʃən] 這個詞。

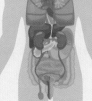

[ˋænlˌaɪz]
analyse [英式]
analyze [美式]
「分析，解析」

ana-「完全地」+ luo「鬆開，解開」。-se 是英式拼法，-ze 是美式拼法。

[ˋænələg]
analogue
「類比，類比的，類似物，相似物」

ana-「完全的」+ logos「比率，比例，話語」。所謂的「類比」，是指以連續變量表示另一個連續性事物的變化（例如以溫度計的刻度表示連續的溫度變化）。

數位的 digital

類比的 analogue

表示「向後」、「錯誤的」的 ana-

希臘語字首 ana-
從「向後」的意
義衍生出「和⋯
相反，錯誤的」
的意思。

[əˋnækrəˌnɪzəm]
anachronism
「時代錯誤」

ana-「和⋯相反，錯誤的」+ chronos「時間」。
例如歷史劇的場景出現電線桿這種完全不符合
時代的東西，就可以用這個單字表達。

[ˌænəfəˋlæksɪs]
anaphylaxis
「全身性過敏反應」

ana-「完全的，錯誤的」+ phylaxis「保
護，看守」。這是指過度的免疫反應，因
為過敏原而造成全身性的過敏。對於曾經
因為蜂毒或食物而造成這種反應的患者，
有一種可以自行實施腎上腺素肌肉注射
的製劑，當發生全身性過敏反應時，可以
打在大腿的外側。

[əˋnæstrəfɪ]
anastrophe
「句中詞語的倒置」

ana-「和⋯相反，錯誤的」+ strepho「轉」。

TOPICS 7

易位構詞的作法

易位構詞是改變某個詞語的字母順序，形成
不同意義的一種語言遊戲。要進行易位構
詞，以前必須翻閱字典，耗費許多時間，但
現在網路上有許多可以透過程式自動生成的
網站，把這件事變得非常簡單。

[ˋænəˌgræm]
anagram
「易位構詞」

ana-「向後，相反地」+
gramma「寫下的東西」。

L I S T E N

S I L E N T

Listen!「聽！」silent「沉默的」

其他例子：

[əˋstranəmə-z]
astronomers

[ˋsterə-z]
moon-starers

「天文學家們」-「看月亮的人們」

[pit]　[ˋmʌndrɪən]
Piet Mondrian

[pent]　[ˋmadə-n]
I paint modern

「皮特・蒙德里安」-「我畫現代畫」

[ˋmʌðərɪnˌlɔ]
mother-in-law

[ˋwumən]　[ˋhɪtlə-]
woman Hitler

「婆婆」-「女版希特勒」

とうしゅうさい

さいとうしゅう

日語也常看到易
位構詞的例子。
例如身分不明的
江戶時代畫家東
洲齋寫樂，有人
推測他實際上或
許是同時代的能
劇演員齋藤十郎
兵衛，其中一
個理由就是東
洲齋（toushuusai）
可以看成齋藤十
（saitoujuu）的易位構詞。

「下」的意義有各種用法

sub-, hypo-「在下面」和 de-, cata-「在下方」

依字源不同而有差異的字首用法

和上個單元的「上」一樣,「下」的字首也有各種種類。

離開對象

「在下面,往下」

「在下方」

源自 拉丁語
[sʌb]

sub-

引申為

「準…」
「副…」

源自 希臘語
[haɪpə]

hypo-

引申為「低…」

源自 拉丁語
[dɪ]

de-

引申為

「離開」

源自 希臘語
[kætə]

cata-

從「由上往下」引申為

「完全地」

源自拉丁語
[səbˋskraɪb]
subscribe 「訂閱」(在下面書寫)
[səbˋvɚʃən]
subversion 「顛覆,破壞」(往下面轉)
[ˋsʌbˏwe]
subway 「地下鐵」

源自希臘語
[ˏhaɪpəˋtɛnʃən]
hypotension 「低血壓」
[ˏhaɪpəˋθɝmɪə]
hypothermia 「低體溫症」
[ˏhaɪpəˋθæləməs]
hypothalamus 「下視丘」

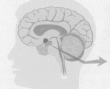

源自拉丁語
[dɪˋpɛnd]
depend 「依靠,取決於」(吊在下方)
[dɪˋpazɪt]
deposit 「沈澱,沈積」(放在下方)
[ˋdɛdəˏket]
dedicate 「奉獻,投入」
(可以想成離開說話這件事,默默做工作的樣子)

源自希臘語
[ˋkætəˏrækt]
cataract 「大瀑布,傾盆大雨,白內障」(往下重擊)
[ˋkætəlɔg]
catalogue 「產品目錄」(完全收集)

相較於拉丁語,希臘語的醫學用語和專門用語比較多

sub- 和 hypo-、super- 和 hyper-，為什麼拼字很類似？

→ 這些字首都是從同一個原始印歐語的字根衍生的。
不過，希臘語把開頭的 s 變成了 h。

線上外送服務
Uber Eats 是叫車服務公司
Uber 的其中一項事業，這個名字是
來自德語的 **über**「在上方」，
同樣是從原始日耳曼語的
*uber- 衍生的，而 uber 和 over
在語言演變歷程中有
親戚關係。

原始印歐語
*(s)upo-
「在下面」

原始印歐語
*(s)uper-
「在上面」
*(s)upo- 的比較級

p → b 的變化

在希臘語，開
頭的 s- 變弱
而成為 h-

拉丁語
sub-
「在下面」
supposition
「假定」
（放在下面
的東西）

希臘語
hypo-
「在下面」
hypothesis
「假說」
（放在下面
的東西）

希臘語
hyper-
「在上面」

拉丁語
super-
「在上面」

簡化

原始日耳曼語
*uber- 「在上面」

英語 over
「在上方」

sirloin

拉丁語
sur- 「在上面」
surname 「姓」（上面的名字）
sirloin 「牛腰脊肉」（腰上面的肉）
↑ sur 變成 sir

拉丁語
supra- 「在上面」
醫學用語常用。Toyota 的
高級跑車 Supra 也是以
此命名。

表示「往前」的 ante-, pro-, pre-, fore-
professional、prologue……「pro」的真面目

antipasto 和 ancestor

拉丁語字首 ante- 可以表示位置的「前面」，也可以表示時間的「之前」。

[ˈænti]
ante 「賭注」
在賭博前，賭客放在賭金池裡的賭注。

[prəˈvok]
provoke
「激起，激怒」
pro-「往前」+ voke「呼喚」
→「引起（情緒）」。

[ˈpronaun]
pronoun
「代名詞」
pro-「代替…」+ noun「名詞」。

[ˈæntɪ]
ante-
「往前」
源自 拉丁語
anterior「前面的」
[pro]　　[prɪ]
pro-, pre-
「往前」「代替」

[ˌæntɪməˈrɪdɪən]
antemeridian
「上午的」，縮寫成
AM 或者 **a.m.**

[ˌɑntɪˈpasto]
antipasto
義式料理的
「前菜」
pasto 在拉丁語是「食物」的意思。
在義大利語，ante- 變成了 anti-。

[ˌæntɪdɪˈluvɪən]
antediluvian
「大洪水前的」
diluvium 是拉丁語的「洪水」。

[ˈæntɪˈbɛləm]
antebellum
「南北戰爭前的」
bellum 是拉丁語的「戰爭」。

[ˈpramənəns]
prominence
「日珥」
源自 pro- + 原始印歐語 *men-
「突出」。

[prəˈtɛktə]
protector
「保護裝置」
pro-「往前」+
tego「覆蓋」。

[ænˈtɪsəˌpet]
anticipate
「預期」
源自 ante- + capio「拿」。「先抓取」、
「先掌握」→「預期」、「期望」。

[ˈpragrɛs]
progress
「前進，進步」
源自 pro- + 拉丁語 gradus
「一步」。

職業的「pro」和字首 pro- 的關係

pro 是 professional「專業人士」的簡略說法。其實這個詞是把 profession「職業」的形容詞形直接當成名詞用的結果。

職業和 pro-「往前」有什麼關係呢？英語的 profession 是源自拉丁語的動詞 profiteor「公開宣布」（pro-「往前」+ fateor「承認，表明，說」）。一開始，profession 這個單字是指對神宣誓、公開宣布神的話語的神職人員，後來才廣泛指稱各種「專門職業」。

英語的 professor [prəˋfɛsɚ]「教授」也是源自拉丁語的 profiteor。意思是「公開說話（進行專門教育）的人」。

順帶一提，fateor 也衍生出 fate [fet]「命運」這個單字。

希臘語的 pro-

希臘語也有 pro- 這個字首，和拉丁語的 pro- 拼法相同，兩者都源自原始印歐語的 *pro。希臘語的 pro- 還有「原始的，初步的」的意義。

[pro]

pro-
「往前」「較早」
源自
希臘語

[ˋproˌlɒg]
prologue
「開場白」

pro-「在前面」+「話語」，也就是「前言」、「序文」。「後記」則是 epilogue。

[prɑgˋnosɪs]
prognosis
「預後」

pro-「在前面」+「知識」。

[ˋprɑbləm]
problem
「問題」

pro-「往前」+「投擲」，也就是丟到前面的東西。意思是被放在前面的障礙物，例如「路障」、「牆」等等。

[prəˋmiθjəs]
Prometheus
「普羅米修斯」

pro-「在前面」+「思考」→深謀遠慮。

將眾神的火帶給人類的一位泰坦族神祇。

pre- 也是 pro- 的同類

字首 pre- 是源自拉丁語的字首 prae-（在拉丁語的發音則是歷經 /prae/ → /prai/ → /pre/ 的變化）。有許多單字是經由古法語傳入英語的，這個字首在古法語和中古英語時期的拼法就變成了 pre-，它和 pro- 一樣是「往前」的意思。

[prɪˋtorɪən]
praetorian
「羅馬禁衛軍的」

= **pre**torian

= **præ**torian

羅馬禁衛軍是直屬於皇帝的護衛隊，屬於古羅馬士兵中的菁英。praetor 在拉丁語原本是指軍隊的指揮官。prae-「往前」+ eo「去」。

雖然源自拉丁語的字首 prae-，但現代英語幾乎都寫成 pre-。不過，和古羅馬有關的單字，現在還是經常寫成 prae-（但也有寫成 pre- 的情況）。另外，也有使用 a 和 e 的合字 æ，寫成 præ- 的情況。

[prɪˋfɚ]
prefer
「偏好」

pre-「往前」+ fero「攜帶」。從「把順序（優先順位）往前移」引申為「偏好，提拔」的意思。

[ˋprifɛkt]
prefect
「古羅馬的長官」

源自拉丁語的 praefectus「長官」（prae-「在前面」+ facio「做，製作」）。

[ˋpriˌvju]
preview
「預演」

pre-「在前面」+ view「看」。

[ˋprɛgnənt]
pregnant
「懷孕的」

源自拉丁語的 praegnans「懷孕的」。pre-「在前面」+ gn-「出生」→「出生前的狀態」。

pur- 也是 pro- 的子孫

有若干單字的拉丁語字首 pro- 在古法語時代之前變成了 por-，傳入英語後又變成 pur-。

[ˋpɚpəs]
purpose
「目的，意圖」

「往前」+「放置」。指放在前面的目標。

[ˋpɚtʃəs]
purchase
「購買」

「往前」+ capio「拿」。追求→買。

源自日耳曼語的字首 fore- 是 pro- 的親戚

源自日耳曼語的字首 fore-「在前面」，其實和拉丁語、希臘語的字首 pro- 一樣，都是來自原始印歐語的 *pro-。因為名為「格林法則」的現象，原始印歐語 p 的發音在原始日耳曼語變成了 f。原始印歐語的 *pro- 在原始日耳曼語變成 *furai-、在古英語變成 for(e)-，到了中古英語之後就變成 fore-。

[ˋforˌfɑðɚ]
forefather
「祖先，祖宗，創始者」

ancestor [ˋænsɛstɚ] 是 forefather 的近義詞。forefather 也有先驅、創始者的意義。

[ˋforˌhɛd]
forehead
「額頭」

fore-「在前面」+ head「頭」。在美式英語中，發音有時會被縮短成 [ˋfɑrɪd]。

[for]
fore-
「在前面」
源自
日耳曼語

[forˋtɛl]
foretell
「預言」

[ˋforˌmost]
foremost
「最前面的」

源自 fore- + most「最」。

[ˋforˌkæst]
forecast
「預測」

源自 fore- + cast「投擲」。

[ˋforˌfɪŋgɚ]
forefinger
「食指」

「往前」伸出的手指。

[ˋforˌɑrm]
forearm
「前臂」

上臂是 upper arm [ˋʌpɚ ˌɑrm]。

[ˋforˌlɛg]
foreleg
「前腿」

後腿是 hind leg [haɪnd lɛg]。

拉丁語的 p~，在日耳曼語變成 f~

per- 「通過」是 pro- 的親戚

為什麼是親戚呢？來源是什麼？

拉丁語字首 per-

拉丁語的 per- 和 pro- 同樣是源自原始印歐語的 *per-。per- 有「通過」或者「徹底地」的意思。

[pəˋmɪt]
permit
「允許」

per-「通過」+ mitto「送出，放開」→「允許」。

[pəˋfjum]
perfume
「香水」

per-「通過…」+ fume「煙」的意思。這是源自古代將香料當成「香」來焚燒的行為。

[θru]
through-
「通過…」
源自
日耳曼語

[pəˋhæps]
perhaps
「大概，或許」

拉丁語 per-「藉由…，通過…」+ 古諾斯語 happ「機會，偶然，運氣（不論幸或不幸）」→「因為偶然，運氣好的話」→「大概」。

[pɚ]
per-
「通過…」
「徹底地，過…」
源自
拉丁語

[ˌpɚfəˋreʃən]
perforation
「穿孔」

拉丁語「通過…」+ foro「穿孔」的意思。

[ˋpɚfɪkt]
perfect
「完美的」

「徹底地製作」的意思。

[ˋθruˌwe]
throughway
「高速公路」

源自日耳曼語的字首 through-，使用在 throughflow「穿越流」、throughput「產出量，處理量」、throughline「直通線」等和「通過的東西」有關的用語中。另外，副詞 thoroughly [ˋθɝ·olɪ] 是「完全，徹底地」的意思。

[pəˋspɛktɪv]
perspective
「透視法，透視圖」

「通過…」+「看」。

[ˋhaɪdrədʒən] [pəˋraksaɪd]
hydrogen peroxide
「過氧化氫」H_2O_2

比 H_2O「水」多一個 O。

hydrogen 是源自希臘語的詞彙「氫」。oxide 是「氧化物」。在化學用語中加上 per-，是「過…」的意思。

希臘語字首 dia-

diagram 這個單字的 dia- 是來自希臘語的字首。dia- 在數學、醫學、化學用語中很常用。

[`daɪə]
dia-
「通過…」
「在兩者之間」
「完全地」
源自
希臘語

[`daɪə‚log]
dialogue
「對話，會話」
「在兩者之間」+「話語」的意思。

[‚daɪəg`nosɪs]
diagnosis
「診斷」
「在兩者之間」+「知識」的意思。藉由在相似疾病之間判斷差別的知識，進行疾病的診斷。

[`daɪə‚græm]
diagram
「圖表，圖解」
dia-「通過，越過」+ -gram「寫下的東西」→「用線畫的圖」→「圖表，圖解」。將鐵路上每輛列車的運行時間與所在位置圖表化的「列車運行圖」，英語稱為 time-distance diagram。在談論鐵路的情境中，如果只説 diagram 的話，則常指路線圖。

[daɪ`æmətə]
diameter
「直徑」
「通過…」+「測量」的意思。

←— DIAMETER —→

[daɪ`ægənl]
diagonal
「對角線，對角的」
「通過…，在兩者之間」+ 希臘語的 gonu「角」。

DIAGONAL

[`daɪəlɛkt]
dialect
「方言」
「通過…，在兩者之間」+「説」。在希臘語中，dialektos 原本只是「對話」、「談話」的意思。

[`daɪəpə]
diaper
「尿布」
源自中古希臘語，dia-「完全地」+ aspros「白色」的意思，因為尿布是白色的布。

[`dɛvl]
devil
「惡魔」
希臘語「在兩者之間」+ ballo「投擲」→「爭吵」、「中傷，誹謗」。從希臘語的 diabolos「中傷者，誹謗者」引申為誹謗神的惡魔。歷經古英語時期的形態 deofol，原本的 b 最後變成了 v。現代西班牙語的 diablo 則大致保留了希臘語的原始形態。

字首 *per- 的大家族

隨著時代和語言的不同而逐漸增加的字首

假定的原始印歐語字源

基本意義「前面」成為了所有同源字首
的基礎。

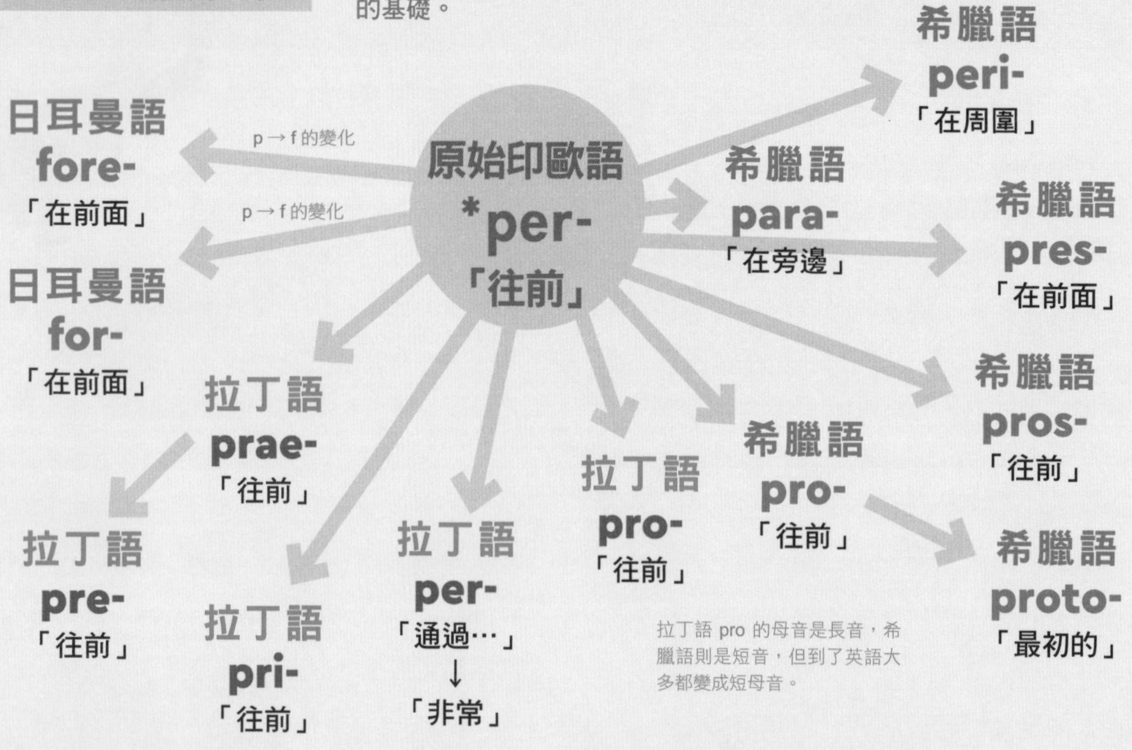

希臘語
peri-
「在周圍」

日耳曼語
fore-
「在前面」

p→f的變化

原始印歐語
*per-
「往前」

希臘語
para-
「在旁邊」

希臘語
pres-
「在前面」

p→f的變化

日耳曼語
for-
「在前面」

希臘語
pros-
「往前」

拉丁語
prae-
「往前」

希臘語
pro-
「往前」

拉丁語
pro-
「往前」

希臘語
proto-
「最初的」

拉丁語
pre-
「往前」

拉丁語
per-
「通過…」
↓
「非常」

拉丁語
pri-
「往前」

拉丁語 pro 的母音是長音,希
臘語則是短音,但到了英語大
多都變成短母音。

從原始印歐語的「往前」,衍生出「在…前面,通過…,在…旁邊」等多種意義

prefix「字首」和 fix「固定」有關係嗎？

→ 字源是一樣的。

字首的英文 prefix 是從拉丁語的 praefixum 縮短而來的，由拉丁語的字首 prae-「在前面」和 figo「繫好，固定」組合而成。從 figo 則衍生出 fix「固定（動詞）」、fixation「固定（名詞）」、fixer「暗中安排者」、fixative「固定劑，定色劑」等英語單字。表示「字尾」的 suffix 則是在 fix 前面加上 sub-「在下面」。因為子音同化的關係，sub- 變成 suf-。affix 則是字首和字尾等等的總稱（ad- 經過子音同化變成 af-）。

[ˈæfɪks]
affix 「詞綴」

affix 當動詞則有「貼上，固定…」的意思。

[ˈpriːfɪks]
prefix
「字首」

人名前面的稱謂（Sir、Mr. 等等）也稱為 prefix。

[ˈsʌfɪks]
suffix
「字尾」

[ˈɪnfɪks]
infix
「中綴」

在英語以外的語言偶爾會看到中綴。

原始印歐語的 *per- 是什麼？

原始印歐語是語言學家提出的一種假想語言，被認為是印歐語系（從印度到歐洲的各種語言）的共同祖先。關於這種語言的使用年代，有各種推測，但因為處於史前時代的關係，所以完全沒有文字紀錄。現今探討的原始印歐語，都是透過印歐語系內的比較而建構出來的（詳見 p.216）。

如左頁所示，原始印歐語的字源 *per-「通過」衍生出現代英語中使用的許多字首。在這些字首之中，有些是因為格的不同而產生的。原始印歐語的名詞有八種格（主格、賓格、屬格、與格、工具格、奪格、方位格、呼格）。現代英語的三種格（主格、所有格、受格）是從這些格簡化而來的。英語字首 pres- 被認為是原始印歐語 *per 的屬格（genitive，字尾為 -s）。另外，peri- 被認為源自方位格（locative，字尾為 -i），para- 則是 *peri- 的工具格（instrumental，字尾為 -h）轉變而來的。在後代語言中，這些形態變化就失去了原本格的功能。

表示「朝向…」的 ad-, pros-

解析每個字首的根源

隨著接續的語音而改變的 ad

英語的字首 ad- 源自拉丁語的介系詞兼副詞 ad「往…，朝向…」。另外，隨著後面所接的子音不同，ad- 也會有各種不同的子音變化。這種語音變化稱為 assimilation [əˌsɪmɪˋleʃən]「同化」（詳見 p.88）。

[əˌbrivɪˋeʃən]
abbreviation
「縮略形式，縮略語」
拉丁語 ad- + brevis「短的」。

[əˌkɑməˋdeʃən]
accommodation
「適應，住處」
拉丁語 ad- + commodus「合適的」＝ 調整到合適的狀態（com- + modus「方法，方式」）。

[əˋsɪmɪˌlet]
assimilate
「同化」
拉丁語 ad- + 形容詞 similis「類似的」＝「使和…一樣」。

[əˋsɛnt]
ascent
「上坡路」
拉丁語 ad- + scando「攀爬」。

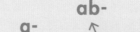

ab-
a-
sc, sp, st 的前面
ac-
c, q 的前面
[æd]
ad-
↑當後面的字根開頭是其他子音時
「往…」「朝向…」
源自
拉丁語
af-
at-
ag-
al-
as-
ap-

[ˌæprɪˋhɛnd]
apprehend
「理解，逮捕」
拉丁語 ad- + prae-「在前面」+ hendo「拿，抓」。

[əˋfɪlɪˌet]
affiliate
「使隸屬」
拉丁語 ad- + filius「兒子」。「接收為兒子，收為養子」→「使加入會員，使成為組織的一部分」。
affiliated company [əˋfɪlɪˌetɪd ˋkʌmpənɪ]「關係企業」。

[əˋtrækʃən]
attraction
「吸引力，景點」
拉丁語 ad- + traho「拉，拖」＝「吸引到…的方向」。可以表示心理上的吸引或物理上的「引力」。

[ˋægrɪˌget]
aggregate
「聚集，合計」
拉丁語 ad- + grex「（羊之類的）一群」，也就是把羊「集合」成一群的意思。

[əˋdɑpt]
adopt
「收養，採用」
拉丁語 ad- + opto「選擇，希望」。

表示「朝向…」的希臘語字首 pros-

[pros]

pros-
「往…」

源自
希臘語

希臘語字首 pros- 和 pro- 有關。pros- 常見於醫學用語等專門術語。

[ˌprasəˈpældʒɪə]
prosopalgia
「顏面神經痛；三叉神經痛」

源自希臘語 pros-「往…」+ ops「眼睛」→ prosopon「臉，面具」。

[proˌsopəˈpiə]
prosopopoeia
「擬人法」

希臘語 prosopon「臉，面具」+ poieo「製作」→「製作成戲劇」。

[prasˈθɛtɪks]
prosthetics
「（義肢、假牙、人工心臟等）人造器官」

pros-「往…」+ tithemi「放置」

TOPICS
11

地址是 address 還是 adress？

英語的 address「地址」在通俗拉丁語時期有兩個 d。不過，到了古法語時期，就省略剩下一個 d。原本借用到英語時，也只有一個 d，但因為本來拉丁語的 ad- + directus 有兩個 d，所以學者將拼字恢復為兩個 d，這個拼法也延續到現在。

歐洲各國語言對應 address 的單字，幾乎都只有一個 d（德語 Adresse、荷蘭語 adres、芬蘭語 adressi），是因為從法語而非英語借用而來的關係。不過，義大利語的動詞 addirizzare 則有兩個 d。

拉丁語 **directus**「直的，直接的」

↓ 加上 ad-

通俗拉丁語 ***addirectiare*「使變直」**（假定的拼法）

↓ 從 add- 去掉一個 d

古法語 **adrecier**

↓ 還是只有一個 d

中古英語 **adressen**

↓ 為了復原拉丁語的拼字而加上 d

現代英語 **address**「寫上地址」「對…說話」

現代義大利語
addirizzare
「使變直」

現代法語
adresse

表示「在旁邊」的 juxta-, para-

paradox、paragraph……「para」的真面目

表示「在旁邊，接近」的字首

拉丁語字首 juxta- 在英語的常用字只有 juxtapose「將…並列」和 juxtaposition「並列」，出現頻率較低。

[ˋpærəˌgræf]
paragraph
「段落」

希臘語 graph-「寫」。從「寫在旁邊表示分段的記號」衍生出短的文章→段落的意思。

[ˌpærəˋθɪrɔɪd]
parathyroid
[glænd]
gland　「副甲狀腺」

thyroid gland 是指位於頸部的「甲狀腺」。parathyroid 則是位於甲狀腺旁「副甲狀腺的」。

副甲狀腺

背側

[dʒʌkstə]
juxta-
「接近，在旁邊」
源自 **拉丁語**

[dʒʌkstəˋpoz]
juxtapose　「並列，並置」
拉丁語 pono「放置」

在母音前面↓
par-

[pærə]
para-
「在旁邊，接近，…旁」
源自 **希臘語**
「相反」

拉丁語的 juxta- 源自原始印歐語的 *yeug-「軛（掛在牛之類動物的頸部，將兩隻動物並排連在一起的農具）」。英語的 yoke「軛」、junction「會合處，路口」、join「加入」都來自同樣的字源。

↓ yoke「軛」

[ˋpærəˌdɑks]
paradox
「悖論，自相矛盾的情況」

希臘語「相反」+ doxa「意見，想法」。

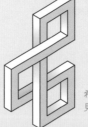

[pəˋræləsɪs]
paralysis
「麻痹，癱瘓」

「在旁邊」+ 希臘語 lysis「鬆開」→「單邊鬆弛，麻痹」的意思。

希臘語字首 para- 常以「…旁」、「副…」的意義使用於醫學用語中。

「在旁邊」的 para- 和「相反」的 para-

para- 有「在旁邊」和「相反」的意思，或許會讓人覺得根本是完全不同的意思。事實上，古代希臘語的介系詞會隨著後面所支配的名詞格而有意義上的不同。

支配屬格 **παρά** **σοῦ** 「你的」→「因為你」
pará　　　　soῦ（屬格）

支配與格 **παρά** **σοί** 「給你」→「在你旁邊」
pará　　　　soí（與格）

支配賓格 **παρά** **σέ** 「把你」→「和你相反」
pará　　　　sé（賓格）

※ 現代德語也有像這樣隨著後面所接的格而有不同意義的現象。

不過，在複合詞中就不容易判斷這些差別。

「異常」的 para-

在醫學和生物學領域，經常用 para- 表示「異常」的意思。

[ˌpærəˈnɔɪə]
paranoia 「妄想症，偏執狂」
[ˌpærəˈblɛpsɪə]
parablepsia 「錯視、錯視症」
[ˌpærəsˈθiːʒə]
paresthesia 「感覺異常，知覺異常」
[ˈpærəˌlæks]
parallax 「視差」

另外，表示「類似…」、「擬似」的單字也很多。

[ˌpærəˈsɛkʃʊəl]
parasexual 「擬似有性的」
[ˌpærəˈtaɪfɔɪd]
paratyphoid 「副傷寒」（「類似傷寒」的意思）

TOPICS *12*

parasol（sol = 太陽）是「在太陽旁邊」的意思？

沙灘上遮陽用的 parasol「大遮陽傘」，是字首 para- 加上拉丁語 sol「太陽」組合而成的單字，但它不能解釋成「在太陽旁邊」、「和太陽相反」的意思。事實上，這裡的字首是從希臘語的 para- 變成拉丁語的動詞 paro「準備」，到了義大利語又變成表示「阻擋…，防止…」的字首 para-。所以，parasol 其實是指阻擋太陽的東西。

[ˈpærəˌsɔl]
parasol
「大遮陽傘」

[ˈpærəˌʃut]
parachute
「降落傘」

parachute 是在法語的 chute「落下」前面加上表示「阻擋…，防止…」的字首 para- 而成的。另外，paratrooper「傘兵」則是 parachute 和 trooper 組成的混成詞（關於混成詞，請參照 p.194）。

[ˈpærəˌtrupɚ]
paratrooper
「傘兵」

表示「在周圍」的 ambi-, amphi-, peri-

解析表示「周圍」的字首

表示「在周圍，兩側的」的字首

拉丁語字首 ambi- 是從希臘語字首 amphi- 借用而來的。amphi 被認為源自原始印歐語 *ant-「在前面」的複數形工具格 *amt-bhi。

[æmˈfɪbɪən]
amphibian

「兩棲動物」

希臘語 amphi + bio「生命」。表示水陸兩棲的生物。

在兩棲類中，也有像墨西哥鈍口螈（美西螈）這種並非水陸兩棲，而是大多維持水棲的生物。

[ˈæmbjələns]
ambulance

「救護車」

拉丁語 ambulo 是「遊走」的意思。

[æmbɪ]
ambi-

「在周圍，兩側的」

源自
拉丁語

在母音前面
→ amb-

[æmfɪ]
amphi-

「在周圍，兩側的」

源自
希臘語

在母音前面
amph- ↗

[ˈæmfərə]
amphora

「雙耳陶罐」

希臘語 amphi「在兩側」+ phoreus「搬運用的東西」。這是指古希臘兩邊有把手的陶罐。

[æmˈbɪgjʊəs]
ambiguous

「意義含糊的，有歧義的」

從拉丁語的 ambi- + ago「四處遊走，猶豫不決」產生「有兩種不同的意思」的意義。

[æmˈbɪvələnt]
ambivalent

「有矛盾情緒的，心情矛盾的」

拉丁語 ambo「兩邊」+ valentia「力量，價值」的意思。這個單字是指「恨與愛、快樂與悲傷」等相反的情緒同時出現的狀態。

[ˌæmfɪˈθɪətə]
amphitheater

「圓形露天劇場」

源自古希臘「四周有觀眾席的劇場、競技場」。

※ 在英語中，也有用拉丁語的結合形式 circum- 表示「在周圍」的單字。

表示「在周圍」的 peri-

希臘語還有 peri- 這個表示「在周圍」的字首。

[ˈpɛrɪ]
peri-
「在周圍」
源自
希臘語

peri- 沒有「兩側的」的意思。

[ˈpɪrɪəd]
period
「時期」

希臘語 peri-「在周圍」+ hodos「路」→「圓周，循環」→「一段時間」、「期間」。

[ˈpɛrəˌskop]
periscope
「潛望鏡」

希臘語 peri-「在周圍」+ scope「觀看的器具」。

[ˌpɛrɪodanˈtaɪtɪs]
periodontitis
「牙周病」

希臘語 peri-「在周圍」+ odont「牙齒」+ -itis「發炎」。

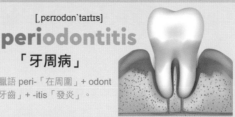

[ˌpɛrɪˈstælsɪs]
peristalsis
「蠕動（運動）」

希臘語 peri-「在周圍」+ stalsis「收縮」。是指消化管如波浪般的收縮運動。

消化管　　　食物塊

[ˌpɛrɪˈkardɪəm]
pericardium
「心包（膜）」

希臘語 peri-「在周圍」+ kardia「心臟」。心包（膜）是包裹心臟的膜狀組織。

[pəˈrɪfərəl]　　[nɝv]
peripheral nerve
「末梢神經」

希臘語 peri-「在周圍」+ phero「攜帶」。從腦和脊髓的中樞神經往外發散，終止於其他組織的周圍神經，就是末梢神經。另外，電腦週邊設備也會用 peripheral 這個單字表達。

TOPICS 13

ambition「野心」為什麼使用字首 ambi-「在周圍」？

英語的 ambition 和拉丁語的 ambitus「巡迴」有關。在古羅馬，候選人會四處拜票。不止是在羅馬市，他們也到義大利各地，穿著醒目的白袍，進行好幾個月的拜票之旅。順道一提，英語 candidate [ˈkændədet]「候選人」的拉丁語字源有「白袍」的意思，就和這個典故有關。因為賄選在當時的選舉成為常態，所以拉丁語的 ambitus 也產生了「賄賂」的意思。

[æmˈbɪʃən]
ambition
「野心，抱負」

[æmˈbɪʃəs]
ambitious
「有野心的，雄心勃勃的」

"Boys, be ambitious!"
北海道大學首任副校長克拉克博士

表示「離開」的 of-, ab-, apo-

appointment 的「appo」又是什麼意思？

拉丁語字首 ab-

源自拉丁語的 ab-、源自希臘語的 apo-、以及源自日耳曼語的 off-, of-，都被認為源自原始印歐語的 *apo-（或者 *hepo-）。

[æb`nɔrml]
abnormal
「異常的，不正常的」
拉丁語 ab- + norma「標準，規範」。

[ɪ`vɝt]
avert
「防止，避開」
ab- + verto「轉向」。

m, p, v 前面
a-

[ə`væns]
advance
「前進，進步，晉升」
雖然是 ad-，但其實源自 ab-。以前的學者誤以為拉丁語字源是 ad-「朝向…」而加上了 -d-。

拉丁語 **ab-+ante**「在前面」
↓ b 變成 v（副詞、介系詞）
晚期拉丁語 **avante**「在前面」
↓ t 變成 c
古法語 **avancer**「前進」
↓ 變成英語的字尾
中古英語 **avancen**「前進」
↓ 以為是 ad- 而加上 d
英語 **advance**「前進」

[`æbsṇt]
absent
「不在的，缺席的」
ab-「離開」+ sum「存在」。

[æb]
ab-
「離開」
「分離」「異常的」
源自
拉丁語

[ɔf]　[ɔf]
of-, off
「離開」
源自
日耳曼語

[`ɔf,sprɪŋ]
offspring 「後代」
源自日耳曼語的 of，原本和 ab- 一樣是「離開」的意思，但自從 of 頻繁地用於表示所屬關係之後，表示原本「離開」的意義時就拼成 off。14~16 世紀時，off 從 of 分化出來。off 使用在 off-duty「非值班的」、off-limits「禁止進入的」、off-peak「非高峰期的」、offside「越位的」等各種領域的詞彙中。

[æb`dʌktɚ]
abductor
「綁架者，外展肌」
拉丁語 ab- + duco「引導，拉」。
abductor pollicis longus「外展拇長肌」

[æb`saɪz]
abscise
「（植物，如葉子從樹枝）脫落」
拉丁語 abs- + caedo「切」。

c, q, t 前面
abs-

[əb`sten]
abstain
「戒（菸、酒），棄權」
拉丁語 abs- + teneo「持有」。

希臘語字首 apo-

apo 或許會讓人聯想到希臘神話中掌管太陽和藝術之神阿波羅（Apollo/Apollon），但 Apollo 的字源不明，大概和希臘語字首 apo- 沒有關係。

母音，h 前面
ap-

[ə`palədʒɪ]
apology
「道歉，辯護」

希臘語 apo- + logos「話語」。原意是用來脫離罪責的話語。

[æpə]
apo-
「離開」「分離」
源自
希臘語

[æ`filɪən]
aphelion
「遠日點」

希臘語 apo- + helios「太陽」。近日點是 perihelion。

軌道
遠日點是行星離太陽最遠的點。
遠日點
太陽
近日點
近日點是行星離太陽最近的點。

[ə`pasl]
apostle
「使徒」

希臘語 apo- + stello「派遣」。「被派遣的人」。

[`æpə͵plɛksɪ]
apoplexy
「中風」

希臘語 apo- + plesso「打擊」。

[ə`pakə͵lɪps]
apocalypse
「啟示錄，大災變」

希臘語 apo-「離開」+ kalypto「覆蓋，隱藏」→「去除覆蓋的東西」。

[͵æpəp`tosəs]
apoptosis
「細胞凋亡」

希臘語 apo-「離開」+ ptosis「掉落」，原本指枯葉自行掉落的現象，在生物學則是指細胞按照 DNA 預定的程序死亡。在英式英語中，第二個 p 要發音，美語則有時發音、有時省略。就算發音省略了，書寫時還是不能忘記第二個 p。

「細胞凋亡的例子」

蝌蚪變態成為青蛙時，蝌蚪的尾巴會發生細胞凋亡現象而消失。

---

appointment 的「appo」是什麼？

英語的 appointment 是指「會面的約定」。這個單字是從字首 apo- 而來的嗎？仔細觀察它的拼法，會發現 appo- 裡面有兩個 p，而不是 apo-「離開」。事實上，是拉丁語字首 ad-「朝向…」在加上拉丁語字根 point 時發生了語音同化現象，而變成 appoint。拼字是單一子音還是雙重子音，對於判斷意義很重要。

表示「超」的 ultra-
常見的「ultra」是指什麼？

拉丁語字首 ultra-

英語的 ultra- 是表達「極度…」的意義時常用的字首。除了科學與政治用語以外，也常任意添加在一般的詞語上，例如 ultrahappy「超快樂」、ultrarich「超有錢」。

[ˌʌltrəˈnæʃənəˌlɪzm]
ultranationalism
「極端民族主義」

拉丁語 ultra- + nationalism「民族主義，國族主義」。日本的「超國家主義」則往往是指 supranationalism（提倡在國家之上設置統合各國的主體，如今日的歐盟），在名稱上容易混淆。

[ˌʌltrəkənˈsɚvətɪv]
ultraconservative
「極端保守主義的」

拉丁語 ultra- + conservative「保守主義的」。

[ˌʌltrəˈvaɪriz] [ækt]
ultra vires act
「越權行為」

拉丁語 vires 是 vis「力量」的複數形。

[ˌʌltrəˈvaɪəlɪt]
ultraviolet
「紫外線」

拉丁語 ultra- + violet「紫色」。表示「超越」紫色的顏色。縮寫為 UV。

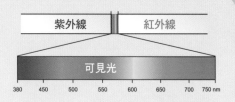

紫外線	紅外線
可見光	

380 450 500 550 600 650 700 750 nm

紫外線用 ultra-「超…」來表示，紅外線 infrared [ɪnfrəˈrɛd] 則是用 infra-「在下面」表示。

[ˈʌltrə]
ultra-
「超…」「…外」
「越過」
源自
拉丁語

德國
法國
義大利

[ˌʌltrəˈmɑnten]
ultramontane
「山的另一邊的，支持教皇絕對權力的」

拉丁語 ultra- + montanus「山的」。意義的推演過程是「從法國、德國越過阿爾卑斯山的」→「義大利的」→「支持羅馬教皇的，教皇至上主義的」。

拉丁語 ultra- + marinus「海的」。原來是指用「越過」海的另一邊（亞洲）的石頭（也就是青金石）製成的色素。現代則是以合成的方式製造同樣成分的色素。青金石中的金色顆粒，彷彿群青色夜空中閃耀的星星，實際上是黃鐵礦的結晶。

青金石

[ˌʌltrəməˈrin]
ultramarine
「群青色」

日耳曼語的 other, else 也是 ultra- 的同伴

源自拉丁語的字首 ultra-，原本是拉丁語介系詞 uls「越過，在另一邊」加上比較級字尾 -ter，再加上字尾 -a 形成的副詞。其他字首 intra-、extra-、infra-、supra- 中也可以發現字尾 -tra。

拉丁語 uls「越過」可以往前追溯到原始印歐語的字根 *al「越過，其他的」（在原始印歐語初期是 *hel-）。這個 *al- 也衍生了希臘語的字首 allo-「其他的」（關於 allo-，請參照 p.122）。除此之外，*al- 也衍生出拉丁語的 alius「其他的」（參照 p.122）和英語的 other, else。

源自拉丁語的 second「第二個的」在獲得廣泛使用之前，是用源自日耳曼語的 other 表達「第二個」的意思。

原始印歐語
*al
「其他的」

原始印歐語
*al-tero-
「兩者中的另一個，其他的」
-tero 是比較級字尾。

[ˈʌðɚ]
other
「其他」「另一方的」
源自
日耳曼語

[ˈælo]
allo-
「不同的」
「其他的」
源自
希臘語

[ˈɔltɚ]
alter
「改變」
源自「變成另一個」。

[ˈʌltrə]
ultra-
「超…」「…外」
「越過」
源自
拉丁語

[əˈnʌðɚ]
another
「再一個，另一個」

[ˈfɚðɚ]
further
「進一步，更加」

原始日耳曼語
*aljas
「其他的」中世紀時屬格的副詞性用法

[ɛls]
else
「其他」「不然」
源自
日耳曼語

[ˈʌðɚˌwaɪz]
otherwise
「否則」

[ˈfɑrðɚ]
farther
「更遠」

[ˈɛlsˌhwɛr]
elsewhere
「別的地方」

farther 是 further 的另一個拼法，在中古英語出現，當時意義是相同的，只是拼法不同（當時甚至有 ferther 的拼法）。在現代英語中，farther 是指「物理上的距離」，further 是指「程度」，雖然用法上有了區分，但字源是一樣的。

表示「往後」的 post-, meta-
postmodern、表示郵件的 post……「post」的真面目

拉丁語字首 post-

post 可以在 postmodern「後現代的」（近代之後的時代）、postharvest「收穫後的」（在農作物收穫後）等詞彙中看到。拉丁語字首 post- 除了表示時間上「在…之後」，也可以表示位置「在後面的」。

[,postmə`rɪdɪən]

postmeridian

「下午的」，縮寫成

PM 或者 **p.m.**

o 的發音是長音 [o]

[`mitɪə]

meteor

「流星，隕石」

希臘語 meta「在…之間」+ aeiro「舉起」→「在天空之間舉起的東西」的意思。

接母音開頭的字根

met-

[mɛtə]

meta-

「往後」「變化」
「在…之間」「超越…」
源自 **希臘語**

[bæk]

back-

「往後」
源自
日耳曼語

[`post`wɔr]

postwar

「戰後的」

postbellum [`post`bɛləm]（bellum 是拉丁語的「戰爭」）是 postwar 的同義詞。

[post]

post-

「往後，後面的」
源自
拉丁語

[`bæk,pækə]

backpacker

「背包客」

英語稱背包為 backpack，日語卻是リュックサック（ryukkusakku），是因為源自德語 Rucksack 的關係。

[post`mɔrtəm]

postmortem

「死後的，事後的」

拉丁語 mortem 是 mors「死亡」的賓格，因為拉丁語介系詞 post 後面要接名詞的賓格。

[post`æbdəmən]

postabdomen

「後腹部」

abdomen 是「腹部」的意思。

[,mɛtə`karpl]

metacarpal

「掌骨（的）」

meta- + carpal「腕骨（的）」，指接在腕骨「之後」的骨頭。在解剖學上，常把原本是形容詞的 metacarpal 當成名詞「掌骨」使用。

[`mɛθəd]

method

「方法」

met- + hodos「路」。原本指「跟在後面」。

掌骨
metacarpals
腕骨**carpals**

表示變化的 meta-

希臘語字首 meta- 原本是「…之間」的意思，源自原始印歐語 *medhi-。同樣的字源也衍生了 meso-「…中間」這個字首。拉丁語的 medium「中間」和日耳曼語的 mid- 也源自同樣的字根。除了表示「…之間」以外，meta- 也產生了「變化」的意思。

[ˌmɛtəˋmɔrfəsɪs]

metamorphosis
「變態，徹底的變化」

meta- + morphe「形狀」。指毛毛蟲變成蛹、蛹變成蝴蝶之類的「變態」過程。

[ˌmɛtəsɪˋkwɔɪə]

metasequoia
「水杉」

meta- + sequoia「紅杉」。紅杉的「變種」的意思。metasequoia 是屬名，英語俗稱 dawn redwood。

[ˌmɛtəˋfɪzɪks]

metaphysics
「形而上學」

meta-「在後面」+ physics「自然，物理」。metaphysics 意味著在自然學之後的學問。

> 心理學用語 **metacognition**（後設認知）中的 meta-，是從「接在後面的」轉變為「超越，在…之上」的意義使用。

表示郵件的 post，是源自「往後」的字首嗎？

→ 其實字源完全不同。

英語的 post 是指郵件或郵政制度，字源是表示「放置」的拉丁語動詞 pono 的完成分詞 postum「被放置的」。所以，和字首 post-「往後」沒有關係。postum 後來表示快馬「被放置」的驛站，也因此產生郵遞、郵政的意思。post 也有「職位」的意思，這也是從拉丁語 postum「被放置」的立場衍生的。

[post]

post
「郵件，郵政」

[ˋpostl]

postal
「郵件的，郵政的」

[postˋpon]

postpone
「延後，延期」

後半的 pone 源自 pono「放置」，是 post「職位」的相關詞。

拉丁語字首 post-「往後」、表示郵件的 post，以及足球或橄欖球的 goal post，雖然形態相同，但字源完全不同。表示足球「門柱」的 post 並不是源自「後面」的意思，而是表示「往前」的 pro-（p.42）加上表示「站立」的字根 *sta-。post 在古英語是「柱子」、「門口的側柱」的意思。

goal post 「（足球）門柱」

表示「再度」「往後」的 re-

生活中十分常見的字首

極為常用的字首 re-

拉丁語字首 re- 有「再」的意思。re- 和 com-、in- 同樣是英語單字中頻繁使用的字首。

[rɪ`fɔrm]

reform

「改革，改進，改造」

拉丁語 re-「再度」+ forma「形狀，形式」。不過，裝修房子的英語不是 reform，而是 remodel。

[ri] [rɪ]

re-
「往後」
源自 拉丁語
「再度」

re- + 動詞 →「再～」

[du]		[ri`du]
do	⟷	**re**do
「做」		「重做，重新裝潢」

[pæk]		[ri`pæk]
pack	⟷	**re**pack
「包裝」		「重新包裝」

[tʃɑrdʒ]		[ri`tʃɑrdʒ]
charge	⟵	**re**charge
「充電」		「再充電」

[`kʌvə]		[rɪ`kʌvə]
cover	✕	**re**cover
「覆蓋」		「恢復」

cover 源自拉丁語 cooperio「完全覆蓋」，recover 則是源自拉丁語 recipio「拿回（健康）」。

[rɪ`frɪdʒə‚retə]

refrigerator

「冰箱」

拉丁語 re-「再度」+ frigero「冷卻」。

[`rikwɪəm]

requiem

「追思彌撒，安魂曲」

拉丁語 requies「休息」的賓格。re-「再度」+ quies「安靜的」。

[rɪ`fren]

refrain

「① 克制，節制
② 疊句，副歌，
一再重複的話」

「克制」和「重覆」看起來像是相反的意思。其實這兩個用法是字源不同的同音異義詞，只是剛好拼法相同。
① 拉丁語 re-「再度」+ freno「裝上韁繩」→ refreno「（裝上韁繩）讓馬停下來，克制」。
② 拉丁語 re- + frango「打破」→「再摺一次」→「重覆（歌曲）」

R𝗑

Rx 是處方的縮寫

[`rɛsəpɪ]

recipe

「處方，食譜」

源自拉丁語 recipio「接收，拿回」的第二人稱單數命令形 recipe!「拿去！」。recieve「收到」、receipt「收據」、recover「恢復」都來自同樣的字源。烹飪的食譜是後來才產生的意義。

表示「往後」的 re-

曲頸蒸餾瓶是可用於蒸餾、乾餾以及滅菌的玻璃器具，有彎曲的尖口。

remote controller
遙控器

[rɪˋmot]
re**mote**
「遙遠的，偏僻的」

拉丁語 re-「往後」+ moveo「移動」。remove「移除」也是同樣的字源。

[rɪˋsɛʃən]
re**cession**
「衰退，不景氣」

拉丁語 re-「往後」+ cedo「去，前進」。繁榮則是 boom。

[rɪˋtɔrt]
re**tort**
「反駁，回嘴，曲頸蒸餾瓶」

拉丁語 re-「往回」+ torqueo「扭轉」→「扭轉回去，回嘴」。

真空調理包的英語是 retort pouch，其中的 retort 是指加壓加熱殺菌的裝置，而不是上圖所示的蒸餾瓶。不過，要表達這種食品的話，説 ready-to-eat food 應該會比較容易讓別人聽懂。

字首 re- 是長音還是短音？

TOPICS

16

字首 re- 有長音 [ri] 和短音 [rɪ] 兩種發音。這兩種發音的用法要怎麼區別呢？如果 re- 表示「在後面」就發 [rɪ]（偶爾發 [rɛ]），如果是「再…」的意義比較明顯、新造的詞就發 [ri]。但如果是很久以前就有的單字，而且不太感覺得到字源有「再…」的意義，則大多發 [rɪ] 的音。不過，如果是刻意在 re- 後面加上連字符號強調「再次」的意義，藉此和沒有連字符號的單字區分的話，就會發 [ri] 的音。

recline「向後倚靠」→ [rɪˋklaɪn]
「往後」+「彎曲」

reconstruct「重建」→ [ˌrikənˋstrʌkt]
「再次」+「建設」

relocate「遷移」→ [riˋloket]
「再次」+「設置」

record「記錄」→ [rɪˋkɔrd]
「再次」+「在心中想起」※因為是很久以前就有的單字，所以不是 [ri]。

recite「背誦」→ [rɪˋsaɪt]
「再次」+「引用」※因為是很久以前就有的單字，所以不是 [ri]。

reclaim「要求取回」→ [rɪˋklem] / [riˋklem]
「再次」+「主張」※ re- 可以發長音或者短音

recreation「休養，消遣」→ [ˌrɛkrɪˋeʃən]
「再次」+「創造」※因為是次重音，所以發 [rɛ] 音

re-creation「重新創造，再現」→ [ˌrikrɪˋeʃən]
「再次」+「創造」

表示「逆向」的 retro-

拉丁語字首 retro-

這個字首被認為源自拉丁語字首 re-，並且從 in- 和 intro-（in 的比較級）之間的關係類推，而以 re- + tro- → retro-「更往後」的方式被創造出來。retro- 表示「…後」的用法在醫學用語中很常見。

[ˌrɛtrəˋbʌlbə]
retrobulbar
「眼球後的，延髓後的」
retro「在後面」+ bulbar「球的」。

[ˌrɛtrəˋflɛkʃən]
retroflexion
「後屈，子宮後屈」
retro「往後」+ flexion「屈曲」。

[ˌɛndəsˋkɑpɪk]　[ˋrɛtrəˌgred]
endoscopic retrograde
[kəˌlændʒɪoˌpæŋkrɪəˋtɑgrəfɪ]
cholangiopancreatography
內視鏡逆行性膽胰管攝影

[ˋrɛtrəˌgred]
retrograde
「逆行，逆行的」

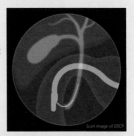
Scan image of ERCP

[ˋrɛtrəˌspɛkt]
retrospect
「回顧，回想，追憶」
retro「往後」+ spect「看」。

[ˋrɛtro]
retro
「復古，重新流行，懷舊的」

[ˌrɛtroˋæktɪv]
retroactive
「有追溯效力的」

[rɛtro]
retro-
「往後」
「逆向」
源自
拉丁語

[ˋrɛtrəfɪt]
retrofit
「翻新改進，升級改造，為舊機械加裝新設備」

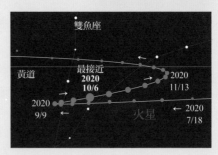

雙魚座
黃道　最接近　2020
　　　　2020　11/13
　　　　10/6
2020
9/9　　　　　　火星　← 2020
　　　　　　　　　7/18

2020 年 9 月 19 日到 11 月 14 日，可以觀測到火星逆行（retrograde）。當然，火星並不是真的在公轉軌道上逆行，而是火星與地球公轉周期的差異造成看似逆行的現象。順道一提，希臘人認為行星在天空中漫步，所以將行星稱為「漫步者」（希臘語 planetes），而這也是英語 **planet**「行星」的字源。另外，與逆行相反的「順行」，英語則是 prograde。

retrovirus 是「懷舊」的病毒？

→ retrovirus 的「retro」是「逆向」的意思，而不是指「懷舊的病毒」。

反轉錄病毒的「逆向」，是指相對於一般細胞從 DNA（藍圖）轉錄合成 RNA（藍圖的複本），反轉錄病毒則會將 RNA 反過來轉錄成 DNA。較為人所知的反轉錄病毒有人類免疫缺乏病毒（HIV）、人類嗜T淋巴球病毒（HTLV）等。這些病毒會感染擔任「免疫指揮官」的 T 細胞，造成「免疫缺乏」的狀態。

[ˌrɛtrəˋvaɪrəs]

retrovirus

「反轉錄病毒」

retro「逆向」＋ virus「病毒」

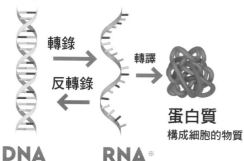

轉錄 →

反轉錄 ←

→ 轉譯 →

蛋白質
構成細胞的物質

DNA **RNA**※
「藍圖的資料庫」「藍圖的複本」

※ 這裡的 RNA 是 mRNA
（傳訊的 RNA）

反轉錄病毒將自己的 RNA「反轉錄」之後，整合到宿主的 DNA 中。宿主的細胞分裂增生時，病毒的 DNA（原病毒）也會跟著被複製，如同普通細胞的 DNA 一樣被轉錄並製造病毒。

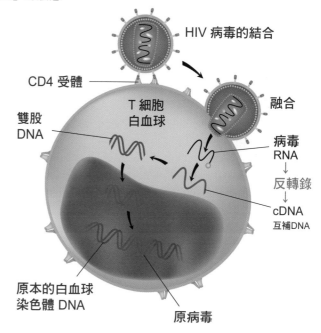

HIV 病毒的結合

CD4 受體

融合

T 細胞
白血球

雙股
DNA

病毒
RNA
↓
反轉錄
↓
cDNA
互補DNA

原本的白血球
染色體 DNA

原病毒

表示「在裡面」的 in-, en-

在這兩種字首之間搖擺不定的單字是什麼？

en- 和 in- 是同類

拉丁語字首 in- 在古法語時期是 en-。它和希臘語字首 en- 的字源相同。

[ɪnˋvedə]

invader

「入侵者，侵略者」

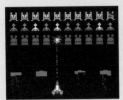

拉丁語 in-「在裡面」+ vado「走，前進」。

[ɪnˋvɛst]

invest

「投資，包圍」

拉丁語 in-「在裡面」+ vestio「穿著，裝飾」。或許是因為古羅馬的公職人員穿著象徵權威的長袍，而產生「進行軍事上的包圍」的意義。同一個詞也成為「讓人穿代表職務的服裝」，也就是任命職務的意思，並且進一步以人穿著衣服而改變模樣來比喻錢變成股票、債權等等，而有了「投資」的意義。vest「背心」也來自同樣的字根。

[ˋɪn͵peʃənt]

inpatient

「住院病人」

in-「在裡面」+ patient「患者」。也寫成 in-patient。

in-「在裡面」在 p 前面時，也有拼字維持 n 的情況。但表示否定的 in- 一定會變成 m。

[ɪmˋplɪsɪt]

implicit

「不明言的，含蓄的」

in-「在裡面」+ plico「摺，包起來」。

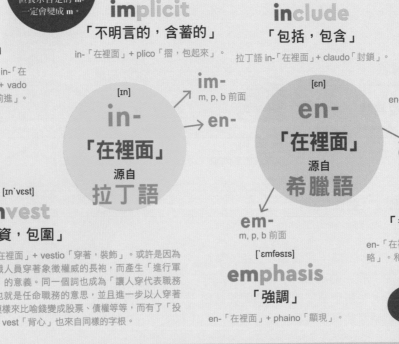

[ɪn]

in-
「在裡面」
源自
拉丁語

→ im-
m, p, b 前面

→ en-

[ɪnˋkloʒə]

enclosure

「圍住，圍起來的場地」

en-「在裡面」+ claudo「封鎖」。和 include 是同源詞。

[ɪnˋklud]

include

「包括，包含」

拉丁語 in-「在裡面」+ claudo「封鎖」。

[ˋɛnədʒɪ]

energy

「活力，能量」

en-「在裡面」+ ergon「工作」。

[ɪˋlɪps]

ellipse

「橢圓」

[ɛn]

en-
「在裡面」
源自
希臘語

→ el-
l 前面

em-
m, p, b 前面

[ˋɛmfəsɪs]

emphasis

「強調」

en-「在裡面」+ phaino「顯現」。

[ɪˋlɪpsɪs]

ellipsis

「省略，刪節號」

en-「在裡面」+ leipo「留下」→「省略」。和 ellipse「橢圓」是同源詞。

刪節號

in- 是「否定」還是「在裡面」？

否定的 in- 源自原始印歐語的字根 *ne-（→p.79），「在裡面」的 in- 則是源自原始印歐語的 *en-。而 *en- 在拉丁語也變成 in-。兩者雖然形態相同，但字源不同。像這樣拼字相同，意義卻不同的字首，在拉丁語以及從拉丁語借入詞彙的英語，都造成很大的混亂。

以前和現在意義不同！

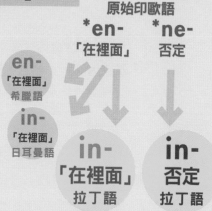

原始印歐語
*en-「在裡面」　***ne-** 否定

en-「在裡面」希臘語

in-「在裡面」日耳曼語

in-「在裡面」拉丁語

in- 否定 拉丁語

中古英語 **im**prove「反證，反駁」
否定的字首 in- + 拉丁語 prode「有利的」

現代英語 **im**prove「改善，改進」
「在…裡面」+ 拉丁語 prode「有利的」

[ɪn`fɔrm]

現代英語 **in**form「通知」
in-「在…裡面」+ 拉丁語 forma「形狀」

現代英語 **in**form「非一般形狀的，醜的」
（現代少見的舊用法）否定的字首 in- + forma「形狀」

[ɪn`flæməbl]

現代英語 **in**flammable「易燃的」
「在…裡面」+「可燃的」

錯誤的現代英語 **in**flammable「不可燃的」
否定的字首 in- +「可燃的」

※inflammable 的正確意義是「易燃的」，但有人誤以為 in- 是否定的字首而理解為「不可燃的」。因為容易造成誤會，所以在工業上建議用 flammable 表達「易燃的」。

---

inquire 和 enquire 有什麼不同？

TOPICS **18**

inquire [ɪn`kwaɪr] 和 enquire [ɪn`kwaɪr] 這兩個單字，都是「詢問」的意思，字源也相同。其實這個字首是從原始印歐語的 *en- 轉變成拉丁語的 in-，到了古法語又從 in- 變成 en-，而中古英語因為借用法語的詞彙而沿用了 en- 的拼法。in- 和 en- 的拼法在歷史上是搖擺不定的。最後，中世紀的學者因為拉丁語的拼法是 in-，而將許多的 en- 改為 in-（依循字源的拼字）。像 enquire 這樣維持舊的拼法，同時又和改成 in- 的拼法並存的情況是少數。由於當時還沒有「原始印歐語」的概念，也就不存在改回原始印歐語 *en- 的想法。

原始印歐語　**en**
↓　在拉丁語中，en → in
拉丁語　**in-** + quaero
↓　in- 變成 en-
古法語　**en**querre
↓　沿用 e 的拼法
中古英語　**en**queren
↓　en- 變成 in-
現代美語　**in**quire

inter-「在…之間」是源自 in-「在裡面」

「internet」和「intranet」

inter- 和 intra- 的關係

源自拉丁語的 inter-、intra-、intro- 都是原始印歐語 *en- 比較級 *ent(e)ro 的子孫，它們和拉丁語字首 in- 也有關係。intro- 源自拉丁語副詞 intro「在內側」。

[ˈɪntrəˈmjʊrəl]

intramural

「學校內的，（器官）壁內的」

拉丁語 intra- + murus「牆壁」。

[ˌɪntrəˈdjus]

introduce

「介紹，引進」

拉丁語 intro- + duco「引導，拉」。

[ɪntə]

inter-

「…間，在…之間」

源自 拉丁語

[ɪntrə]

intra-

「…內的」

源自 拉丁語

[ɪntrə]

intro-

「在內側」

源自 拉丁語

公司內部的網路「intranet」

[ˈɪntəˌnɛt]

Internet

「網際網路」

inter- + network「網路」的混成詞（p.194）。指許多網路互相連接而形成的巨大網路。

網路互相連接而形成「internet」

[ˈɪntrənɛt]

intranet

「內部網路」

intra- + network「網路」。指僅限企業、組織內部使用的網路。

[ˈɪntrəˌvɜt]

introvert

「內向的人」

拉丁語 intro-「在內側」+ verto「轉向」。

[ˌɪntəˌkɑntəˈnɛntl]

intercontinental

「大陸間的，洲際的」

ICBM（**I**ntercontinental **B**allistic **M**issile）「洲際彈道飛彈」

[ˌɪntrəˈsɛljələ]

intracellular

「細胞內的」

拉丁語 intra- + cellula「小房間」。

introvert 的反義詞是 extrovert「外向的人」。

「裡」和「外」的字首家族

僅僅兩個字源就衍生出這麼多字首，而且全都使用在英語中，相當令人驚訝。

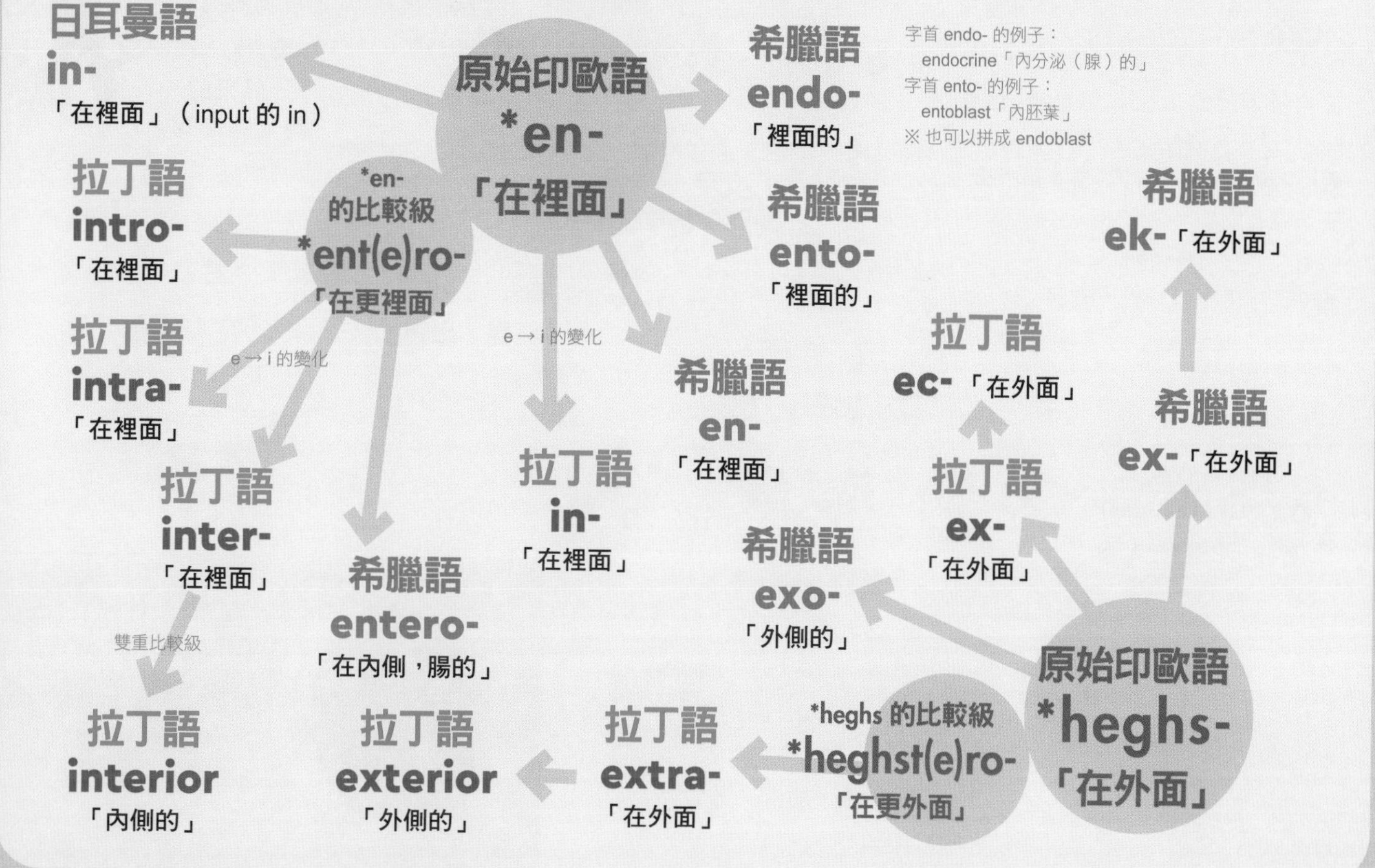

日耳曼語
in-
「在裡面」（input 的 in）

拉丁語
intro-
「在裡面」

拉丁語
intra-
「在裡面」

拉丁語
inter-
「在裡面」

*en- 的比較級
*ent(e)ro-
「在更裡面」

e → i 的變化

雙重比較級

原始印歐語
*en-
「在裡面」

e → i 的變化

希臘語
endo-
「裡面的」

希臘語
ento-
「裡面的」

希臘語
en-
「在裡面」

拉丁語
in-
「在裡面」

字首 endo- 的例子：
　endocrine「內分泌（腺）的」
字首 ento- 的例子：
　entoblast「內胚葉」
※ 也可以拼成 endoblast

希臘語
ek-「在外面」

希臘語
ex-「在外面」

拉丁語
ec-「在外面」

拉丁語
ex-
「在外面」

希臘語
exo-
「外側的」

希臘語
entero-
「在內側，腸的」

拉丁語
interior
「內側的」

拉丁語
exterior
「外側的」

拉丁語
extra-
「在外面」

*heghs 的比較級
*heghst(e)ro-
「在更外面」

原始印歐語
*heghs-
「在外面」

表示「在外面」的 ex-, ec-, extra-

越了解就越深奧的字首由來

字首 ex-, ek-, ec-

源自拉丁語的 ex- 和源自希臘語的 ek-,是來自原始印歐語的 *heghs。希臘語的 ek- 經由拉丁語流傳下去,拼法就會變成 ec-。

[ˌɛdʒʊˈkeʃən]
education 「教育」
拉丁語 ex- + duco「引導,拉」。表示引出學生的能力或興趣。

[ˌɛkspɪˈdɪʃən]
expedition
「遠征,探險,考察」
拉丁語 ex- + pes「腳」。

[ɪˈrʌpt]
erupt 「噴發」
拉丁語 ex- + rumpo「使破裂,打破」。

[ɛks]
ex-
「在外面」
「從…出去」「前…」
源自
拉丁語

[ɪˈlɔŋˌget]
elongate
「拉長,變長」
拉丁語 ex- + longus「長的」。使伸長。

[ˈɛgzaɪl] / [ˈɛksaɪl]
exile
「流放,放逐,流亡」
源自拉丁語 exul「被流放者」。

→ ef-
f 的前面

b, d, g, l, m, n,
r, v 的前面
e-

[ɪˈfɛkt]
effect 「效果」
拉丁語 ex- + facio「製作」。製造出來的結果。

[ˈɛkstəsɪ]
ecstasy
「狂喜,出神」
希臘語 ec-「在外面」+ stasis「站立」。離開原本該在的地方而站立→「忘我」的狀態。

[ɛgˈzɑtɪk]
exotic
「外來的,異國風情的」
希臘語 exo-「在外面」。

[ɛk]　[ɛk]　[ɛks]
ek-, ec-, ex-
「在外面」
「從…出去」
源自
希臘語

[ɪˈklɪps]
eclipse
「(天體的)蝕」
希臘語 ek- + leipo「留下,離開」→「天體消失」的意思。

月蝕是 lunar eclipse。

從 ex- 衍生的 extra

extra 也有戲劇或電影的「臨時演員」的意思，例如充當路人或群眾等。

[ɛkstrə]
extra-
「超出，在範圍外，在…外面」
源自 **拉丁語**

extra 是源自 exterus 的奪格陰性單數形。

[ˋɛkstrə]
extra
「額外的，多的，臨時演員，額外費用，號外，特別號」

[ɪkˋstrɪrɪə]
exterior
「外面的，外表的」

拉丁語 ex- 的比較級 exter- 再加上比較級字尾 -ior 的雙重比較級。

[ɪkˋstrævəgənt]
extravagant
「奢侈的，浪費的」

拉丁語 extra- + vagor「遊蕩，漫遊」。

[ɪkˋstrɔrdəˏnɛrɪ]
extraordinary
「非凡的，特別的」

extra- + ordinary「普通的」。

消失的 e

在某些單字中，拉丁語 ex- 開頭的 e 消失了。

古法語 **ex- + quatir**「下壓」

⬇ ex- 轉為 es- 的形式

古法語 **esquatir**

⬇ 字首的 e 消失了

英語 **squat**「蹲」

其他源自 ex- 但 e 消失的單字還有 spawn [spɔn]「魚卵」、scorn [skɔrn]「輕蔑，嘲笑」、scald [skɔld]「加熱到接近沸騰，燙洗消毒」、scourge [skɝdʒ]「鞭子，災禍」。

TOPICS
19

前妻是 ex-wife ？ exwife ？

ex- 表示「前…」的時候，通常像 ex-wife 一樣加上連字符號（有些人認為 exwife 的寫法是錯的）。除了 ex-wife 以外，前前妻是 ex-ex-wife，快要離婚的妻子則是 soon-to-be-ex-wife。

ex-wife
「前妻」

ex-husband
「前夫」

ex-army「退伍軍人的」

ex-boyfriend「前男友」

ex-con「有前科者」（ex-convict）（convict：已決犯，囚犯）

ex-cop「曾經擔任警察的人」

ex-demo「（展示過的）展示品」

ex-employee「前員工」

ex-president「前總統，前任總裁」

表示「一起」的 com-, syn-

在音樂、醫學、科學用語中經常使用的背景

字首 com-, syn-

源自拉丁語的 com-，出現在非常多的單字中。

[kən`fɛkʃən]
confection
「糖果，甜點」

組合材料後「一起製作」的甜點。confection 是指製作精美的甜點、糖果類。

源自希臘語的 syn-，在音樂用語、醫學用語、化學用語中經常使用。

[`sɪmpəθɪ]
sympathy
「同情，同感」

-pathy 源自希臘語的「感覺，痛苦」，所以 sympathy 是「一起感覺，一起痛苦」的意思。

↓後面接 c, d, j, n, q, s, t 開頭的字根
con-

[wɪð]
with-
「一起」「往回」
源自
日耳曼語

[kʌm]
com-
↑ 後面接 b, p, m 開頭的字根
「一起」
源自
拉丁語
源自拉丁語 cum-「一起」

↓後面接母音或 h, gn 開頭的字根
co-

後面接 b, p, m 開頭的字根↓
sym-

[sɪn]
syn-
「一起」
源自
希臘語

↓後面接 r 開頭的字根
cor-

col-
↑ 後面接 l 開頭的字根

[wɪð`drɔ]
withdraw
「收回」

源自日耳曼語的 with- 用於 withdraw「收回，撤回」、withhold「扣留，保留」、withstand「抵擋，承受住」等動詞中。with 除了「一起」以外，以前還有「往回」、「離開」、「相反」的意思。雖然現在介系詞 with 已經沒有「相反」的意思，卻在衍生的詞彙中留下了痕跡。

[kəm`pozɚ]
composer
「作曲家」
↑「放在一起」，也就是「構成」的意思。

[ˌkɔrɪ`dʒɛndəm]
corrigendum
「應修正的錯誤，勘誤表」
↑ 和 correct「修正」同樣源自拉丁語的「一起引導」。

[`sɪŋkrənaɪz]
synchronize
「同步，同時發生」
↑ chrono- 是希臘語的「時間」。

20

complete、condense 的 com/con- 是「一起」嗎？

→ com- 除了「一起」的意思以外，也用來表示強調。

content、compile、companion、computer、condense、concept⋯⋯「com/con-」開頭的單字多不勝數，它們幾乎全都來自拉丁語。

[`kantɛnt]
content「內容」
　　　（一起持有）

[kəm`paɪl]
compile「收集，匯編」
　　　（一起堆積）

[kəm`pænjən]
companion「同伴，伙伴，朋友」
　　　　　（拉丁語「一起吃麵包
　　　　　的人」的意思）

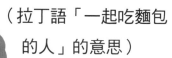

這些單字中的「com/con-」，有一部分不是「一起」的意思，而被認為是「加強意義」的字首。

[kəm`plit]
complete「完成」
　　　　　（「加強意義」+ 裝滿）

[kən`saɪs]
concise「簡潔的，簡要的」
　　　　　（「加強意義」+ 切割）

[kən`fɝm]
confirm「確認，證實」
　　　　　（「加強意義」+ 堅硬的）

[`kansən͵tret]
concentrate「專注，集中」
　　　　　（「加強意義」+ 中心）

有些 con 開頭的單字是來自拉丁語字首 contra-「相反」，例如 contrabass、control。其實 contra- 也是 con- 的變化形態，詳見 p.75。

表示「和…相反」的 contra-, counter-

contrast「對比」和 counterpunch「回拳」

表示「相反」的拉丁語字首

字首 contra- 除了表示位置關係上的「相對」，也表示主張或陣營的「相反」。

加州某個城鎮 contradictory 的標誌。

[kɑntrə]

contra-

「反…，和…相對」

源自

拉丁語

源自拉丁語 cum-「和…一起」的比較級

[ˌkaʊntəˈfɪt]

counter**feit**

「偽造的，偽造物，仿冒品」

counter-「相反」+ 拉丁語 facio「製作」。

[kaʊntə]

counter-

「反…，和…相對」

源自

拉丁語

源自拉丁語 contra-「反…」，
歷經古法語的形態轉變

也有人認為
counter- 不是
字首，而是結
合形式

注意發音！

[ˈkɑntrəˌbes]

contra**bass**

「低音提琴」

相對於大提琴的低音還要再低一個
八度的意思。

[ˌkɑntrəˈdɪkʃən]

contra**diction**

「矛盾，反駁」

拉丁語 contra- + dico「說」。

[ˌkɑntrəˈsɛpʃən]

contra**ception**

「避孕」

拉丁語 contra- + conception。對「懷孕，
受孕」所做的處置。

[ˌkaʊntəˈtʃɛk]

counter**check**

「對抗方法，覆核」

源自 counter- + 波斯語 sah「王」。

[ˈkanˌtræst]

contra**st**

「對比，對照」

拉丁語 contra- +
sto「站立」。

[ˈkɑntrækt]

con**tract**

「契約，合約書」

拉丁語 con- + trago「拉」，
並不是源自 contra-。

拳擊的「counter」和酒吧的「counter」起源相同？

拳擊的 counter「反擊」和酒吧的 counter「吧台」，雖然都和拉丁語字首 com-
有關，但字源不同。

com-「一起」**+ -ter** 比較級字尾

→ 拉丁語 **contra**「和…相對」（奪格）

→ 古法語 **contre**「和…相對」

英語 **counter**「相反的，對立的」

英語的 counter 有「反擊」、
「對抗」的意義。

com-「一起」**+ puto**「數算」

→ 拉丁語 **computo**「計算」

→ 古法語 **counter**「計算」

中古英語 **count**「計算」**+ -er**「做…的東西」

「計數器，吧台」

※counter 和 computer 是在不同時代進入英語的同源
詞，它們源自相同的字根。counter 去掉了中間的 -pu-。

酒吧及餐廳的「counter」原本的意義
是「計算」帳單的桌子。

（用來計算人數之類
的）計數器的英語是
tally-counter。

表示「反…」的 contra- 源自表示「一起」的 com-

TOPICS
21

表示「相反」的字首 contra-，源自於拉丁語字首 com- 的比較級奪
格 contra「相反地」。字首 com- 原本有「面對面」的概念，如果是
夥伴之間友好地面對面，就是「和…一起」的意思，而如果是敵人之
間面對面，那就是「和…相對」、「反…」的意思。雖然很多 com-
開頭的單字表示合作的意義，但也有像是 combat「戰鬥」（拉丁語
com- + battuo）這樣的例子，與其說是「一起打」，不如說更像是
「敵對互打，交戰」的意思，使用上有「相對」的意味。

com-, contra-
是敵？是友？

表示「反…」的 anti-

表示反對者的「anti」的字源是什麼？

表示「反…」的希臘語字首

字首 anti- 的字源和 contra- 一樣表示位置關係上的「相反」，但 anti- 也表示主義、主張、陣營上的「反對」。anti 也可以單獨當名詞使用，表示「反對者」。這個字首也常用在源自日耳曼語和拉丁語的單字中。

[`æntɪˌbɑdɪ]
antibody
「抗體」

希臘語 anti- + 源自日耳曼語的名詞 body「身體」。抗原是 antigen。

圖片是名為免疫球蛋白 E（IgE）的抗體。

[ˌæntɪˋsoʃəl]
antisocial
「反社會的，不愛社交的」

希臘語 anti- + 源自拉丁語的形容詞 social「社會的」。也寫成 anti-social。

[`æntɪˌkraɪst]
Antichrist
「反基督者，反基督教者」

希臘語 anti- + 源自希臘語的名詞 Christ「基督」。

在母音前面
ant-
↑

[æntɪ]

在美語中也有 [æntaɪ] 的發音。

anti-
「反…，和…相對」
源自
希臘語

[ˌæntɪˋtɑksɪk]
antitoxic
「抗毒素的」

希臘語 anti- + toxis「弓」。從弓箭上用的毒藥衍生「毒素」的意思。

[`æntɪ.əˋbɔrʃən]
antiabortion
「反對墮胎的」

anti- + abortion「墮胎」。

TOPICS
22

antique 是源自字首 anti-「反…」嗎？

antique「骨董的，古風的，陳舊的」開頭的 anti-，乍看之下會讓人以為是「相反」的意思。不過，這裡的 anti- 和表示「往前」的拉丁語字首 ante- 有直接關係。anti- 和 ante- 都源自原始印歐語的 *anti-「在前面」，而 anti-「相對」的語意就是在某人面前、處於相反的位置。

Antiques
17
open

表示「和⋯相對」的 anti-

字首 anti- 用來表示各種對立或對峙的事物。anti- 和字首 ante-「往前」的意思不同，不可以搞混（況且 ante- 還是拉丁語）。不過，據說希臘語字首 anti-、拉丁語字首 ante- 和英語的連接詞 and，同樣都源自原始印歐語 *ant「前面的」的賓格 *anti「在前面」（在初期的原始印歐語是 *hent- 的賓格 *henti-）。

的黎波里
黎巴嫩山脈
東黎巴嫩山脈
貝魯特
←黑門山
大馬士革
戈蘭高地
海法
加利利海

小熊座
Ursa Minor
北極星
北斗七星
大熊座
Ursa Major

[ˌæntɪˈklɑkwaɪz]
anticlockwise
「逆時鐘方向的」

希臘語 anti- + clockwise「順時鐘方向的」。和 counterclockwise 是同義詞。

[ˌkaʊntəˈklɑkˌwaɪz]
counterclockwise
「逆時鐘方向的」

[ˌæntɪˈlɛbənən]
Antilebanon (mountains)
「東黎巴嫩山脈」

anti-「相反」+ Lebanon「黎巴嫩」。也寫成 Anti-Lebanon。東黎巴嫩山和黎巴嫩山脈平行相對。順道一提，Lebanon 源自閃族語表示「白色」的字根，是因為黎巴嫩山頂終年積雪的關係。

[ˈɑrktɪk]
Arctic
「北極（圈）的」

希臘語 arktos「熊」。是指「大熊座所在的方位」，即北方。

[ænˈtɑrktɪk]
Antarctic
「南極（圈）的」

ant- + arctic「北極的」→「北極的反面」。

[ænˈtɪpəˌdiz]
antipodes
「對蹠點，完全相反的事物」

anti- + podes「腳」的複數形。所謂的對蹠點，就是「地球的另一端」，指的是 180 度相反的位置。順道一提，日本的對蹠點位於南美洲烏拉圭的外海。

否定和字母「n」很搭嗎？

un-, in-, non-, an- ……的確全都有「n」！

表示否定的字首是特別常用的字首

表示否定的字首種類繁多，其中最常用的是「un- [ʌn]」，另外還有「in- [ɪn]」、「non- [nɑn]」、「an- [ən]」。這些字首源自日耳曼語、拉丁語和希臘語。

[ə`nɑnəməs]

anonymous

「匿名的」

希臘語 an- + onoma「名字」。

在 b, m, p 前面

im-

[ɪn]

in-

「否定」

源自

拉丁語

在 r 前面

ir-

在 l 前面

il-

[ʌn]

un-

「否定」

源自

日耳曼語

子音前面　母音前面

a-, an-

「否定」

源自

希臘語

※an 的發音是 [ən]

[ɪn`dʒʌstɪs]

injustice

「不公正」

拉丁語字首 in- + justice「正義」→ injustice「不公正」。

[ʌn`ebl]

unable

「不能的」

日耳曼語字首 un- + able「能的」→ unable「不能的」。

[`nɑnsɛns]

nonsense

「胡說，無意義的話」

拉丁語字首 non- + sense「意義，感覺」。

[ʌn`hæpɪ]

unhappy

「不快樂的」

日耳曼語字首 un- + happy「快樂的」。

[ˌɪndɪ`pɛndənt]

independent

「獨立的」

拉丁語 in- + dependent「從屬的」。

[nɑn]

non-

「否定」

源自

拉丁語

[nɑn`stɑp]

nonstop

「不停的，直達的」

拉丁語字首 non- + stop「停止」。

no, not, nor ⋯⋯全都是兄弟！

以下都源自原始印歐語 *ne-，而在分支為拉丁語及原始日耳曼語時發生了發音的變化。

NO ×
NO 的各種相關詞彙

原始印歐語 *ne- 否定的字首

原始日耳曼語 **un-** 否定的字首

拉丁語 **in-** 否定的字首

拉丁語 **non-** 否定的字首

英語 **no** 否定的形容詞、副詞

希臘語 **an- a-** 否定的字首

英語 **not** 否定的副詞

古英語 **nahwæþer** (no+whether)

英語 **nothing** 「沒有什麼」

英語 **nor** 「也不」

英語 **neither** 「兩者都不」

※ 除了以上的系譜以外，也有其他的否定字首，例如 dis-。

---

nice 以前的意思和現在完全相反？

原始印歐語 *ne- 的衍生詞中，有個令人意外的英語單字。

拉丁語 **ne scire**「不知道」

> science「科學」的拉丁語字源

↓ ne 是否定的字首

拉丁語 **nescius**「無知的」

↓ 省略字尾

古法語 **nice**「無知的，愚笨的」

↓ 借入英語

近代英語 **nice** 約 14-17 世紀「愚笨的」

↓ 愚笨的→膽小的→愛挑剔的

↓ →脆弱的→謹慎的→令人愉快的

約 18 世紀後 **nice**「好的，令人愉快的」

逐漸從負面的意義變成好的意義。英語有些像這樣變成相反意義的單字。

> 法國東南部的城市 Nice「尼斯」，名稱源自希臘語的「勝利」，和英語的 nice 沒有關係。

古代的 nice

現代的 nice

29

non-American 和 un-American 有什麼不同？

→ non- 單純表示否定或缺少，而不帶情緒評斷，是中性的表達方式。
un-、in- 的語氣比較強烈，負面意味比較強。

[ˌnɑnəˋmɛrɪkən]
non-American
「（單純）非美國的」

不帶情緒評斷，單純表示非美國、非美國人的意思。

專有名詞加 non- 或 un- 時會加上連字符號。

[ˌʌnəˋmɛrɪkən]
un-American
「非美國的，反美的」

從習慣、主張「不符合美國作風」的意思，衍生出 un-American activities「非美活動」這種有對立意味的用法。

否定的字首 non- 翻譯成「非…」、
「無…」、「不…」。

[ˌnɑnˋprɑfɪt]
nonprofit
「非營利的」

[ˋnɑnsɛns]
nonsense
「無意義的話」

[ˌnɑnˋstɑp]
nonstop
「不停的，直達的」

[nɑnˋflæməbl]
nonflammable
「不易燃的」

[ˌnɑnˋhjumən]
nonhuman
「（單純）非人類的」

指非人類的動物，或者奇幻作品中非人類的種族。

[ɪnˋhjumən]
inhuman
「沒有人性的，不人道的」

用來表示「沒有人性、不人道」的冷酷、殘酷的行為。

nonhuman   inhuman

[ˌnɑnˋmɔrəl]
nonmoral
「與道德無關的」

「與道德無關」或「超越道德判斷」的意思。並不是違反道德的意思。

[ɪˋmɔrəl]
immoral
「不道德的，道德敗壞的」

指「行為不檢點，猥褻，放蕩」等等違反道德的事情。

[eˋmɔrəl]
amoral
「沒有道德觀念的」

「沒有道德觀念」、「是非不分」的意思。

源自希臘語的字首 a- 表示「沒有…，缺少…」的否定意義（→ p.82）。

在動詞開頭加上 un- 會變成什麼意思？

→ un- + 動詞不是否定，
　　而是變成相反意義的動詞。

[lɑk]
lock ⟷ [ʌn`lɑk]
unlock
「鎖上」　　「解鎖」

[pæk]
pack ⟷ [ʌn`pæk]
unpack
「打包」　　「打開包裹」

[lɚn]
learn ⟷ [ʌn`lɚn]
unlearn
「學習」　　「捨棄想法，刻意忘掉」

[taɪ]
tie ⟷ [ʌn`taɪ]
untie
「綁，打領帶」　　「解開繩子、領帶等」

unlock

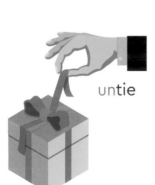

untie

[du]
do ⟷ [ʌn`du]
undo
「做」　　「復原，消除，毀掉」

[ɝθ]
earth ⟷ [ʌn`ɝθ]
unearth
「用土掩蓋」　　「發掘出來」

[rol]
roll ⟷ [ʌn`rol]
unroll
「捲」　　「把捲起來的東西展開」

[drɛs]
dress ⟷ [ʌn`drɛs]
undress
「給…穿衣服」　　「脫掉衣服」

[`kʌvɚ]
cover ⟷ [ʌn`kʌvɚ]
uncover
「覆蓋」　　「移除覆蓋物，揭露，
發現」

像 roll、dress、cover 這樣，雖然源自拉丁語，卻
加上日耳曼語字首 un- 的情況很多。

源自希臘語的否定詞 an-, a-

表示「沒有…」、「不能…」的重要用途

稱為「否定字首 a」的 an-, a-

an-, a-
源自
希臘語

an- 是源自希臘語的字首，表示「沒有…」、「不能…」的意思，後面接子音時會變成 a-。順道一提，由於在希臘語中是以希臘字母 α-（alpha）表示，英語便將這個字首稱為 alpha privative「否定字首 a」。privative [`prɪvətɪv] 是指「表示缺少某種性質的詞綴」，例如 in- 和字尾 -less。對於日耳曼語的字根，主要使用字尾 -less 表達。

a- 和 an- 大多接希臘語的字根。
在英語中很多是比較非口語的詞彙。

[`æpəθɪ]
apathy
「無情感，淡漠」

結合形式 -pathy 表示「感覺」、「痛苦」
等情感（例：sympathy「同情」）。

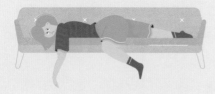

[`eθɪˌɪzəm]
atheism
「無神論」

希臘語的「神」是 theos。

[`eθɪɪst]
atheist
「無神論者」

[ˌækrə`mætɪk]
achromatic
「無色的」

[`ænəˌkɪ]
anarchy
「無政府狀態，
混亂狀態」

希臘語「沒有領導者的」的意思。

[e`sɛkʃuəl]
asexual
「無性的，性冷感的，
無性慾的」

[ˌepə`lɪtəkl]
apolitical
「無政治意義的，
不關心政治的，
非政治的」

「反社會的」是 antisocial。

希臘語字首 + 希臘語字根

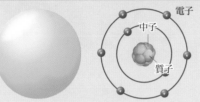

電子
中子
質子

[`ætəpɪ]
atopy
「異位性（過敏）體質」

[`ætəm]
atom
「原子」

表示「切割」的希臘語 tomē，加上否定詞 a-，意思是「無法再分割的東西」。原子最初被認為是無法再分割的物質（左上圖），後來才發現原子的結構可以分為質子、中子、電子。

表示「位置」的希臘語 topos，加上否定詞 a-，指「沒有位置」、「位置不特定」，而有了「不尋常」的意思。

[ə`nimɪə]
anemia
「貧血症」

希臘語 haima「血」加上 an-。希臘語的單字中間不會出現 h 音，所以 h 音開頭的 haima 不是加 a-，而是 an-。

[æm`niʒɪə]
amnesia
「健忘症」

希臘語字根 mne-「記憶」加上 a-。

[`æməθɪst]
amethyst
「紫水晶」

希臘語「沒有醉」的意思。古代希臘人相信，只要使用這種寶石製作的酒杯喝酒，就不會喝醉。

否定字首 a-, an- 經常用於醫學用語及化學用語

TOPICS **26**

acoustic 的 a- 是「否定」嗎？

acoustic guitar 是「原聲吉他」，英語發音是 [ə`kustɪk gɪ`tɑr]。acoustic 源自於希臘語，意思是「聲音的」、「聽覺的」，在這裡則是表示「不以電力增幅」。acoustic 的 a- 並不是「否定」的字首，而是表示「相同」或強

調之意的希臘語字首（*kous- 是「聽到」的意思）。其他還有 abroad、ahead、ashore 等單字，其中的日耳曼語字首 a- 也不是「否定」的意思，而是從 on- 變化而來的。拉丁語的字首 ad-、ab- 也有省略的情況，這時候就不容易和 a- 區別。

diss 和 miss
探尋拉丁語字源的背景

diss 和字首 dis- 的關係

英語口語中的「dis/diss」是侮辱、批評的意思，源自 disrespect [ˌdɪsrɪˈspɛkt]「不尊敬，對⋯無禮」。追溯字首 dis-的來源，會發現是原始印歐語的 *dwi-「二」，產生了兩件事物分開的意思。這個 *dwi- 也和英語的 two、拉丁語的 bis「兩次」有關。

原始印歐語 ***dwi-**「二」
↓
變成「分離」的意思⋯
拉丁語 **dis-**「分離」（和拉丁語 bis「兩次」也有關係）
↓
i 變成 e
古法語 **des-**「分離，相反」
↓
e 變回 i
現代英語 **dis-**「分離，相反」

> 和拉丁語的字首 de-「在下方，離開」被混在一起。

> 用來表示「否定」的情況變多。

di（de）被省略 → 英語 **s-**

[dɪsˈɑrm]
disarm
「解除武裝，消除敵意，裁軍」
拉丁語 dis-「分離」+ arm「武器，武裝」。

[dɪs]
dis-
「否定，相反」
「缺少，分離」
源自
拉丁語

[dɪˈstrækt]
distract
「使分心，轉移注意力」
拉丁語 dis-「分離」+ traho「拉」。把注意力拉走。

[dɪˈzæstɚ]
disaster
「災害，災難」
拉丁語 dis-「相反」+ astro「星星」，「不吉利的星星」被認為是天災的前兆，所以這個單字原本是星象不佳的意思。

[dɪˈsport]
disport
「娛樂，嬉戲」
拉丁語 dis-「分離」或者拉丁 de-加上 porto「搬運」。字首本來是 dis- 還是 de-，不同的文獻說法不一，但不管是哪一個，都是把沉重的心情「帶走」的意思。這也是 sport 以前的說法。

[sport]
sport
「運動，娛樂」
這個單字是中古英語 disport（或者古法語 desport）去掉開頭的 di-（或 de-）而產生的。同樣的現象還有 distrain「扣押」去掉 di- 而產生 strain「拉緊，過濾」。

表示「錯誤」的字首 mis-

英語的 miss 有「錯過，沒有做到」的意思。字首 mis- 有些是從原始日耳曼語的字首 *miss- 變成 mis-，少數則是源於拉丁語的字首 mis-（在古法語是 mes-）。

mis-
「錯的，壞的」
源自
日耳曼語
[mɪs]

[mɪs`spɛl]
misspell
「拼錯」
日耳曼語 mis-「錯誤地」+ spell「拼字」。

mispel
?

[mɪs`lid]
mislead
「誤導，使誤解」
日耳曼語 mis-「錯誤地」+ lead「領導」。

[mɪs`gɪv]
misgive
「使擔心，使不安」
日耳曼語 mis-「壞地」+ give「給予」。misgiving 是指「擔憂，不安，疑慮」。

[mɪs`ʃepən]
misshapen
「畸形的，奇形怪狀的」
日耳曼語 mis-「壞的」+ shape「形狀」。

[mɪs`faɪr]
misfire
「（槍炮）不發火，沒有正常射出」
日耳曼語 mis-「壞的」+ 源自日耳曼語的單字 fire「火」。

[mɪs`fɔrtʃən]
misfortune
「不幸，厄運」
日耳曼語 mis-「壞的」+ 源自拉丁語的 fortune「運氣」。

[ˌmɪs`nomɚ]
misnomer
「誤稱，不恰當的稱呼」
拉丁語 mis-「錯誤地」+ nomino「取名」。

NO MISFIRES

---

mischief「淘氣」是「犯錯的首領」嗎？

英語的 mischief [`mɪstʃɪf]「淘氣，搗蛋」，拼字上會讓人感覺是犯錯的 chief「首領」。從字源來看，mischief 的後半和 chief 一樣，源自拉丁語的 caput「頭」。從拉丁語的「頭」引申出「一端」、「結束」的意思，加上 mis- 就變成「不好的結束」、「不好的收場，不幸」的意思。

chief 也源自拉丁語的 caput「頭」（與 cap「帽子」的字源相同），和中文把首領叫做「頭子」很類似。

表示「否定」和「下方」的 de-

有點容易混淆的 de- 和 dis-

有各種意義的字首 de-

如同 p.40 說明過的，拉丁語字首 de-
有「在下方」的意思。後來衍生出「分
離」及「否定」，以及彷彿降到最底層
一般「徹底」、完全地」的意義。

[dɪˋstrɔɪ]
destroy
「毀壞」

拉丁語 de-「逆轉」+ struo
「建造」→「毀壞」。

英語詞中雖然沒有 **b** 的
音，但因為在拉丁語的時
代曾經存在，所以後代的
學者加上了 **b**。

[dɛt]
debt 「債，欠款」

拉丁語 de-「離開」+ habeo「擁有」。
指離開自己而成為其他人所擁有的
「債」。

[dɪ]
de-
「在下方」「分離」
「完全地」「逆轉」

源自
拉丁語

[dɪˋke]
decay
「腐爛，衰敗」

拉丁語 de-「往下」+ cado
「掉落」。

[ˋditel]
detail
「細節，細部，詳情」

拉丁語 de-「離開」+ talio「切」→
「被切分成小塊的東西」→「細節，細
部」。順道一提，talio「切」也衍生出
了 tailor「裁縫」這個單字。雖然 detail
的後半部看起來像是 tail「尾巴」，
但這部分其實是源自原始日耳曼語的
*tagla-「尾巴的毛」。

[dɪˋpazɪt]
deposit
「押金，沉澱物」

拉丁語 de-「在下方」+
pono「放置」。

[dɪˋprɛs]
depress
「使沮喪，使憂鬱」

拉丁語 de-「往下」+ premo「壓」。

[dɪˋsaɪd]
decide
「決定」

拉丁語 de-「離開」
+ caedo「切割」。

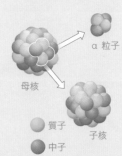

α 粒子

母核

質子

中子

子核

從原子核放射出 α 射線，變
成較小的核，這個過程稱為
alpha decay「α 衰變」。

拼字是 de-，但實際上是 dis-

p.67 介紹過 in- 和 en- 混淆的情況，而否定的字首 dis- 和表示「在下方」的字首 de- 之間，也有類似的混淆情形。右邊列舉的單字，雖然字首看起來是 de-（甚至有網路上的文獻把它們的字源寫成 de-！），但它們實際上源自字首 dis-。i 之所以變成 e，是因為歷史上經由古法語傳入英語的關係。英語中有許多這樣的單字。

[dɪˋfit]

defeat
「擊敗，失敗」

拉丁語 dis-「否定」+ facio「製作」。由「化為烏有，破壞」的意思而來。

[ˌdikəmˋpoz]

decompose
「腐爛，分解」

拉丁語 dis-「相反的動作」+ com-「一起」+ pono「放置」→「分開合成、構成的東西」→「分解」。

[dɪˋplɔɪ]

deploy
「展開，部署」

拉丁語 dis-「相反的動作」+ plico「摺」。「打開摺好的東西」→「展開」。

garbage

↓
↓
↓
↓
↓
↓

decomposed!

TOPICS 28

餐後的「dessert」和沙漠「desert」

英語的 dessert「甜點」和 desert「沙漠」拼字很接近，所以容易搞混。餐後甜點的 dessert 有兩個 s，重音在後面的音節；沙漠的 desert 只有一個 s，重音在第一個音節。雖然乍看很相似，但其實源自不同的字首及字根。

dessert
[dɪˋzɝt]「甜點」

拉丁語 dis-（在中古法語是 des-）「相反的動作」+ servio「上菜」→ desservio（有兩個 s），後來以古法語 dessert 的形式傳入英語。從「拿下、收拾上過的餐點」→「在收拾全套料理的盤子之後送上的食物」而得到「甜點」的意思。

desert
[ˋdɛzɝt]「沙漠」（名詞）

拉丁語 de-「離開」+ sero「綁，加入（種植，生產，散播）」→ dēsero（只有一個 s）→過去分詞 dēsertum，後來轉變成「被拋棄的土地，沙漠」的意思。在古法語中，字尾被省略而成為 deserte，到了英語則是把最後的 e 去掉了。

desert
[dɪˋzɝt]「拋棄，遺棄」（動詞）

和沙漠一樣源自 dēsero「離去，拋棄」。

disert
[dɪˋzɝt]「雄辯的」（古語）

源自 dis + sero「種植，生產」→ dissero → disero。這個單字的生成過程就像是甜點和沙漠的綜合。

關於字首與子音的同化

a●●-, i●●-, e●●-, o●●-, co●●-, su●●- 要懷疑同化的可能性！（●是相同的子音）

ad-, ex- 的子音同化是什麼？

這裡的同化 assimilation 是指受到後面的音影響，使得前面的音變成相同的發音（也有後面的音反過來受到前面的音影響而同化的情況）。在一些單字中，因為發生了子音同化現象，而比較難判斷原本的字首。

所以，如果單字的第一個音節後面出現兩個相同的子音字母（雙重子音），就要懷疑發生同化的可能性。

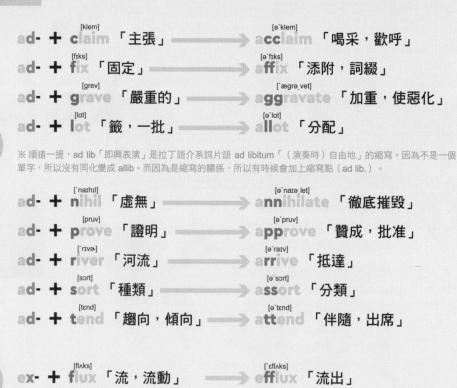

ad-
「往…」
拉丁語

| | | |
ad- + cl**aim** [klem]「主張」 ➡ a**ccl**aim [ə`klem]「喝采，歡呼」

ad- + f**ix** [fɪks]「固定」 ➡ a**ff**ix [ə`fɪks]「添附，詞綴」

ad- + g**rave** [grev]「嚴重的」 ➡ a**gg**ravate [`ægrə,vet]「加重，使惡化」

ad- + l**ot** [lɑt]「籤，一批」 ➡ a**ll**ot [ə`lɑt]「分配」

※ 順道一提，ad lib「即興表演」是拉丁語介系詞片語 ad libitum「（演奏時）自由地」的縮寫。因為不是一個單字，所以沒有同化變成 allib。而因為是縮寫的關係，所以有時候會加上縮寫點（ad lib.）。

ad- + n**ihil** [`nɑɪhɪl]「虛無」 ➡ a**nn**ihilate [ə`nɑɪə,let]「徹底摧毀」

ad- + p**rove** [pruv]「證明」 ➡ a**pp**rove [ə`pruv]「贊成，批准」

ad- + r**iver** [`rɪvə]「河流」 ➡ a**rr**ive [ə`raɪv]「抵達」

ad- + s**ort** [sɔrt]「種類」 ➡ a**ss**ort [ə`sɔrt]「分類」

ad- + t**end** [tɛnd]「趨向，傾向」 ➡ a**tt**end [ə`tɛnd]「伴隨，出席」

ex-
「往外」
拉丁語

ex- + f**lux** [flʌks]「流，流動」 ➡ e**ff**lux [`ɛflʌks]「流出」

input 為什麼沒有變成 imput？

→ input 的 in- 是日耳曼語的字首。日耳曼語字首 in- 和拉丁語字首 in- 不同，不會產生同化現象。

拉丁語字首 in- 的「同化」現象很常見。例如在 m, b, p（雙唇音，也就是用上下唇發音的子音）前面，in- 就會變成 im-。而 in- 在 l 前面會變成 il-，在 r 前面會變成 ir-。

in-
「否定的字首」
拉丁語

一定會同化

in- + mature「成熟的」 ⟶ [ˌɪməˈtjʊr] immature「未成熟的」

in- + moral「道德上的」 ⟶ [ɪˈmɔrəl] immoral「不道德的」

in- + balance「平衡」 ⟶ [ɪmˈbæləns] imbalance「不平衡」

in- + legal「法律的，合法的」⟶ [ɪˈligl] illegal「違法的」

in- + regular「規律的」 ⟶ [ɪˈrɛgjələ] irregular「不規則的」

> 這種同化大多是在單字傳入英語之前，在拉丁語或古法語的階段就發生了。

那麼，為什麼 input 沒有照著這個規則變成 imput 呢？含有源自拉丁語的 in- 的單字，是在拉丁語或古法語的時代產生的，但 input 這個單字是在英國發明的（不過，input 的 in- 實際上的發音很容易變成 [ɪm]）。而 input 的 in- 其實不是拉丁語的字首，而是把源自日耳曼語的副詞 in 當成字首使用（參照 p.67, 69 的圖解）。

不同化

in-
「在裡面」
日耳曼語

[ˈɪnmet] inmate「囚犯，精神病院的病人」　　[ˈɪnˈbaʊnd] inbound「入境的，回本國的」

[ˈɪnˈbɔrn] inborn「天生的，先天的」　　[ˈɪnˌpeʃənt] inpatient「住院病人」
※ 也寫成 in-patient。

in-
「否定的字首」
拉丁語

一定會同化

in- + patient「有耐心的」 ⟶ [ɪmˈpeʃənt] impatient「沒耐心的」

> 雖然日耳曼語的 in-「在裡面」不同化，但否定的 in- 一定會同化。

※in-「在裡面」只看字面不容易看出源自日耳曼語還是拉丁語，有時難以判斷是否有同化現象，但至少表示否定的 in- 一定會發生同化。

字首 com- 和 con-，哪個是基本形式？

字首 com- 源自於拉丁語的 cum「和…一起」，從字源來看，com- 應該是基本形式。不過，com- 後面接 c, d, j, n, q, s, t 開頭的字根時會同化為 con-，相較之下維持 com- 的情況只有後面接 b, p, m 的時候。所以為了方便說明，把 con- 當成基本形式，而把 b, p, m 前面的 com- 當成變化形，感覺上比較容易懂。因此，經常可見一般書籍把 con- 當成這個字首的基本形式。以下是以 con- 為基本形式的說明。

	con- + bi- 表示「二」的字根 ⟶ [ˌkɑmbəˈneʃən] combination「結合，組合，聯合」	
com-「一起」拉丁語	con- + press「壓」⟶ [kəmˈprɛs] compress「壓縮，精簡」	
	con- + memory「記憶」⟶ [kəˈmɛməˌret] commemorate「紀念」	
為求方便 con-「一起」	con- + lapse「衰退，過失」⟶ [kəˈlæps] collapse「倒塌，暴跌」	
	con- + relation「關係」⟶ [ˌkɔrəˈleʃən] correlation「關聯，相互關係」	

就算知道源自字首 ob-，但因為有太多種意義，所以很難分辨！

字首 ob- 除了「在下面」、「往…的方向」以外，還有「在…前面」、「在上面」、「覆蓋」、「和…相對」、「相反」、「完全地」等各種意義。所以，就算知道來自 ob-，也不容易確定意義。

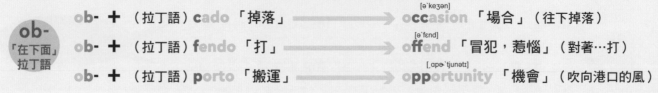

ob-「在下面」拉丁語	ob- +（拉丁語）cado「掉落」⟶ [əˈkeʒən] occasion「場合」（往下掉落）	
	ob- +（拉丁語）fendo「打」⟶ [əˈfɛnd] offend「冒犯，惹惱」（對著…打）	
	ob- +（拉丁語）porto「搬運」⟶ [ˌɑpəˈtjunətɪ] opportunity「機會」（吹向港口的風）	

字首 sub- 現在的意義和字源常有很大的落差

字首 sub- 產生的單字，如果發生了子音同化，就不容易發現字首是 sub-。在字源研究方面，像 suggest、summon、surrogate 等等難以理解如何產生現今意義的情況也很多。

sub-
「在下面」
拉丁語

sub- + （拉丁語）cubo「躺」 ➞ [sə`kʌm] su**cc**umb「屈服，承認失敗」

sub- + （拉丁語）figo「固定」 ➞ [`sʌfɪks] su**ff**ix「在末尾附加，字尾」

sub- + （拉丁語）gero「攜帶」 ➞ [sə`dʒɛst] su**gg**est「建議」

sub- + （拉丁語）moneo「警告」 ➞ [`sʌmən] su**mm**on「召喚，傳喚」

sub- + （拉丁語）porto「搬運」 ➞ [sə`port] su**pp**ort「支持」

sub- + （拉丁語）rogo「問」 ➞ [`sɜ·əgɪt] su**rr**ogate「代理者，代用品」

TOPICS 30

中文也有子音同化嗎？

子音的同化並不限於英語。例如中文的「按摩（anmo）」、「乾杯（ganbei）」、「麵包（mianbao）」，其中的「n」音實際上往往發成 [m] 而不是 [n]。請比較按摩（anmo）和按鈕（anniu）兩個詞之中子音「n」的發音位置（調音部位），注意上下唇和舌頭位置的差別。

按摩 ➞ **ammo**
乾杯 ➞ **gambei**
麵包 ➞ **miambao**

「乾杯」和「麵包」的情況，n 不會變得和後面的子音完全相同（不會發成 gabbei 或 miabbao），但調音部位從 n 的上排牙齦和舌尖變成了 m 的雙唇（和 b、p 的部位相同），所以也視為同化現象。

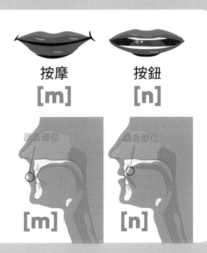

按摩 [m]　　按鈕 [n]

[m]　　[n]

字首與子音的脫落

如果有三個連續的子音，字首最後的子音就會脫落？

字首的子音消失，就難以辨別原來的字首

字首最後的子音，有時會因為和後面字根的結合而發生脫落（省略）elision [ɪˋlɪʒən] 的現象。ad- 的 d 或 ob- 的 b 消失後，就不容易分辨其字源。請記住以下容易發生語音脫落的模式。

ad-
「往…」
拉丁語

ad- **+**（拉丁語）scribo「寫」 ⟶ [əˋskraɪb] ascribe「把…歸因於」

ad- **+**（拉丁語）specio「觀察」 ⟶ [ˋæspɛkt] aspect「（家的）朝向，方面，外貌」

ad- **+**（拉丁語）stringo「拉緊」 ⟶ [əˋstrɪndʒənt] astringent「收斂性的，尖銳刻薄的」

ad- **+**（拉丁語）vindico「復仇」 ⟶ [əˋvɛndʒ] avenge「復仇，報仇」

ob-
「在下面」
拉丁語

ob- **+**（拉丁語）mitto「送出，放開」 ⟶ [oˋmɪt] omit「遺漏，刪去」 ※ 不是 ommit！

sub-
「在下面」
拉丁語

sub- **+**（拉丁語）specio「觀察」 ⟶ [səˋspɛkt] suspect「懷疑，猜想」

sub- **+**（拉丁語）teneo「持有，保持」 ⟶ [ˋsʌstənəns] sustenance「支持，食物，營養」

com-
「一起」
拉丁語

com- **+** incident「發生的事，事件」[ˋɪnsədənt] ⟶ [koˋɪnsədənt] coincident「同時發生的」

com- **+** operate「運作，起作用」[ˋɑpəˏret] ⟶ [koˋɑpəˏret] cooperate「合作，配合」

com- **+** habit「習慣」[ˋhæbɪt] ⟶ [koˋhæbɪt] cohabit「同居」

字首的 a- 和 an- 等等，有幾種可能性

因為字首子音同化或消失的關係，所以雖然看起來相同，卻有可能源自不同的字首。

a-

[ˋædəmənt]
a**damant**「堅決的，固執的」⋯⋯⋯⋯ a- 希臘語的否定詞 ＋ damazo「馴服」

（消失）

[ˋævəˏnju]
a**venue**「大道，林蔭大道」⋯⋯⋯⋯⋯ ad- 拉丁語「往⋯」 ＋ venio「來」

[əˋflot]
a**float**「在海上，在船上，漂浮著」⋯⋯ a- 日耳曼語「在上面」 ＋ float「浮」

an-

[əˋnɑməlɪ]
an**omaly**「異常的人事物，不規則」⋯⋯ an- 希臘語的否定詞 ＋ homalos「相等的」

[ˋænod]
an**ode**「陽極，電池的負極」⋯⋯⋯⋯⋯ ana- 希臘語「往上」 ＋ hodos「路」

[ˋænoˏtet]
an**notate**「註釋，註解」⋯⋯⋯⋯⋯⋯ ad- 拉丁語「往⋯」 ＋ noto「做記號」

（同化）

ap-

[ˋæpəˏdʒi]
ap**ogee**「遠地點，頂點，極點」⋯⋯⋯⋯ apo- 希臘語「離開」 ＋ ge「土地，地球」

[ˋæpəzɪt]
ap**posite**「適當的，貼切的」⋯⋯⋯⋯⋯ ad- 拉丁語「往⋯」 ＋ poneo「放置」

（同化）

di-

[ˏdaɪəˋrɑmə]
di**orama**「透視畫，立體透視模型」⋯⋯ dia- 希臘語「通過」 ＋ horama「景象」

[dəˋlɛmə]
di**lemma**「兩難，左右為難」⋯⋯⋯⋯⋯ di- 希臘語「二」 ＋ lemma「前提」

（同化）

[ˋdɪfərəns]
di**fference**「不同，差異」⋯⋯⋯⋯⋯⋯ dis- 拉丁語「分離」 ＋ fero「攜帶」

其他還有很多不容易分辨的例子，所以最好查字典確認，不要用自己的感覺判斷。

字首大集合！

表示苯的分子形態時會使用的希臘語字首

苯是六個碳原子以雙鍵與單鍵結合而成的正六邊形分子。萘是兩個苯環共用其中一邊而形成的結構。它們是原油中的成分，也是石油化工的合成基本原料，是非常重要的物質。

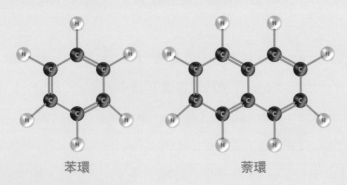

苯環　　　　　　　　萘環

化學結構式會以更簡略的形式表示以上兩種分子。

　　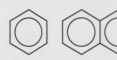

也有中間畫○的表現方式。

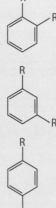

o- 「鄰」
結合形式 ortho- 源自希臘語「直的」的意思。

m- 「間」
meta-「在後面」。

p- 「對」
para-「在旁邊」。

※ R 和 R' 是官能基的省略符號。

使用字首的物質名稱例子：

對二氯苯
paradichlorobenzene
p-DCB

常作為防蟲劑。

chloro- 的意思是「氯的」。

萘環使用的字首

組成的原子個數相同，但位置關係不同的物質稱為同分異構物，英語是 isomer [ˈaɪsəmɚ]，由希臘語表示「相等」的 iso- 和表示「部分」的字根 mer 構成。苯環上有兩個取代基時，有三種同分異構物，而萘環有兩個取代基時，就有十種同分異構物。

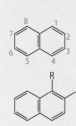

萘
紅色數字表示取代基的位置。

O- 位置 1, 2。
結合形式 ortho- 是希臘語「直」的意思。

m- 位置 1, 3。
meta- 是希臘語「在後面」的意思。

p- 位置 1, 4。
para- 是希臘語「在旁邊」的意思。

明明還有字首可用，卻沒有全部都取名字，實在太可惜了⋯⋯

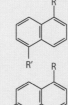

ana- 位置 1, 5。
ana- 是希臘語「在上方」的意思。

ε- 位置 1, 6。
epi- 是希臘語「在上面」的意思。

kata- 位置 1, 7。
kata- 是希臘語「往下」的意思。

peri- 位置 1, 8。
peri- 是希臘語「在周圍」的意思。

位置 2, 3。
沒有特定的字首。

amphi- 位置 2, 6。
amphi- 是希臘語「在周圍」的意思。

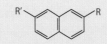

pros- 位置 2, 7。
pros- 是希臘語「在前面」的意思。

以上這些在有機化合物的世界中非常重要的分子，當其中氫元素的部分被其他的原子或分子（稱為官能基）取代時，就成為「芳香族化合物」。苯環上有兩個取代基時，常以左頁的方式用希臘語字首表示位置關係。萘環雖然也有希臘語字首的命名系統，但現今通常直接用數字表示取代基的位置。

表示同分異構物的化學用語，集結了眾多的希臘語字首！

把名詞和形容詞變成動詞？

深入探討字首 be- 與 en-

大部分的字首不會改變詞性，但這兩個是例外

字首大多不會改變詞性，但 be-、en- 和 in- 是例外。en- 源自拉丁語的 in-，在古法語時期變成 en-。另外，be- 原本是古英語表示「by」的非重音形式。

[rɪtʃ]
rich ⟶ [ɪnˋrɪtʃ] **en**rich
「富有的，有錢的」　「使富裕，使豐富」

[bɑm]
balm ⟶ [ɪmˋbɑm] **em**balm
「藥膏，芳香性樹脂」　「以藥物對屍體進行
源自閃語的 basam。　　　　防腐處理」

[ˋpauɚ]
power ⟶ [ɪmˋpauɚ] **em**power
「力量」　「給予權力」

[θron]
throne ⟶ [ɪnˋθron] **en**throne
「王座」　「使登基，使即位」

對木乃伊進行防腐處理。

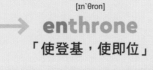

[fɑg]
fog ⟶ [brˋfɑg] **be**fog
「霧」　「以霧籠罩，使困惑」

[nʌm]
numb ⟶ [brˋnʌm] **be**numb
「麻木的，
失去感覺的」　「使麻木」

[frɛnd]
friend ⟶ [brˋfrɛnd] **be**friend
「朋友」　「對…友好，扶助」

[fɔl]
fall ⟶ [brˋfɔl] **be**fall
「落下」　使不及物動　「降臨於
　　　　詞變成及物　（人）」
　　　　動詞。

[hɛd]
head ⟶ [brˋhɛd] **be**head
「頭」　「砍頭，斬首」
這裡的字首 be- 有否定
意味。

解析英語的「結合形式」

Part II

在 Part II，將會針對市面上許多字源相關書籍並未詳細解說的「結合形式」，探討它「字根＋連結母音」的構造，以及它和字首的差別。和數量有限的字首相比，結合形式的數量相當多，不可能全部加以說明，所以這裡將介紹一些具代表性的結合形式。

Anatomy of "Combining Forms" of English

字首與結合形式
隨著文獻不同，看待的方式也不同

有各種稱呼的 combining form「結合形式」

大致上，在美國的字典和文獻中，sub-、pro- 稱為 prefix「字首」，multi-、neo- 則稱為 combining form「結合形式」。相對的，英國的字典和文獻則通常把 sub-、pro-、multi-、neo- 同樣當成字首看待。其中的差異是什麼？以下的比較是區分結合形式時採用的標準。

[`prifɪks]

字首 prefix

接在單字開頭，為單字增添意義的成分。不能當成獨立的單字。加上字首而產生的單字稱為 derivative [də`rɪvətɪv]「衍生詞」。

希臘語 **apo-**
「離開」

拉丁語 **non-**
否定字首

日耳曼語 **over-**
「在上面」

希臘語 **para-**
「在旁邊」

拉丁語 **com-**
「一起」

字首、字尾被稱為「文法性質」的成分。

[kəm`baɪnɪŋ]　[form]

結合形式 combining form

接在單字開頭或後面，為單字增添意義的成分。源自獨立的單字。加上結合形式而產生的單字稱為 compound [`kɑmpaʊnd]「複合詞（合成詞）」。

拉丁語 **multi-**
「多⋯」

希臘語 **ethno-**
「民族的」

希臘語 **homo-**
「相同」

拉丁語 **quasi-**
「疑似⋯，類似⋯」

結合形式被認為是「詞彙性質的」、「較類似單字的性質」。結合形式大多源自希臘語及拉丁語，常見於專業術語中。

TOPICS 31

結合形式只接在單字開頭嗎？

→ 結合形式不只接在單字開頭，也會接在結尾部分。

[ˋlɔgəfaɪl]
logophile = **logo-** + **-phile**
「愛好詞語的人」 「詞語」 「愛好」

biology = **bio-** + **logy**
「生物學」 「生物」 「詞語→學問」

嚴格來說，這裡的 -y 是字尾。

結合形式 log- 可以像字首一樣接在單字的開頭，而 logy- 則像字尾一樣接在單字結尾，形成表示「…學」的單字。從這一點來看，字首基本上不能像結合形式一樣接在單字結尾。

[ˋgræməˌfon]
gramophone 「留聲機」gramo- 是結合形式。

[ˋtɛləˌgræm]
telegram 「電報」gram- 也是結合形式。

[ˋænəˌgræm]
anagram 「異位構詞（改變某個詞語的字母順序，形成不同意義的一種語言遊戲）」
這裡的 gram- 是字根，ana- 是字首。

gramophone「留聲機」

譯名很多的 combining form

combining form 在字典和文法書中，還有其他各種稱呼。

連結形式： 把 combining 翻譯成連結。
連結詞： 當成「詞性」的「詞」。
結合形式： 把 combining 翻譯成結合。
結合詞： 同樣當成一種「詞」。
複合要素： compound-element。
　　　　　　意指形成複合詞的成分。
構詞成分： 意指構成詞彙的成分。

都是指同樣的東西！

combine 的意思是「結　　合，使合併」。combine 也可以指 combine harvester「聯合收割機」，是可以一次同時收割、脫粒、分離雜物的農業機械。

99

連結母音隨著語言而有所不同

拉丁語 -i-、希臘語 -o- 的法則

連結母音也稱為結合母音或接續母音

連結母音在英語中稱為 connecting vowel 或 linking vowel。

字根 **log-** ➕ 連結母音 **-o-** ＝ 結合形式 **logo-**

「詞語，收集」 「語言的，…學」

● 結合形式 + 子音～ vs. 結合形式 + 母音～

接在子音開頭的詞語前面時，結合形式是字根 + 連結母音。

logo- ➕ **-gram** ＝ **logogram**

「詞語，收集」 「寫下的東西」 「語素文字，表語文字」

字根+連結母音 子音開頭的字根

log- ➕ **arithmos** ＝ **logarithm**

「詞語，收集」 希臘語「數字」 「對數」

字根 母音開頭的字根

比較源自拉丁語及源自希臘語的結合形式

拉丁語

longi-「長的」… **longitude**「經度」 [ˋlɑndʒəˋtjud]

brevi-「短的」… **abbreviation**「縮略」 [əˌbrivɪˋeʃən]

magni-「大的」… **magnitude**「巨大，地震規模」 [ˋmæɡnəˌtjud]

multi-「多的」… **multiple**「多個的，多樣的」 [ˋmʌltəpl]

omni-「全部」… **omnipotence**「全能」 [ɑmˋnɪpətəns]

ligni-「木頭」… **lignify**「木質化」 [ˋlɪɡnəˌfaɪ]

nigri-「黑色」… **nigrify**「變黑」 [ˋnɪɡrɪˌfaɪ]

digiti-「指頭」… **digitigrade**「趾行動物」 [ˋdɪdʒɪtəˌgred]

falsi-「假的」… **falsify**「偽造」 [ˋfɔlsəˌfaɪ]

拉丁語的連結母音是 -i-

希臘語

macro-「長的」… **macrophage**「巨噬細胞」 [ˋmækrofedʒ]

megalo-「大的」… **megalopolis**「巨大都市」 [ˌmɛɡəˋlɑpəlɪs]

poly-「多的」… **polyurethane**「聚氨酯」 [ˌpɑlɪˋjurəˌθen]

oligo-「少的」… **oligopoly**「寡頭壟斷」 [ˌɑləˋgɑpəlɪ]

holo-「完全」… **hologram**「全息投影」 [ˋhɑləˌgræm]

xylo-「木頭」… **xylophone**「木琴」 [ˋzaɪləˌfon]

melano-「黑色」… **melanocyte**「黑色素細胞」 [ˋmɛlənəˌsaɪt]

dactylo-「指頭」… **dactylogram**「指紋」 [dækˋtɪləgræm]

pseudo-「假的」… **pseudonym**「假名」 [ˋsudəˌnɪm]

希臘語的連結母音是 -o-

希臘語的連結母音中，-o- 佔壓倒性的多數，但也有 -i-、-y-、-a-。

表示「多…」的 multi-, poly-

意義相同，但使用的單字各有不同

檢視表示「多…」的結合形式之間的差異

表示「多…」的結合形式（有些文獻視為字首），源自拉丁語的最常見，其次是源自希臘語的。

源自日耳曼語，表示「多…」的 many，它的結合形式可以在 manifold [ˈmænəˌfold]「各式各樣的」等單字中看到。

[ˌmʌltɪˈmidɪə]
multimedia
「多媒體」

拉丁語 media 是 medium「中間」的複數形。

[ˈpɑlɪˌgɑn]
polygon
「多邊形（多角形）」

源自希臘語 poly- + gonu「膝蓋」。

多邊形的貓

同時做多件事的女性

[ˈmʌltɪ]
multi-
「多…」
源自
拉丁語

在母音前面
mult-

[pɑlɪ]
poly-
「多…」
源自
希臘語

大腸息肉

[mʌltɪˈtæsk]
multitask
「同時做多件事，多工處理」

拉丁語 multi- + task。task 源自通俗拉丁語 *tasca「義務」。

[mʌlˈtæŋɡjələ]
multangular
「多角的」

英語 angular 的意思是「有角的，有尖角的，角度的」，源自拉丁語 angulus「角，角落」，和希臘語的 ankylos「彎曲的」是同源詞。

[ˈpɑlɪp]
polyp
「息肉，水螅體」

源自希臘語 poly- + pous「腳」，因為鼻息肉看起來像是長出多隻腳的樣子。順道一提，希臘語和拉丁語也用這個字根組合表示有多隻腳的烏賊或章魚。因此，現代法語將章魚稱為 poulpe。生物學上的 polyp「水螅體」是指刺胞動物附著在岩石等物體的生命階段，會像海葵般展開許多觸手。

碟狀體　　水母體
卵
水母的一生
橫裂體　　浮浪幼蟲
水螅體

拉丁語結合形式 + 拉丁語字根 vs. 希臘語結合形式 + 希臘語字根

在英語詞彙中，有些拉丁字源組合和希臘字源組合的意思是相近的，但往往在語感上有些微的差異。

源自 **拉丁語**

[ˋmʌltɪˋlɪŋgwəl]
multilingual
「說多種語言的（人）」
或者「使用多種語言的」

lingual 源自拉丁語
lingua「舌頭」

源自 **希臘語**

[ˋpɑlɪˌglɑt]
polyglot
「說多種語言的（人）」
或者「多種語言對照的書」

glot 源自希臘語
glossa「舌頭」

※ 雙語人士稱為 bilingual [baɪˋlɪŋgwəl]，會說三種語言的人稱為 trilingual [traɪˋlɪŋgwəl]。

polyglot 相較之下是稍微正式的用語。實際使用的例子比 multilingual 少。

TOPICS 32

結合形式 poly- 和「polybag」有關嗎？

其實是有關聯的。polybag 是指以 polyethylene（聚乙烯）或 polypropylene（聚丙烯）製成的塑膠袋。這種塑膠是由許多 ethylene（乙烯）或 propylene（丙烯）的小分子連結而成的巨大分子。由於 ethylene 及 propylene 都源自於希臘語，因此接的是希臘語的結合形式 poly-，而形成 polyethylene 和 polypropylene 這兩個單字。

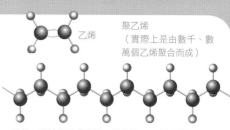

乙烯
聚乙烯
（實際上是由數千、數萬個乙烯聚合而成）

另外，寶特瓶的「寶特」是英語 PET 的音譯，PET 是 polyethylene terephthalate（聚對苯二甲酸乙二酯）的縮寫，製程中會使用乙烯衍生的乙二醇。

parvi-、poor、few 是同源詞！

表示「少…」的結合形式

表示「小…」的拉丁語結合形式 parvi- 源自拉丁語 parvus。進一步回溯字源，可追溯至原始印歐語的 *pau-（*pehw-）「少的、小的」。*pau- 也衍生出拉丁語的 paucus，這個詞後來則衍生出義大利語的 poco「一點點」。原始印歐語 *pau 到了日耳曼語則是從 p 變成 f，後來產生了英語的 few。

[pur]
poor
「貧窮的」

源自拉丁語 pauper「貧窮的」。往前追溯源頭，則是原始印歐語的 *pau-。

[ˈpɑvə˰tɪ]
poverty
「貧窮，貧乏」

源自拉丁語 pauper「貧窮的」的名詞形 paupertas。

[ˈpoko] [a] [ˈpoko]
poco a poco
「逐漸（一點一點地）」

樂譜上會看到的音樂術語，會和表示速度或音量的術語連用，意味著逐漸變化，例如 poco a poco accel「逐漸加快」、poco a poco cresc「逐漸加強」。

[ˈpɑrvo ˌvaɪrəs]
parvovirus
「微小病毒」

拉丁語 parvi-「小的」（i 是連結母音）+ virus「病毒」，但不知為何連結母音變成了 -o-（命名者搞錯了嗎？）。微小病毒的直徑可以小到十幾奈米（1 奈米是 1mm 的百萬分之一），是病毒中最小的種類（順道一提，HIV 病毒的直徑約 100 奈米）。

[parvɪ]
parvi-
「少的」「小的」
源自
拉丁語

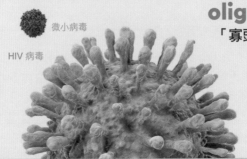

微小病毒

HIV 病毒

[ˌɑlɪgoˈsækəˌraɪd]
oligosaccharide
「寡醣」

希臘語 oligo- + saccharide「醣類」。葡萄糖、果糖等單醣類稱為 monosaccharide。寡醣則是 3~10 個單醣分子聚合而成。更多單醣分子聚合而成的是 polysaccharide「多醣」。

在母音前面

olig-

[alɪgo]
oligo-
「少的」
源自
希臘語

[ˌalɪˈgɑpəlɪ]
oligopoly
「寡頭壟斷」

希臘語 oligo- + poleo「賣」。單獨壟斷則是 monopoly [məˈnɑpəlɪ]。

[ˌalɪˈgjʊrɪə]
oliguria
「少尿，少尿症」

源自希臘語 olig- + -uria「尿的」。

表示「半…」的 hemi-, demi-, semi-

表示「一半的」的結合形式 hemi-, demi-, semi-，在美式英語也可以發成 [hɛmaɪ]、[dɛmaɪ]、[sɛmaɪ] 的音（跟 multi- 唸成 [mʌltaɪ]、anti- 唸成 [æntaɪ] 是一樣的）。

demi-「半…」源自拉丁語的複合詞

拉丁語 **dis- + medius**「中間的」

↓ 表示分離的字首 dis- 去掉 s

晚期拉丁語 **dimedius**

↓ di- 變成 de-

古法語 **demi-**

↓

英語 **demi-**

[hɛmɪ]
hemi-
「半…」
源自
希臘語

[ˌsɛmɪˋsɝkl]
semicircle
「半圓」

拉丁語 semi- + circle「圓」。circle 源自拉丁語的 circulus「圓」，再往前回溯則是希臘語的 kirkos「圓」。

[sɛmɪ]
semi-
「半…」
源自
拉丁語

[dɛmɪ]
demi-
「半…」
源自
拉丁語

[ˌsɛmɪˋfaɪnl]
semifinal
「準決賽」

[ˋdɛmɪˌglɑs]
demi-glace
「法式多蜜醬汁」

源自法語 demi-glace「一半的冰」。是指一種燉煮到像是要凝固（視覺上像結冰的樣子）的濃厚醬汁。

[ˋhɛməsˌfɪr]
hemisphere
「（大腦）半球」

源自希臘語 hemi- + sphere「球」。如果要明確表示是大腦半球，可以用 cerebral hemisphere 來表達。

[ˋsɛmɪˋdɑrknɪs]
semidarkness
「半暗」

[ˌsɛmɪkənˋdʌktə]
semiconductor
「半導體」

拉丁語 semi- + conductor「導體」。

[ˋdɛmɪˌtæs]
demitasse
「小型咖啡杯」

一半的 tasse「杯子」。指一半大小的小咖啡杯，或者這種杯子所裝的濃縮咖啡。

全音符	1/2	1/4	1/8	1/16	1/32	1/64
[ˋsɛmɪˌbriv]	[ˋmɪnɪm]	[ˋkrɑtʃɪt]	[ˋkwevə]			
semibreve (whole note)	minim	crotchet	quaver	semiquaver	demisemiquaver	

[ˌhɛmɪˌdɛmɪˋsɛmɪˌkwevə]
hemidemisemiquaver
「六十四分音符」（1/2×1/2×1/2 的八分音符）

源自希臘語 hemi- + demi- + semi- + quaver「顫抖的東西，八分音符」。使用了各種表示一半的結合形式。也稱為 sixty-fourth note。

表示「全…」的 omni-, pan-, al-

「pandemic」中 pan- 的真面目

檢視表示「全部」的結合形式之間的差異

表示「全部」的拉丁語、希臘語結合形式,在英語中很常見。
源自日耳曼語的結合形式則是 al-。

[`pænθɪən]

pantheon

「萬神廟,諸神殿」

源自希臘語 pan- + theos「神」,是指「祭祀所有神的殿堂」。

羅馬的萬神廟

[ˌɑmnɪdɪˋrɛkʃən]

omnidirectional

「全方向的」

源自拉丁語 omni-「全部」+ direction「方向」。

[ɑmnɪ]

omni-
「全…」
源自
拉丁語

[amˋnɪvərəs]

omnivorous

「雜食的,什麼都吃的」

源自拉丁語 omni-「全部」+ voro「吃」。「草食的」是 herbivorous [həˋbɪvərəs],「肉食的」是 carnivorous [karˋnɪvərəs]。名詞形是 omnivore [ˋɑmnəˌvɔr]「雜食動物」。

[pæn]

pan-
「全…」
源自
希臘語

[ˌpænəˋsɪə]

panacea

「萬能藥」

源自希臘語 pan- + akos「治療」。akos 和 iatros「醫師」有關,pediatrics [ˌpidɪˋætrɪks]「小兒科」和 geriatrics [ˌdʒɛrɪˋætrɪks]「老年醫學」中的 -iatrics 也是從「醫師」衍生而來的。

[ˋɑmnɪbəs]

omnibus

「選集,公車的舊稱」

源自拉丁語 omnis「全部」。原本 omnibus 的意思是「為了所有人的」,用來指公共馬車、舊式的公車。後來 omnibus 的 omni- 被省略,而變成 bus「公車」。

bus 的部分是來自拉丁語 omnis (第三變格法名詞)的複數與格 omnibus。-ibus 是第三、第四、第五變格法名詞的複數與格字尾。(例: caput「頭」→複數與格 capitibus, dens「牙齒」→複數與格 dentibus。所以,-bus 原本並沒有「交通工具」的意思。

[pænˋdɛmɪk]

pandemic

「傳染病的
大規模流行」

源自希臘語 pan- + demos「民眾」。當 epidemic [ˌɛpɪˋdɛmɪk]「疾病的流行」(p.36)擴散的範圍非常廣時,就稱為 pandemic。

拉丁語 vs. 希臘語 vs. 日耳曼語

這三個單字的字源幾乎是完全相同的意思，但隨著語言來源不同，語感也有差異。

源自 日耳曼語

[ɔlˋmaɪtɪ]

almighty

「全能的」

the Almighty 是指「全能的神」。
al- 和源自日耳曼語的
all「全部的」字源相同。

almighty 是最一般的說法。

源自 拉丁語

[ɑmˋnɪpətənt]

omnipotent

「全能的，有無限權力、力量的」

the Omnipotent 是指「全能的神」。
potent 源自拉丁語的
potens「有力量的」。

omnipotent 的語感比 almighty 來得正式。相對於
omnipotent「全能」，「全知」則是 omniscient
[ɑmˋnɪʃənt]。

源自 希臘語

[pænˋtɑkrətə]

pantocrator

「全能者」

源自希臘語 pantokrator。
krator 是「統治者」的意思。

描繪耶穌的拜占庭式聖像，常把這個單字當成
標題。不過，英語使用 pantocrator 的例子並不
多。krator「統治者」和 democracy「民主」及
aristocracy「貴族」中的 -cracy 字源相同。

TOPICS 33

結合形式 pan- 和翻譯「泛…」發音相似的理由

[ˌpænəˋmɛrəkə]

Pan-America

「泛美，全美洲」

Pan American Airways
「泛美航空」通稱為 Pan
Am，發音是 [ˋpænəm]。

因為結合形式 pan- 和「泛…」的
發音類似，所以就順理成章地用
「泛」來翻譯 pan- 了。「泛」和
異體字「汎」表示水四處漫流的
樣子，或者浮在水面上的東西像
帆一樣隨風漂的樣子。

[ˌpænˋmʌzləmɪzəm]

Pan-Muslimism

「泛穆斯林主義」

[pænˋslævɪk]

Pan-Slavic

「泛斯拉夫的」

表示「泛…」的時候，往往會像以上
的例子一樣，在 Pan- 加上連字符號。

表示「大」的 magni-, mega-

「magnitude」和「megahit」

表示「大…」的拉丁語結合形式

表示「大…」的結合形式，其實都源自原始印歐語的 *meghs。

[ˈmægnəˌtjud]
magnitude
「巨大，地震規模」

拉丁語 magni-（i 是連結母音）+ -tudo 形成抽象名詞的字尾。

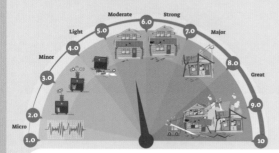

[ˈmæksɪm]
maxim 「格言，行為準則」

拉丁語 maximus（i 是連結母音）的陰性形 maxima 去掉字尾 -a。

[mægˈnɪfəsənt]
magnificent
「壯麗的，宏偉的，華麗的」

拉丁語 magni- + faciens「做」（facio「做」的分詞）。

magni-
maxi-, maj-
「大的」
源自
拉丁語

[ˈmæksɪ] [kot]
maxi-coat
「超長大衣」

長度達到腳踝的大衣。也可以簡單稱為 maxi。

[ˈmædʒɪstɪ]
majesty
「尊嚴，威嚴，陛下」

源自拉丁語 maior「大的」+ -tas → maiestas「偉大，威嚴」。-tas 是形成表狀態的陰性名詞的字尾。majority 的字源也類似，是來自拉丁語的名詞 maioritas。

[məˈdʒɔrətɪ]
majority
「大多數，過半數」

[ˈmedʒə]
major
「較大的，主要的」

在解剖學用語中，常用 major 表示「大…」，minor 表示「小…」。

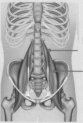

[soəs] [maɪnə]
psoas minor
「腰小肌」
[soəs] [medʒə]
psoas major
「腰大肌」

原始印歐語 ***meghs-**「大的」 → 希臘語 **mega-**

↓ 母音 e → a

*meghs + 比較級字尾 -yos

拉丁語 **magnus**「大的」　　　　　　**maios**「比較大的」

最高級 maximus　　　　i 拼成 j

英語 **magn-**「大的」　**maxi-**「大的」　**maj-**「大的」

表示「大…」的希臘語結合形式

表示「大…」的希臘語結合形式 mega-，會接在希臘語字根或源於日耳曼語的單位名稱前，表示「巨大」或單位的「100 萬倍」。科學用語中很常見。

在母音前面 **meg-**

[ˈmɛgə]
mega-
megalo-
「大的」
源自
希臘語

[ˈmɛɡəˌlɪθ]
megalith
「巨石」

希臘語 mega- + lithos「石頭」，是指史前時代遺跡中設立的巨石。

安納托利亞的 Göbekli Tepe（哥貝克力石陣）巨石

[ˈmɛɡˌom]
megohm
「百萬歐姆，MΩ」

希臘語 mega-（百萬）+ ohm「歐姆」。從英語發音不容易發現它是歐姆的單位。

[ˈmɛɡəbaɪt]
megabyte
「百萬位元組，MB」

希臘語 mega-（百萬）+ byte「位元組」。實際上是指 2^{20}（1,048,576）個位元組。byte 拼字中的 y 讓它看起來像是源自希臘語，但實際上是和源自日耳曼語的 bite「咬」和 bit「小塊，位元」有關。

[ˈmɛɡˌtʌn]
megaton
「百萬噸級，Mt」

希臘語 mega-（百萬）+ ton「噸」。常當成表示核彈威力的單位，1 megaton 表示一百萬噸 TNT 炸藥爆炸的威力。

[ˈmɛɡəˌhɪt]
megahit
「非常成功的作品」

希臘語 mega- + hit「受歡迎的作品」，指百萬銷售的書或歌曲等等。

[ˌsaɪtəˌmɛgəloˈvaɪərəs]
cytomegalovirus
「巨細胞病毒」

希臘語 cyto-「細胞的」+ megalo- + virus「病毒」。在醫學用語中，有許多 megalo- 形式所造的詞。

[ˈmɛɡəˌpod]
megapode
「塚雉」

源自希臘語 mega- + podos「腳」。這是棲息在澳洲及附近島嶼的鳥。牠會用有力的腳挖掘地面，並填入枯葉等等，做出大型的丘狀巢。

[məˈgæptərə]
megaptera
「大翅鯨／座頭鯨屬」

希臘語 mega- + pteron「翅膀（引申為胸鰭）」。在鯨魚中，大翅鯨的胸鰭相對較大。

摩訶羅闍、摩訶婆羅多

梵語 maha-「偉大的」和 magni-、mega- 的字源相同。maharajah「摩訶羅闍」的意思是「偉大的君主、大王」。印度教的經書 Mahabharata「摩訶婆羅多」，則是表示「偉大的婆羅多一族（的故事）」。

表示「小」的 mini-, micro-
日常生活常見結合形式的奧妙之處

表示「小⋯」的結合形式

表示「小⋯」的拉丁語結合形式 min-、希臘語結合形式 micro- 和源自日耳曼語的 small，都是來自原始印歐語的 *mey- (*smey-)。

['maɪnə]
minor
「較小的，較少的」

['maɪˈnɔrətɪ]
minority
「少數，少數派」

['mɪnəməm]
minimum
「最低限度」

在母音前面
min-
←

['mɪnɪ]
mini-
「小的」
源自
拉丁語

['maɪkə] ['maɪkə]
mica? mica?
「雲母」

源自於拉丁語 mica「雲母」。另有一說是 mica 源自希臘語 micro-，但認為這個單字源自拉丁語 mico「閃耀，閃爍」的説法流傳較廣。

['mɪnɪstə]
minister
「部長，大臣，牧師」

源自拉丁語 mini- (i 是連結母音) + 比較級字尾 *-teros「比較小的人」。後來演變為「服侍者」、「牧師」、「大臣」的意思。

['maɪkro]
micro-
「小的」
源自
希臘語

希臘語形容詞 micron「小的」較舊的形式 smicron，可以看到原始印歐語 *smey- 中的 s 遺留下來的痕跡。

['maɪkrob]
microbe
「微生物，細菌」

源自希臘語 micro- + bios「生命，生物」。microbe 的指涉範圍很廣，包括細菌及病毒等等。順道一提，大腸桿菌的長度為 2000~4000 奈米，和數十奈米左右的病毒比起來算是超大型的。

[ˌmaɪkrəˈniʒə]
Micronesia
「密克羅尼西亞」

源自希臘語 micro- + nesos「島」→「小島」。密克羅尼西亞是太平洋中包含關島及加羅林群島等較小島嶼的區域。

中途島
夏威夷
菲律賓
MICRONESIA
密克羅尼西亞
關島
馬紹爾群島
帛琉
加羅林群島
諾魯
吉爾伯特群島
巴布亞
新幾內亞
吐瓦魯
MELANESIA
美拉尼西亞
薩摩亞
庫克群島
斐濟
東加
新喀里多尼亞
POLYNESIA
玻里尼西亞
澳大利亞
復活節島 →
紐西蘭

Polynesia 在希臘語是「多島」的意思，Melanesia 是「黑島」的意思。

mini、鉛丹與袖珍畫

表示小型的 mini，其實不是直接源自拉丁語的構詞成分 min-，而是從拉丁語的 minium「鉛丹」這種紅色顏料來的。

[ˈmɪnɪəm]
minium
「鉛丹」

鉛丹是以四氧化三鉛（Pb_3O_4）為主成分的顏料。minium 這個單字被認為源自伊比利亞語（伊比利半島的古代語言）。

鉛丹是中世紀宗教性質的手抄本中常用於裝飾性文字與插畫的顏料。因為 minium 是鉛丹，所以拉丁語 minio 表示「塗上鉛丹、塗成紅色」，而義大利語則將彩色的手抄本或插畫稱為 miniatura。因為這些插畫是精細描繪的小尺寸圖畫，所以 miniatura 的意思就變成精細描繪的「袖珍畫」。這個意義上的改變被認為是受到拉丁語 min-「小的」的影響。現代英語 miniskirt「迷你裙」等單字中的 mini-，其實不是來自拉丁語結合形式 min-，而是從 miniature「小型的」縮略而來的。

[ˈmɪnɪətʃə]
miniature
「袖珍畫，小型的」

TOPICS
34

microphone 和 megaphone，字源相反，但都能擴音？

→ micro 和 mega 的意義相反。雖然兩者都是將「小聲」變「大聲」的裝置，但 microphone 把焦點放在一開始的「小聲」，megaphone 則把焦點放在結果的「大聲」。

[ˈmaɪkrəˌfon]
microphone
「麥克風」

希臘語 micro-「小的」+ phone「聲音」。microphone 是把「小聲」變得大聲的工具。

[ˈmaɪk]
mike
「麥克風」

將 microphone 縮略之後，表示子音的 c 變成 k。和 mike 一樣，bicycle 縮略之後變成 bike。從字源來看，縮略形 mike 只使用了 micro- 的部分。要是 microfilm「微縮膠片」或 microscope「顯微鏡」比麥克風更早在一般人的生活中普及的話，或許 mike 表示的東西會有所不同也說不定。

[ˈmɛgəˌfon]
megaphone
「擴音器，大聲公」

希臘語 mega-「大的」+ phone「聲音」。megaphone 是把小聲變得「大聲」的工具。

表示「長」與「短」的結合形式

longi- 和 macro-，brevi- 和 brachy-

表示「長⋯」的結合形式

表示「長⋯」的拉丁語結合形式 longi-，和英語的 long 同樣源自原始印歐語 *dlonghos-。表示「長⋯」的結合形式，最常見的是源自拉丁語，其次是源自希臘語的。

[ˋlɑndʒəˏtjud]

longitude

「經度」

拉丁語 longi- + -tudo 形成抽象名詞的字尾。

[lɑnˋdʒɛvətɪ]

longevity

「長壽」

源自拉丁語 longi- + aevitas「時代，年齡，世代」。

[lɑndʒɪ]

longi-
「長⋯」
源自
拉丁語

在母音前面

macr-

[mækro]

macro-

[dɑlɪko]

dolicho-
「長⋯」「大⋯」
源自 希臘語

[ˋdɑlɪˏkosəˋfælɪk]

dolichocephalic

「長頭的，長顱型的」

希臘語結合形式 dolicho-「長的」+ kephale「頭」。長頭是指前後較長的頭蓋骨，短頭則是指左右較長的頭蓋骨。希臘語結合形式 dolicho-保留了原始印歐語開頭的子音 d-。

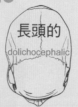
長頭的
dolichocephalic

短頭的
brachycephalic

[ˋmækro] [lɛnz]

macro lens

「微距鏡頭」

macro lens 是指「長」的鏡頭，具體來說是焦距較長（通常在 100mm 左右）的鏡頭。雖然這種鏡頭常用來把近距離的小東西拍大，也請不要把其中的 macro 說成 micro「小的」。

[ˋmækrofedʒ]

macrophage

「巨噬細胞」

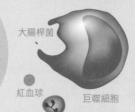

大腸桿菌

紅血球

巨噬細胞

嗜中性球

希臘語 macro- + -phage「吃東西的事物」。巨噬細胞是白血球中相對大型的細胞，會將細菌之類的異物或者體內受感染的細胞吞噬並消化。

[ˏmækrəsəˋfælɪk]

macrocephalic

「巨頭畸形的，大頭的，大頭症的」

希臘語 macro-「長的，大的」+ kephale「頭」。因為 macro- 原本是「長」的意思，所以本來也有可能用 macrocephalic 表示「長頭的」吧。

表示「短…」的結合形式

拉丁語、希臘語表示「短…」的結合形式，都源自原始印歐語的 *mreghus- 「短的」。這個字源後來變成原始日耳曼語的 *murgijaz「持續時間短的」、古英語的 myrge、最後變成現代英語的 merry [ˋmɛrɪ]「愉快的，歡樂的」。據說是因為快樂的時間總是讓人覺得「短暫」的關係。

[əˏbrivɪˋeʃən]
ab**brevi**ation
「縮略，縮略形式，縮寫」

源自和 abridge 相同的字源 abbrevio「縮短」，但沒有省略 b。

[əˋbrɪdʒ]
a**bri**dge
「刪節，節略」

雖然看起來是 a + bridge「橋」，而可能誤解為「過橋以縮短路程」，但實際上並非如此。abridge 源自拉丁語 abbrevio（ad + brevio）「縮短」。因為省略了一個 b，所以不容易看出來。

[brɛvɪ]
brevi-
「短…」
源自
拉丁語

[ˏbrækɪsɛˋfælɪk]
brachycephalic
「短頭的，短顱型的」

希臘語 brachy-「短的」+ kephale「頭」。

[brækɪ]
brachy-
「短…」
源自
希臘語

[ˋbrækɪəˏsɔr]
brachiosaur
「腕龍」

希臘語 brakhys「短的」，後來衍生出表示「上臂」（因為上臂比前臂來得「短」）的單字，然後轉而變成整個「手臂」的意思。腕龍的「腕」其實是指手臂（前肢），英文字源是 brachio-「手臂」+ sauros「蜥蜴」，意指「臂蜥蜴（前肢比後肢長的蜥蜴）」。

表示內褲的 brief，也有「教皇通諭」、「訴訟案」的意思？

TOPICS
35

拉丁語 **brevis**「短的，小的」
↓ 源自 brevis 的屬格 breve
拉丁語 **breve**「信件，概要」
↓ 字尾的子音從 v 變成 f
古法語 **bref**
↓ 母音從 /e/ 變成 [i]
[brif]
英語 **brief**

拉丁語 brevis「短的」衍生出的 breve，後來引申出「信件」的意思，而在 14 世紀時產生了表示由權威者，尤其教皇所發出的書信（教皇通諭）的意思（德語現在仍然用 Brief 表示一般的「信件」）。17 世紀左右，brief 開始表示訴訟案情摘要，後來才用這個單字表示訴訟案本身。到了 19 世紀，brief 開始被當成動詞使用，產生了英語 briefing「簡短報告」的用法。brief 表示短內褲則是進入 20 世紀後才有的用法。

113

表示「重」與「輕」的結合形式

gravi- 和 baro-，levi- 和 lepto-

表示「重的」的結合形式

表示「重的」的拉丁語 gravi-、希臘語 baro- 在一般用語中也很常用。兩者都源自原始印歐語的 *gʷreh-，但開頭的 g 音在希臘語變成 b。

[ˈɡrævətɪ]
gravity
「重力，引力，重量」

源自拉丁語 gravitas「重量」。

[ˈɡrævɪd]
gravid
「懷孕的，妊娠的」

源自拉丁語 gravidus「背負重擔的，被變重的，因為小孩而變重的→懷孕的」。

[ɡriv]
grieve
「悲痛，悲傷」

源自拉丁語 gravo「使變重」。在中古法語是「災厄，不幸」的意思，後來變成「精神上的痛苦，悲傷」。名詞形是 grief [ɡrif]。

[ɡrəˈvɪmətə]
gravimeter
「重力儀」

拉丁語 gravi-「重」+ meter「…計，測量儀器」（希臘語 metron「測量」）。拉丁語 gravi-（gravimeter）和希臘語 baro-（barometer）雖然原本意義相同，但衍生出的單字還是有意義上的差別。

[ˈɡrævɪ]
gravi-
「重的」
源自
拉丁語

在母音前面
bar-

[ˈbæro]
baro-
bary-
「重的」
源自
希臘語

[ˌbærɪˈfonɪə]
baryphonia
「發聲困難，語音粗重」

希臘語 bary-「重的」+ phone「聲音」。

[ˈbærəˌton]
baritone
「男中音，上低音號」

希臘語 bary-「重的」+ tonos「音調」，表示音域介於男高音與男低音之間的男歌手，或者這個音域的樂器。

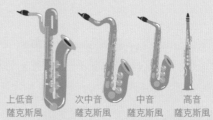

上低音
薩克斯風　　次中音
薩克斯風　　中音
薩克斯風　　高音
薩克斯風

[ˈaɪsəˌbɑr]
isobar
「等壓線」

希臘語 iso-「相等」+ bar-「重的」，表示天氣圖上氣壓相同的點連成的線。

[bəˈrɑmətə]
barometer
「氣壓計，晴雨表，指標」

希臘語 baro-「重的」+ -meter「…計」。「測量空氣重量的東西」=「氣壓計」。在沒有氣象衛星的時代，氣壓計是預測天氣的「指標」，所以後來也用這個單字表示某種事物的「指標」，例如食慾是健康的「barometer」。

氣壓計，晴雨表

表示「輕的」的拉丁語結合形式 levi-、希臘語結合形式 lepto-

和「重」相比，英語中使用表示「輕」的結合形式的單字很少。就像中文在描述事物的性質時，會說「重量」、「長度」而不是「輕量」、「短度」一樣。

[ˈlevətɪ]
levity
「輕薄，輕率，輕浮」

拉丁語 levitas「輕」。

[levɪ]
levi-
「輕…」
源自
拉丁語

[ˌlevəˈteʃən]
levitation
「懸浮升空，空中懸浮」

在母音前面
lept-

[lepto]
lepto-
「輕的」「薄的」「細的」
源自
希臘語

[ˌlepto͵menənˈdʒiəl]
Leptomeningeal
「軟腦膜的」

希臘語 lepto-「輕的，軟的，薄的」+ meningeal「腦膜的」。

[ˈlep͵tɑn]
Lepton
「輕子」

複數形是 lepta。源自希臘語 lepto-「薄的，輕的」的中性名詞化形式。lepton 在古希臘是指最小的硬幣。在現代則是電子、微中子等較輕粒子的統稱。

TOPICS
36

鋇元素真的很「重」嗎？

[ˈmɛrɪəm]
barium 「鋇」

原子序 56 的金屬元素 barium「鋇」，是希臘語結合形式 bar-「重的」加上形成元素名稱的字尾 -ium（-ium 是拉丁語的中性名詞字尾之一）。至於金屬鋇重不重，它的比重大約 3.5，是鐵（約 7.9）的一半、鉛（約 11.3）的 1/3 以下，在金屬中算是輕的。那麼，為什麼它被稱為「重」的元素呢？

鋇是從名為 baryte [ˈbɛraɪt]（barite）「重晶石」的礦石（左圖）中發現的。重晶石的比重約 4.5，在石頭中算是重的（順道一提，大理石的比重約為 2.7，日本的大谷石約 2.0）。鋇的稱呼就是因為這種石頭而得名。另外，鋇屬於鹼土金屬類，在發現當時是該類別最重的元素。

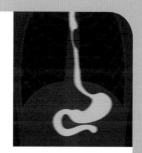

硫酸鋇不易溶於水，也不容易被消化器官吸收，所以毒性較低。由於鋇會吸收 X 光，所以被用於胃部 X 光攝影。

表示「快」與「慢」的結合形式

科學、醫學用語中常用的 tachy-, brady-, tardi-

表示「快」的結合形式 tachy-、表示「慢」的結合形式 brady-

表示「快」的希臘語結合形式 tachy- 常見於科學用語，尤其是醫學用語。相對地，使用拉丁語結合形式 cele-「快的」的例子很少。

[ˈtækɪˌɑn]

tachyon

「迅子」

希臘語 tachy- + -on（表示物質的字尾，常用於氣體元素的名稱或基本粒子的名稱）。迅子是超越光速的假想粒子，還沒有被發現，也無法確定是否真的存在。經常出現在科幻小説及漫畫的世界中。

[ˌtækɪpˈniə]

tachypnea

「呼吸急促」

也拼成 tachypnoea。希臘語 tachy- + -pneo「呼吸」。反義詞為 bradypnea「呼吸徐緩」。

源自希臘語的 ch 唸成 [k]。

[tækɪ]

tachy-

「快的」「頻繁」

源自
希臘語

[ˌtækɪˈfreʒɪə]

tachyphrasia

「急語症」

希臘語 tachy- + phrazo「告訴，宣告」。源自希臘語的同義詞有 tachyphemia（tachy- + phemi「説」）、tachylalia（tachy- + laleo「談」）。

[ˌtækɪˈfedʒɪə]

tachyphagia

「吞食過快，速食症」

希臘語 tachy- + phago「吃」。fast eating 的學術表達方式。

ECG 心電圖

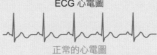

正常的心電圖

tachycardia (tach) 心搏過速

bradycardia (brady) 心搏過緩

[ˌtækɪˈkɑrdɪə]

tachycardia

「心搏過速」

希臘語 tachy- + cardia「心臟」。

[ˌbrædɪkəˈniʒɪə]

bradykinesia

「動作遲緩，運動遲緩」

希臘語 brady- + kineo「動，啟動」。cinema「電影」也是從 kineo 衍生的單字。

[brædɪ]

brady-

「慢的」「緩慢」

源自
希臘語

[ˌbrædɪˈkɑrdɪə]

bradycardia

「心搏過緩」

希臘語 brady- + cardia「心臟」。

表示「慢」的 tardi-

表示「慢」的拉丁語結合
形式 tardi-，和西班牙語
Buenas tardes「下午好」
裡面的 tardes「下午」，
以及葡萄牙語 Boa tarde
的 tarde「下午」，都來
自相同的字源。

[ˈtardɪ]

tardi-
「慢的」

源自
拉丁語

[ˈtardɪ]

tardy
「拖延的，遲到的」

源自拉丁語 tardus「慢的」。

[ˌtardɪˈflorəs]

tardiflorus
「晚花型的」

源自拉丁語 tardi-（i 是連結母音）+
flor「花」。常用作植物學名後半的種
小名，表示「較晚開花」的意思。

[ˈtardəˌgred]

tardigrade
「緩步動物，水熊蟲」

俗稱 water bear，是棲息在苔蘚植
物上，體長 1mm 左右的微小生物。
源自拉丁語 tardi- + gradus「一步，
步伐」。雖然名字是行走緩慢，但用
顯微鏡觀察，有時還是會看到牠努力
快步行走的樣子。由於能夠在乾燥、
接近絕對零度的低溫、高劑量放射
線、真空等各種環境下生存，所以被
稱為「地球最強生物」。

摩托車的「tachometer」和手錶的「tachymeter」有何不同？

tachometer 的 tacho 源自希臘語 tacho-
「快的」。tach + 連結母音 + -meter「…
計，測量儀器」（希臘語 metron「測
量」）雖然字面上都是「速度計」，但
實際上 tachometer 是指引擎的「轉速
表」，tachymeter 則指手錶上用來輔助
測量時速的刻度。另外，普通的速度計稱
為 speedometer [spiˈdamətə-]。

speedometer

[təˈkamətə-]

tachometer
「轉速表」

英語單字中，像 tachy- 一樣以 -y- 作為連結母音的很
多，但像 tachometer 以 -o- 為連結母音的很少見。

[tæˈkɪmətə-]

tachymeter
「計速器」

指手錶上輔助測量時速的刻度。
例如行駛了 1km 後，碼錶的指
針指在 36 秒處，計速器的刻度
顯示時速就是 100（km/h）。

表示「新」與「老」的結合形式

neo- 和 novi- ，archaeo- 和 paleo-, veter-

表示「新的」的結合形式

表示「新…」、「新的」的希臘語結合形式 neo- 和拉丁語結合形式 novi-，都源自原始印歐語的 *newos。英語的 new 也來自相同的字源。

[ˏniəˋlɪθɪk]
neolithic
「新石器時代的」

希臘語 neo-「新的」+ lithos「石頭」。新石器時代的箭頭，形狀比舊石器時代複雜，也比較銳利。

[ˏnioˋklæsɪk]
neoclassic
「新古典主義的」

希臘語 neo- + 源自拉丁語的 classic「古典主義的」。名詞形是 neoclassicism「新古典主義」。繪畫領域有賈克-路易·大衛·尚·奧古斯特·多米尼克·安格爾，音樂領域的代表則是史特拉汶斯基。

[ˋniəˏfaɪt]
neophyte
「新手，初學者，新人」

希臘語 neo-「新的」+ phyton「植物」，也就是「新種植的東西」，就好像日本用「新葉標誌」表示新手駕駛一樣。這個單字最初是指「新入教者」。

[nio]
neo-
「新的」
源自 希臘語

[sinə]
ceno-

[ˏsinəˋzoɪk]
Cenozoic
「新生代的」

希臘語 ceno-「新的」+ zoion「生物，生命」。ceno- 是源自希臘語形容詞 kainos「新的」，其中的 ai 變成 e。

在母音前面
nov-

[novi]
novi-
「新的」
源自 拉丁語

[supəˋnovə]
supernova
「超新星」

拉丁語 super-「超…」+ nova「新星」。

[ˋnɑvɪs]
novice
「新手，初學者，新信徒」

源自拉丁語 novicius「新的」（來自 novi-「新的」）。和 neophyte 同義，但 neophyte 是比較正式的説法。

[ˋnɑvltɪ]
novelty
「新事物，新穎」

拉丁語 novus「新的」+ -ellus（小稱詞字尾）「小的新事物」之意。novelty 後來用來表示樣子特別的玩具、裝飾品等小東西或紀念品、企業宣傳用的商品等等。

[ˏɪnəˋveʃən]
innovation
「改革，革新，創新」

拉丁語 in-「在裡面」+ nov-「新的」+ ation（形成抽象名詞的字尾），意指把內部更新。順道一提，renovation 是指「翻新，整修」。

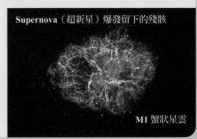

Supernova（超新星）爆發留下的殘骸

M1 蟹狀星雲

表示「老的」的結合形式

表示「古老的」的 archaeo-，是源自希臘語 arkhe「開始」加上形容詞字尾 -ios 而形成的形容詞 arkhaios「開始的，原始的，古老的」。另外，archi- 的意思是「原始的，開始的，主要的」。

[ˌɑrkɪˈɑlədʒɪ]

archaeology

「考古學」

源自希臘語的結合形式 archaeo-「古老的」+ logos「話語，學問」。也拼成 archeology。

archaeo- 的 ae 常拼成 e（archeo-）。

[ɑrkɪə]

archaeo-
「古老的」
源自 希臘語

[peɪɪo]

paleo-

[ˌɑrkɪˈɑptərɪks]

archaeopteryx

「始祖鳥」

源自希臘語的結合形式 archaeo-「古老的」+ pteryx「翅膀」。也拼成 archeopteryx。

[vetər]

veter-
「老的」
源自
拉丁語

[ˈvɛtərən]

veteran

「老手，老兵，退伍軍人」

源自拉丁語形容詞 veteranus「老的，老練的」。原本只有「老的」的意思，後來用來表示軍人，指「退伍軍人，後備軍人」。

[ˌpeɪɪɑnˈtɑlədʒɪ]

paleontology

「古生物學」

希臘語 paleonto-「古老的」+ logos「話語，學問」。雖然 paleontology 和 archaeology 在字源上都是和「古老」有關的學問，但所指的內容不同。

TOPICS 38

neon……化學家的兒子命名的元素

英國化學家威廉·拉姆齊在研究室發現了新的元素。當天晚餐時，他向家人談到自己的發現，13 歲的兒子喬治便問他「那個元素叫什麼名字？」爸爸回答「我還沒想」，兒子就說「那就叫 Novum 好了！」。novum 是拉丁語表示「新的」的形容詞的中性形。疼愛孩子的拉姆齊採用了兒子的提議，但因為他之前發現的氬、氪元素都是以希臘語命名，所以這個新元素也想用希臘語取名，就採用了希臘語表示「新」的 Neon。

威廉·拉姆齊

NEON

[ˈniˌɑn]

neon

「氖」

希臘語 neo-「新的」+ -on（希臘語的中性名詞字尾，常用於元素的名稱，尤其是氣體元素）。

表示「自己的」的結合形式

automatic 與 self-service

表示「自己的」的結合形式 auto-

表示「自己的，自動⋯」的結合形式 auto-（-o- 是連結母音），是源自希臘語人稱代名詞 autos「他」（第三人稱單數陽性）。在英語中，只說 auto 則是 automobile [ˈɔtəməˌbɪl]「汽車」的意思。

[ˌɔtəˈmætɪk]
automatic
「自動的」

希臘語 auto-「自己」+ *men-「思考」，也就是「依照自己的想法、意志而動的東西」。在古希臘語中，這個單字是用來描述火神暨匠神赫菲斯托斯以青銅製作、能自己行走的「三腳臺座」（構造不明）。

古希臘的三腳臺座用於祭祀及餐桌上。這張圖是古希臘普通的三腳臺座。

在母音前面
aut-

[ɔto]
auto-
「自己的」「自動的」
「車的」
源自
希臘語

[ˌɔtəbaɪˈɑɡrəfɪ]
autobiography
「自傳」

希臘語 auto-「自己」+ bios「生命，生活」+ grapho「書寫」。去掉 auto 的 biography 則是「傳記」。

[ˈɔtəˌɡræf]
autograph
「親筆簽名」

希臘語 auto-「自己」+ grapho「書寫」。通常是指名人，例如作者在自己的書上簽名，如果是文件上的簽名則會用 signature。

[ˈɔtəpsɪ]
autopsy
「驗屍」

希臘語 auto-「自己」+ ops「眼睛」。表示為了找出病因，或者在法醫學領域調查死因，而「用自己的眼睛」解剖並查看。

[ɔˈtɑnəmɪ]
autonomy
「自治體，自治權」

希臘語 auto-「自己」+ nomos「法律」。

[ˌɔtəˈmætən]
automaton
「自動機械裝置」

和 automatic 字源相同，表示「自行動作的自動人偶、機關人偶、機器人」。複數形是 automata [ɔˈtɑmətə]。近年也用來指稱呈現電腦等架構的數學模型。

[ɔˈtɑkrəsɪ]
autocracy
「獨裁，獨裁政治」

希臘語 auto-「自己」+ cratos「力量，權力」。獨裁也稱為 absolutism [ˈæbsəlutˌɪzm]。-cracy 也出現在 democracy「民主主義」中。

表示「自己的」的日耳曼語結合形式 self-

表示「自己的」的結合形式 self-，是源自原始日耳曼語的 *selbaz「…自己的」。

self-
「自己的」
源自
日耳曼語

[ˈsɛlfɪʃ]
selfish
「自私的」

源自日耳曼語的結合形式 self- + -ish（形成形容詞的字尾）。

[ˌsɛlfəˈwɛrnɪs]
selfawareness
「自我意識」

結合形式 self- + aware「知道的，意識到的」+ -ness（形成名詞的字尾）。

[sɛlf] [ˈkɑnʃəsnɪs]
self-consciousness
「自我意識，自覺意識」

結合形式 self- + conscious「有意識的」+ -ness（形成名詞的字尾）*。

[sɛlf] [ˈkɑnfədəns]
self-confidence
「自信」

結合形式 self- + confidence「信心，信賴」。

[sɛlf] [kənˈsit]
self-conceit
「自負，自大」

就算不加上 self，conceit 本身也有「自負，自大」的意思。

[sɛlf] [ɪsˈtim]
self-esteem
「自尊，自尊心」

結合形式 self- + esteem「尊重，尊敬」。

*selfconsciousness 之類的單字，也有可能不使用連字符號。

TOPICS
39

Lorem Ipsum 是什麼？

設計標題未定的書或文章的版型、未命名商品的外觀時，英文習慣上會用 Lorem Ipsum 作為「假文」。這兩個詞是從古羅馬哲學家西塞羅作品中的詞語 Dolorem ipsum「痛苦本身」擷取的片段（假文還有延續的內容，同樣是從原始文章擷取出來的片段）。為了讓人把注意力放在設計上，所以才刻意使用文意不通的假文。其中的 ipsum 是拉丁語 ipse「自己的」的中性形。英語中和 ipse 有關的詞彙非常少見。

在設計相關的英語文獻中，經常會看到 Lorem Ipsum。

表示「不同」的 allo-, al-

醫學、生物學用語中很常用的理由

表示「不同的」的結合形式 allo-

表示「不同的」的結合形式，和字首 ultra- 及英語的 other, else 一樣，源自原始印歐語的 *al-「其他的」。allo- 在醫學用語及生物學用語等專門術語中很常用。

[ˈæləˌsɔr]
allosaur
「異特龍」

希臘語 allo-「不同的，其他的」+ sauros「蜥蜴」。異特龍的脊椎骨化石被發現時，因為構造和其他的恐龍化石「不同」而取了這個名字。

[ˈæləˌdʒɪ]
allergy
「過敏」

希臘語 allo-「不同的」+ ergon「工作」。指對特定抗原的過度反應（免疫反應）。

[ælo]
allo-
「不同的」「其他的」「異體的」
源自
希臘語

在母音前面
all-

[ˈæləbaɪ]
alibi
「不在場證明」

拉丁語 alius「其他的」的方位格，作副詞用。也就是「在某個其他的地方、在不同的地方」的意思。

[æl]
al-
「不同的」「其他的」
源自
拉丁語

各種 allergen

[ˈæləˌdʒɛn]
allergen
「過敏原」

指導致過敏的異物「抗原（antigen）」。希臘語 allergy + -gen「產生什麼的物質」（像 antigen 一樣加上 -gen）。

[ˈæləˌgorɪ]
allegory
「寓言，諷寓」

希臘語 allo-「不同的」+ agoreuo「公開說」。指不直接表達某件事，而是以「不同的說法」，也就是和實際不同，但「類似、象徵性的表達方式」來說。

[ˈeɪrəs]
alias
「化名，別名」

拉丁語 alius「其他的」的陰性實格「在其他時候（使用的名字）」的意思。

[ˈeɪlɪən]
alien
「外國的，外星人」

拉丁語 alienus「屬於其他的，別人的，外國的」，是 alius「其他的」形容詞化的結果。在 14 世紀初期是指「外國市民，外國人」，到了 1950 年左右才變成「其他星球的生物」的意思。

類似卻又不同的 quasi-

屬於營養失調的「瓜西奧科症」（kwashiorkor）源自非洲語言，和來自拉丁語的 quasi- 無關。

拉丁語 quasi 是從拉丁語的 quam「像是…」+ si「如果…」合成的，用來表示「彷彿…，近似…」的意思。在英語中，特別常用於科學及經濟用語，表示「準…」或「類…」的意思。

[kwezaɪ]
quasi-
「類似的，準…，擬…，半…」
源自拉丁語

[ˋkwezaɪ]
quasi
「類似…，準…，擬…，半…，外表上，看似，近似」

有各種發音方式，在美式英語可以發成 [ˋkwɑzɪ]、[ˋkwazaɪ]，英式英語發成 [ˋkwezaɪ]、[ˋkwesaɪ]。

[ˋkwezaɪ]　[stet]
quasi-state
「準國家」

拉丁語 quasi-「準…」+ state「國家，州，狀態」。順道一提，quasi-state of war「準戰爭狀態」中的 state 是指狀態。

[ˋkwezaɪ]　[drʌg]
quasi-drug
「（日本）醫藥部外品」

拉丁語 quasi-「準…」+ drug「藥，醫藥品」。

[ˋkwɑzɪˋmodo]
Quasimodo
「卡西莫多」

其貌不揚又天生駝背的卡西莫多，是維克多‧雨果的小說《鐘樓怪人》中的主角。這個名字是取自拉丁語的聖歌〈Quasi modo geniti infantes〉「如初生的嬰兒」開頭的部分。這首歌通常是在復活節的下一個週日吟唱，而當天就稱為 Quasimodo Sunday。剛出生沒多久的卡西莫多在 Quasimodo Sunday 被遺棄，受到巴黎聖母院收留，後來擔任敲鐘人。

表示「不相等」的 aniso-

希臘語結合形式 iso-「相等的」加上否定詞 an- 而形成的 aniso-，表示「不相等的」。

[ænaɪso]
aniso-
「不相等的」
源自希臘語
在母音前面
anis-

[æˏnaɪsəˋmɛtrɪk]
anisometric
「不等的，非等軸的」

希臘語 aniso-「不相等的」+ -metric「測量的，距離的」。anisometric crystal 表示「非等軸晶體」。

[ænəˋsekəs]
anisakis
「海獸胃線蟲」

交配刺→

希臘語 aniso-「不相等的」+ akis「針，刺」。海獸胃線蟲是一種寄生蟲，如果食用含有這種寄生蟲的生魚，可能引起胃部的急性海獸胃線蟲症。海獸胃線蟲的雄蟲尾端有兩根長度不相等的交配刺，其中一根稍長一點，英文即由此得名。

[æˏnaɪsoˋkorɪə]
anisocoria
「瞳孔（大小）不相等」

希臘語 aniso-「不相等的」+ -kore「瞳孔」。指因為某種腦部或神經疾病，使得兩眼出現瞳孔大小不一致的症狀。

表示「相等」的 iso-, equi-
equal 與 Ecuador

表示「相等的」的 iso-

表示「相等的」的 iso- 常用於各種專業術語，尤其是化學用語和生物用語。化學物質名稱中的 iso- 是「異構物」（由相同種類及數量的原子構成，但構造不同的物質）的意思。

[ˌaɪsə`mɛtrɪk]
isometric
「等體積的，等長的，等角的，等角視圖的」

希臘語 iso-「相等的」+ metron「測量」。等角視圖是一種以傾斜的視角呈現立體的圖，和透視圖不同，等角視圖沒有消失點，圖片呈現出立體 XYZ 軸在平面上互為 120 度夾角的投影。

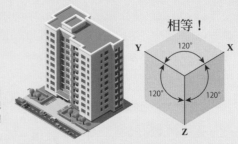

相等！

[ˌaɪsə`tɑnɪk]
isotonic
「等張力的，等滲透壓的」

希臘語 iso-「相等的」+ tonos「緊張，繃緊」。等滲透壓的飲料，其中所含的電解質等成分形成的滲透壓和人體體液近乎相等。

在母音前面
is-

[aɪso]
iso-
「相等的」「相同的」「同…」
源自
希臘語

[aɪ`sɑslˌiz]
isosceles
「等腰的」

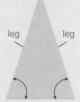

leg　　leg

base

希臘語 iso-「相等的」+ skelos「腿」。isosceles triangle 是兩邊等長的「等腰三角形」。字尾 -s 是希臘語形容詞字尾殘留的痕跡，而不是複數的意思。

[`aɪsəˌtop]
isotope
「同位素」

希臘語 iso-「相等的」+ topos「場所」。舉例來說，氫的同位素有氘（重氫）和氚（超重氫）等等。同位素的沸點、融點等等化學性質完全相同，但質量不同。所以，同位素在元素週期表中位於「相同的位置」。

[`aɪsəˌpɑd]
isopod
「等足類」

希臘語 iso-「相等的」+ pod「腳」（來自 pous「腳」的屬格 podos「腳」。「腳的大小或形狀相等的生物」之意，鼠婦、道氏深水蝨、海蟑螂等等屬於此類。

道氏深水蝨

腳的形狀大致上都相似（其實嚴格來說，某些腳還是有點不同）。

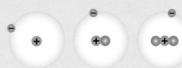

protium
氕，要和氘、氚區別時使用的名稱。

deuterium
氘（重氫）

tritium
氚（超重氫），有一個質子和兩個中子。

表示「相等的」的 equi-

拉丁語 equi- 原本的拼法是 aequi-，也寫成使用合字的 æqui-。在拉丁語中，原本是 /ae/ 的發音後來變成 /ɛ:/，而英文的拼字也變成了 equi-。

[`ikwəl]
equal
「相等的」
源自拉丁語 aequalis（aequi- + -alis 形成形容詞的字尾）。

[ɪ`kwɪ]
equi-
「相等的」
源自
拉丁語

[ˌikwə`lɪbrɪəm]
equilibrium
「平衡，均衡，心靈平靜」
源自拉丁語 equi-「相等的」+ libra「天平，平衡」。

[`ɛkwəˌdɔr]
Ecuador
「厄瓜多」
源自拉丁語 aequator「使相等的東西，赤道」的西班牙語名稱。右圖橘色的國家是厄瓜多，有赤道通過。

加勒比哥群島　委內瑞拉
哥倫比亞
秘魯　巴西
維亞

[ɪ`kwetə]
equator
「赤道」
源自拉丁語 aequo「使相等」+ -tor（表示行為者的字尾）。

[ɪ`kwɪvələnt]
equivalent
「相等的，等值的」
源自拉丁語 equi-「相等的」+ valeo「有價值」。

[ɪ`kweʃən]
equation
「方程式」
源自拉丁語 aequo「使相等」+ -tio（拉丁語將動詞轉為名詞的字尾）。

春分
spring equinox

夏至
[`sɑlstɪs]
summer solstice

[`ikwəˌnɑks]
equinox
「春分，秋分」

冬至
[`sɑlstɪs]
winter solstice

秋分
autumn equinox

拉丁語 aequi-「相等的」+ nox「夜晚」，指夜晚和白天等長的日子。英語只說 equinox 的話，並不是特別指春分或秋分其中一個。

TOPICS
40

equinox（春分、秋分）和 echinococcus（棘球蚴）

兩者其實毫無關係。表示春分、秋分的 equinox 源自拉丁語。寄生蟲 echinococcus [ɛˌkaɪnə`kɑkəs]「棘球蚴」（包生條蟲的幼蟲）的拼字不是 qui 而是 chi，所以是源自希臘語。echinococcus 是希臘語 echinos「刺蝟，海膽」+ coccos「種子，穀粒」的複合詞，因為這種寄生蟲的外型而得名。

[ɛˌkaɪnə`kɑkəs]
echinococcus
「棘球蚴」

小鉤

棘球蚴病在日本最主要的感染源為北海道的紅狐，可透過經口攝取蟲卵而感染。棘球蚴（包生條蟲的幼蟲）會在肝臟、肺部或腦部造成囊腫。棘球蚴的外型像是小小的穀粒，頭部有小鉤（hooklet），像刺蝟的針一樣，會附著在黏膜上。（右圖為成蟲）

表示「相同」的 homo-, sem-

same 和 homo- 其實有相同的字源

希臘語結合形式 homo-

有許多表示「同…，相同的，相等的」的單字和字根是源自原始印歐語 *somo-(*somhos)。在拉丁語變成結合形式 sem-，在日耳曼語則衍生出 same「相同的」這個單字。至於希臘語，就像 super- 對應 hyper- 一樣，字首的 s 變成 h 而成為 homo-。homo- 在科學用語及專門術語中很常用。

[ˌhoməˈdʒɪnɪəs]

homogeneous

「同質的，均質的，齊次的」

也拼成 homogenous。希臘語 homo-「相同的」+ genos「種類，種族」。homogenized milk「均質化牛奶」使用了 homogeneous 動詞形的過去分詞形式 homogenized「被均質化的」。這種牛奶的脂肪球經過加工打碎而呈現均質狀，而較容易消化。

raw milk　　homogenized milk

在母音前面

hom-

[homo]

homo-

「相同的」「同…」

「相等的」

源自

希臘語

[ˌhoməˈsɛkʃuəl]

homosexual

「同性戀的」

希臘語結合形式 homo-「相同的」+ 拉丁語形容詞 sexualis「性的」。英語也有把 homosexual 省略成 homo [ˈhomo] 的貶義說法。反義詞是 heterosexual [ˌhɛtərəˈsɛkʃuəl]「異性戀者」。

[hoˈmalədʒɪ]

homology

「相似，同源」

希臘語 homo-「相同的」+ logos「話語」。homologous chromosome [hoˈmaləgəs ˈkroməˌsom] 是「同源染色體」。

[ˌhomɪəˈstesɪs]

homeostasis

「恆定性，體內恆定」

希臘語 homo-「相同的」+ stasis「停止，停滯」。homeo-（或 homoeo-）是來自希臘語的 homoios「相似的，同類的」（homo- 的形容詞形）。

homo- 和 homo-

這裡介紹的希臘語 homo-「相同的」和下一節要介紹的拉丁語 homo-「人」，兩者在字源上沒有關聯。雖然從拼字無法區分，但可以從後面接的字根是源自希臘語（淺藍色）還是拉丁語（淺橘色）來判斷（但仍然有例外）。

[ˌhoməˈzaɪgot]

homozygote「同型合子」　-zygote「軛」源自希臘語。

[ˈhoməˌfob]

homophobe「厭惡同性戀者」　-phobe「恐懼」源自希臘語。

[ˈhoməˌsaɪd]

homicide「殺人、殺人犯」　-caedo「切割，殺」是拉丁語。

表示「相同」的拉丁語結合形式 sem-

表示「相同的」的結合形式 sem-，衍生了拉丁語的 similis「類似的，同種類的」，以及 similis 的古體中性形 simul「同時，立即」。從這些又衍生了更多的英語單字。

[ˋsɪmələ]
similar
「類似的，相似的」

源自拉丁語 similis「類似的」。

[ˋsɪmjəˏletə]
simulator
「模擬訓練裝置」

源自拉丁語 simulo「使相似」+ -tor（表示行為者的字尾）。

[ˏsaɪmlˋtenɪəs]
simultaneous
「同時的，同時發生的」

源自中世紀拉丁語 simultaneus「同時的」。simultaneus 是源自拉丁語的 similis「類似的」。

[rɪˋzɛmbl]
resemble
「類似，像⋯」

源自拉丁語 re-（表強調的字首）+ similis「類似的」。

[sɛm]　[sɪm]
sem-, sim-
「相同的」
源自
拉丁語

原始印歐語 *somo-「相同」

↓ o 變成 i

拉丁語　sim-「類似」

↓

古法語　sim-　　sem-

i 變成 e

在古法語中，i 的發音經常變成 e。（其他還有 dis- → des-）

有些 e 被恢復成 i

↓

現代英語　sim-　　sem-

[an`sambl]
ensemble
「合奏，合奏團，整體」

源自法語 ensemble，再往前追溯字源則是 insimilis「同時」。進入古法語時，兩個 i 變成了 e。

[ˋsɪməˏlɪ]
simile「直喻，明喻」

源自拉丁語 similis「類似的」，在英語中指使用 like、as 等表達方式的比喻。不使用 like、as 的「隱喻」則是 metaphor [ˋmɛtəfə]。

[dɪˋzɛmbl]
dissemble
「掩飾，隱藏，假裝不知道」

拉丁語 dis-（表示相反動作的字首）+ simulo「使相似」→「偽裝，戴面具，隱藏真實身份」。

[əˋsɛmbl]
assemble
「集合，組裝」

源自拉丁語 ad-「朝向⋯」+ simulo「使相似」。「為了某個目的，使成為相似的東西」→「組合」。

表示「人」的 homo-, anthropo-

homo sapiens 不是「相同的 sapiens」

表示「人」的 anthropo-

希臘語的「人」是 anthropos，它的來源
有各種說法，沒有定論。

[͵ænθrə`pɑlədʒɪ]

anthropology

「人類學」

希臘語 anthropo-「人」+ logos「話語，學問」。
各種關於人類的學問總稱。

在母音前面

anthrop-

↑

[ænθrəpo]

anthropo-

「人」「人類」

源自
希臘語

狼人在英語稱為 werewolf
[`wɪr͵wʊlf] 或 wolfman
[`wʊlf͵mæn]。

[zo`ænθrəpɪ]

zoanthropy

「變獸妄想」

[laɪ`kænθrəpɪ]

lycanthropy

「變狼妄想，變狼術」

希臘語 zoion「生物，動物」+ anthropo-
「人」。指認為自己不是人而是動物的
妄想症，或者傳說及神話中人變身成動物的現象。在東方和西方，
都有妄想變成狼的症狀，lycanthropy 就是指這種情況。其他還有
cynanthropy [sɪ`nænθrəpɪ]（cyanthropy [saɪ`ænθrəpɪ]）「變狗
妄想」，是從希臘語 kyuon「狗」和 anthropo-「人」合成的。

[͵ænθrəpə`mɔrfɪk]

anthropomorphic

「擬人化的」

希臘語 anthropo-「人」+ morphe「形狀，模樣」。比
較一般的說法是 personification。

[͵ænθrəpo`fobɪə]

anthropophobia

「人群恐懼症」

希臘語 anthropo-「人」+ phobeo「恐懼」。
用簡單的英語可以說 social phobia。

[͵ænθrə`pɑfədʒɪ]

anthropophagy

「食人，食人的風俗」

希臘語 anthropo-「人」+ phago「吃」。也
稱為 cannibalism「同類相食」。

[fɪ`lænθrəpɪ]

philanthropy

「仁慈，博愛，慈善」

希臘語 philia「愛」+ anthropo-「人」。慈善事業也可以
用 charity 表達，比較偏書面的表達方式則是 philanthropic
activity。

表示「人」的 homo

拉丁語名詞 homo「人」和英語的 human [ˋhjumən]「人，人類」、humanoid [ˋhjumənɔɪd]「類似人的生物或機器人」有相同的字源。

[ˋnimo]
Nemo「尼莫」

朱爾·凡爾納的科幻作品《海底二萬里》中，潛水艇鸚鵡螺號的艦長名稱，源自拉丁語 ne homo「沒有人」（ne 是否定詞），是書中角色的假名。迪士尼動畫中的魚「尼莫」就是取自鸚鵡螺號艦長的名稱。

[homo]
homo
「人」
源自
拉丁語

[hoˋmʌŋkjələs]
homunculus
「矮人，侏儒」

拉丁語 homo「人」的小稱詞。

[ˋɛksɪ]　[ˋhomo]
Ecce Homo!
「看啊，這個人！」

拉丁語 Ecce homo（Behold the man!）原始的發音是 /ˋɛkkɛ ˋho:mo:/。這是羅馬帝國總督彼拉多在審判耶穌基督時，面對群眾、手指耶穌說出的名句，也有許多畫家畫過這個場景。英語的發音是 [ˋɛksɪ ˋhomo]。homo 前面沒有定冠詞，是因為拉丁語沒有定冠詞的關係。順道一提，耶路撒冷的教堂「Ecce Homo」（荊冕堂）也是以這句話取名。

TOPICS
41

homo sapiens 以外的 homo...

Homo sapiens「智人」是代表現代人類的學名，意思是「有智慧的人」，由生物暨博物學家卡爾·馮·林奈（Carl von Linné）於 1758 年命名。homo 是拉丁語「人」的意思，sapiens 則是動詞 sapio「識別，有判斷力」的變化形。-ens 是某些拉丁語動詞的現在分詞字尾，所以不能因為字尾有 s 就誤以為是複數（右邊的 ludens 也是一樣）。除了林奈以外，也有別的學者提出其他關於人的稱呼。

卡爾·馮·林奈（瑞典博物學家）
Homo sapiens「智人」（有智慧的人）

約翰·赫伊津哈（荷蘭歷史學家）
Homo ludens「遊戲人」（遊玩的人）

亨利·柏格森（法國哲學家）
Homo faber「工匠人」

維克多·弗蘭克（奧地利心理學家）
Homo patiens「受苦的人」

表示「名字」的 onomato-, -onym
希臘語、拉丁語、英語「名字」的字源

希臘語的名字是「onoma」

希臘語 onoma「名字」（在多利安方言及伊奧利亞方言中是 onyma）、拉丁語 nomen-、英語 name 都來自相同的原始印歐語字源。

[ˌɑnəˌmætəˈpiə]
onomatopoeia
「擬聲，擬聲詞」

希臘語結合形式 onoma「名字」+ poieo「製造」。這個單字在希臘語本來是「新造名詞」的意思，後來才專指擬聲詞。

[ˈækrənɪm]
acronym
「首字母縮寫」

希臘語 acro-「前端的」+ onyma「名字」，指 AIDS、NATO 之類的縮寫（→ p.200, 201, 204）。

[ˈsjudənɪm]
pseudonym
「假名，筆名」

希臘語 pseudo-「假的」+ onyma「名字」，也就是「假的名字」。

[ˈnɑməˌnet]
nominate
「提名，任命」

源自拉丁語動詞 nomino「命名，用名字稱呼，任命職位」。

[ɑnəmæto]
[ɑnɪm]
onomato-
-onym
「名字」
源自
希臘語

[nomən]
nomen-
「名字」
源自
拉丁語

[dɪˌnɑməˈneʃən]
denomination
「命名，名稱，教派，單位，面額」

拉丁語 de-（強調的字首）+ nomen「名字」+ -tio（將動詞轉為名詞的字尾）。另外，redenomination 則是「貨幣改值」。

[ˈnomənˌkletʃə]
nomenclature
「命名法」

源自拉丁語 nomen「名字」+ calo「叫，宣言」，例如生物學名的公認命名方式，以及左圖所示的分類階級命名體系。

[kɑgˈnomən]
cognomen
「第三名，家族名」

源自拉丁語 con- + nomen「名字」。con- → cog- 是少見的變化。例如 Gaius Julius Caesar 的 Caesar 就是表示家族的第三名。

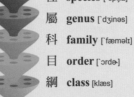

[ɔɪnk]
Oink!

呼嚕呼嚕

嘶嘶
[hɪs]
Hiss

[zi zi zi]
z-z-z
嗡嗡嗡

[mu mu]
MoO MoO
哞

[kwæk kwæk]
QUACK QUACK 呱呱

[ba]
BAA!
咩

[ku]
CoO 咕咕

[hut]
HooT 呼～ 呼～

[mɪˈaʊ]
MEOW
喵

種 **species** [ˈspiʃiz]
屬 **genus** [ˈdʒinəs]
科 **family** [ˈfæməlɪ]
目 **order** [ˈɔrdə]
綱 **class** [klæs]
門 動物 **phylum** [ˈfaɪləm]
　 植物 **division** [dəˈvɪʒən]
界 **kingdom** [ˈkɪŋdəm]

synonym、homograph、homophone 有什麼不同？

→ 只要知道字源，就能看出各自表示「名稱（即意義）相同（同義詞）」、「寫法相同（同形異義詞）」、「發音相同（同音異義詞）」，而能夠輕易區分。

synonym
意義相同
發音相同　拼字相同
homophone　homograph

意義相同
發音不同　拼字不同

[ˈsɪnəˌnɪm]
synonym
「同義詞，近義詞」

希臘語 syn-「一起，共通的」
+ onyma「名字」。
例：begin 開始
　　start 開始

如果理解成只限定「拼字不同」① 的部分，就和右邊的 heterograph 一樣了。要精確表達這個部分的話，英語可以說 homophonic heterograph 或 heterographic homophone。

意義不同

發音不同　拼字相同
※ 相當於 homograph 發音不同的 ①

[ˈhɛtərəˌnɪm]
heteronym
「同形異音異義詞」

希臘語 hetero-「不同的」+ onyma
「名字」。

[kloz]
close 關閉
[klos]
close 接近的

[ˈhaməˌfon]
homophone
「同音異義詞」

希臘語 homo-「相同的」+ -phone「聲音」。

拼字不同 ① 的例子　拼字相同 ② 的例子
[brek]　　　　　　　[fɛr]
break 休息　　　　　fair 公平的
[brek]　　　　　　　[fɛr]
brake 煞車　　　　　fair 展示會

意義不同

發音相同

拼字不同①　拼字相同②

[ˈhɛtərəˌgræf]
heterograph
「同音異字」

希臘語 hetero-「不同的」+ -grapho「書寫」。

[tu]
too 也
[tu]
to 到…
[tu]
two 二

拼字不同

※ 相當於 homophone 拼字不同的 ①

[ˈhaməˌgræf]
homograph
「同形異義詞」

意義不同

拼字相同

發音相同②　發音不同①

希臘語 homo-「相同的」+ -grapho「書寫」。

發音不同 ① 的例子　發音相同 ② 的例子
[lɪv]　　　　　　　[bɛr]
live 居住　　　　　bear 熊
[laɪv]　　　　　　[bɛr]
live 現場的　　　　bear 忍耐

[ˈhaməˌnɪm]
homonym
「同形同音異義詞」

希臘語 homo-「相同的」+ -onyma「名字」。廣義的 homonym 包括只屬於 homophone 或 homograph 的詞語。狹義的 homonym 則是指同時為 homophone 及 homograph 的詞語。

意義不同
廣義的 homonym

意義不同
狹義的 homonym

※「同形同音異義詞」是狹義的 homonym

表示「好」、「壞」的結合形式

eu- 和 bene-，caco- 和 dys-, mal-

表示「好的」的結合形式 eu-, bene-

表示「好的」的結合形式 eu-，除了 eucalyptus「尤加利」中 eu [ju] 的形式以外，也有像 evangelist「福音傳道者」一樣，後面接母音而變成 ev- [ɪv] 的情況。

[ˌjukəˋlɪptəs]
eucalyptus
「尤加利（樹）」

希臘語 eu- + kalypto「覆蓋」。尤加利的花萼萼片與花瓣連合成帽狀體，將花蕊「好好覆蓋起來」而得名。

尤加利被包覆的花蕊

[juˋforɪə]
euphoria
「心情愉快，興奮」

希臘語 eu- + phero「攜帶」。

[ˋjufəmɪzəm]
euphemism
「委婉的說法」

希臘語 eu- + phemi「說」。希臘語的 phemi「說」和 phone「聲音」來自相同的原始印歐語字源。

[ju]
eu-
「好的」
源自
希臘語

[ˌjuθəˋneʒɪə]
euthanasia
「安樂死」

希臘語 eu- + thanatos「死亡」。

[juˋfonɪəm]
euphonium
「粗管上低音號」

[juˋdʒɛnɪks]
eugenics
「優生學」

希臘語 eu- + genos「宗族，種族」。

[ɪˋvændʒəl]
Evangel
「（聖經的）福音，福音書」

源自希臘語 euangelion「好消息」。希臘語 angelos 是「信使，天使」的意思。

[ˋbɛnəˌfæktə]
benefactor
「捐助人，贊助人，恩人」

源自拉丁語 bene- + facio「做」。

[ˋbɛnəfɪt]
benefit
「利益，津貼」

字源和 benefactor 相同。

希臘語 eu- + phone「聲音」+ -ium（拉丁語字尾）。

[bɛnə]
bene-
「好的」
源自
拉丁語

[ˌbɛnəˋdɪkʃən]
benediction
「（禮拜結束時的）賜福祈禱」

拉丁語 benedictus「受到祝福的」之意（bene- + dico「說」）。創立羅馬天主教修道會「本篤會」（Benedictine Order）的義大利修士聖本篤（Saint Benedict），他的名字就是「受到祝福」的意思。

表示「壞的」的 caco-, dys-

希臘語結合形式 kako- 的拼字拉丁化後變成 caco-。caco- 和 dys- 大多用於醫學用語。

[kako]

caco-
「壞的」
源自
希臘語

[`kako͵gjusɪə]
cacogeusia
「（感覺食物味道變糟）味覺異常」

希臘語 kako- + geuo「嚐」。味覺障礙的總稱是 dysgeusia [dɪs`gjusɪə]，其中味覺減退是 hypogeusia [͵haɪpo`gjusɪə]，味覺喪失是 ageusia [ə`gjusɪə]。

[`kækənɪm]
caconym
「不合適的命名」

希臘語 kako- + onyma「名字」。指不合適的學名、取錯的學名。

[dɪs]

dys-
「壞的」
源自 希臘語

[`dɪsən͵tɛrɪ]
dysentery 「痢疾」

希臘語 dys- + enteron「內臟」。大腸受到痢疾桿菌感染而產生腹瀉、血便等症狀。

[dɪ`spɛpʃə]
dyspepsia
「消化不良」

希臘語 dys- + pepsis「消化」。消化不良也可以用 indigestion [͵ɪndə`dʒɛstʃən] 表示。

[`mʌskjələ]            [`dɪstrəfɪ]
muscular dystrophy
「肌肉失養症」

希臘語 dys- + trophe「營養」。dystrophy 是指營養失調。肌肉失養症是指因為基因異常，造成肌肉反覆發生壞死、再生的狀況，使肌肉變得無力。

表示「壞的」的拉丁語 mal-

表示「壞的」的結合形式中，拉丁語的 mal- 比希臘語的 caco- 常用於一般的詞語中。

[mæl]

mal-
「壞的」
源自
拉丁語

[mə`lɪgnənt]
malignant
「惡性的」

拉丁語 mali-（i 是連結母音）+ genus「種類」省略 e。惡性腫瘤稱為 malignant tumor [`tjumɚ]。英語的 malign [mə`laɪn]「誹謗，中傷」也來自相同的字源。

[`mælədɪ]
malady
「弊病，問題，（慢性的）疾病」

拉丁語 male habitus「壞的狀態」縮短的形態。

[mæl`tritmənt]
maltreatment
「虐待」

拉丁語 mal- + treatment「對待」。

[`mælɪs]
malice
「惡意」

源自拉丁語 malitia「惡意，惡行」。

[mə`lɛrɪə]
malaria
「瘧疾」

拉丁語 mal + aria「空氣」。希臘語的 aer「空氣」進入拉丁語後變成 aera，然後經過音位變換而變成 aria（後來在義大利語變成歌劇「詠嘆調」的意思）。因為過去認為瘧疾是沼澤地區「不好的空氣」造成的，而有了 malaria 的名稱。雖然後來發現這種疾病是經由瘧蚊感染瘧原蟲而造成的，但現在仍然沿用表示「壞空氣」的名稱。

瘧蚊

英語是 anopheles [ə`nɑfə͵liz]

表示「愛」、「恨」的結合形式

源自希臘語的 philo- 和 miso-

表示「愛」的希臘語結合形式 philo-, -phile

表示「愛」的結合形式 philo- 常用來表示「喜愛…」，
而 -phile 常用於指「…愛好者」的詞語。

[mɪso]

miso-
「恨」
源自希臘語

[fəˋlasəfə]
philosopher
「哲學家」

希臘語 philo- + sophia「智慧」+ er（表示行為者的詞尾），意為「愛智慧的人」。哲學是 philosophy [fəˋlasəfɪ]。

[ˋbɪblɪəˌfaɪl]
bibliophile
「書籍愛好者，藏書家」

希臘語 biblos「書」+ -phile「愛好者」。

[mɪˋsagəmɪ]
misogamy
「厭惡結婚」

希臘語 miso-「恨」+ gamos「婚姻」。

[fɪlo]
philo-
「愛」
源自希臘語

[ˋinəfaɪl]
oenophile
「嗜酒者，品酒行家」

希臘語 oinos「酒」+ -phile「愛好者」。

[mɪˋsaledʒɪ]
misology
「厭惡理性，厭惡說理」

希臘語 miso-「恨」+ logos「話語，理論」。

被稱為西方最偉大哲學家的亞里斯多德

[ˌfɪləˋdɛlfjə]
Philadelphia
「費城」

源自希臘語 philadelphia「兄弟愛」（phil-「愛」+ adelphos「兄弟」）。

[ˋzɛnəˌfaɪl]
xenophile
「喜歡外國人者」

希臘語 xenos「外國的」+ -phile「愛好者」。

[fəˋlætəlɪ]
philately
「集郵」

希臘語 philo-「愛」+ a（希臘語的否定字首）+ telos「稅金」。之所以如此命名，是因為郵票原本的用意是證明已經支付郵資，所以收件者「不用付稅金（也就是郵資）」。

[fɪˋladʒənɪ]
philogyny
「對女性的喜愛」

希臘語 philo-「愛」+ gyne「女人」。

[mɪˋsadʒɪnɪ]
misogyny
「厭女」

希臘語 miso-「恨」+ gyne「女人」。如果要表達不適應和女人打交道，則右頁的 gynophobia 比較適合。misogyny 是指對女性有偏見或厭惡感。misogyny 的反義詞是 misandry [mɪˋsændrɪ]「厭男」。

表示「恐懼」的 -phobia

英語有各式各樣表示「…恐懼症」的單字，它們都來自希臘語的 phobeo「害怕」。字尾改成 -phobic [fobɪk] 表示「…恐懼症的」，-phobe [fob] 表示「…恐懼症患者」。

[fobɪə]
-phobia
「恐懼」
源自
希臘語

[əˌræknəˈfobɪə]
arachnophobia
「蜘蛛恐懼症」

希臘語 arachne「蜘蛛」+ -phobia「恐懼」。順道一提，蜘蛛及壁蝨等「蛛形綱動物」，英語稱為 arachnid [əˈræknɪd]。

[ˌklɔstrəˈfobɪə]
claustrophobia
「幽閉恐懼症」

拉丁語 claustrum「封閉的場所」+ -phobia「恐懼」。claustrum 的同源詞有 close [kloz]「關閉」、cloister [ˈklɔɪstə]「修道院，隱居生活」。

[ˌhaɪdrəˈfobɪə]
hydrophobia
「恐水症，狂犬病」

希臘語 hydor「水」+ -phobia「恐懼」。狂犬病又名「恐水症」，因為罹患狂犬病的人喝水時喉嚨會痙攣並發痛，而會變得怕水。和狂犬病無關的怕海、怕水也可以稱為 hydrophobia。

[ˌnɪktəˈfobɪə]
nyctophobia
「黑夜恐懼症」

希臘語 nyx「夜晚」+ -phobia「恐懼」。nyx 源自原始印歐語 *nókʷt-。從 *nókʷt- 衍生了拉丁語的 nox，後來衍生出英語的 nocturne「夜曲」。另外，同一個原始印歐語字源也傳入原始日耳曼語而產生 night「夜晚」這個單字。

[ˌægərəˈfobɪə]
agoraphobia
「廣場恐懼症」

希臘語 agora「集會場所，市場」+ -phobia「恐懼」，表示認為難以逃離某個場所而感到的恐懼，不僅限於人群聚集的情況。

[ˌændrəˈfobɪə]
androphobia
「男性恐懼症」

希臘語 aner（結合形式是 andro-）「男人」+ -phobia「恐懼」。

[ˌdʒaɪnəˈfobɪə]
gynophobia
「女性恐懼症」

希臘語 gyne「女人」+ -phobia「恐懼」。也拼成 gynephobia。發音也可以是 [ˌgaɪnəˈfobɪə]、[ˌdʒinəˈfobɪə]。

[ˌækrəˈfobɪə]
acrophobia
「懼高症」

希臘語 acros「最高的，尖銳的」+ -phobia「恐懼」。

[ˌkulrəˈfobɪə]
coulrophobia
「小丑恐懼症」

有一說是源自希臘語的名詞 kolobathristes「踩高蹺的人」+ -phobia「恐懼」。另一個說法是可能源自現已失傳、表示小丑之意的希臘語詞彙。

[ˌtrɪpəˈfobɪə]
trypophobia
「密集恐懼症，密孔恐懼症」

希臘語 trypa「洞，孔」+ -phobia「恐懼」，指對於蓮蓬（右圖）、蜂巢、負子蟾背上的卵、智慧型手機的多鏡頭設計等密集排列事物的恐懼症。

[ˌfɪləˈfobɪə]
philophobia
「戀愛恐懼症」

希臘語 philo-「愛」+ -phobia「恐懼」。

地名常見的結合形式
Naples 這種表面上看不出來的地名也有

例如在 polis「城市」前面加上結合形式⋯

結合形式 -polis
「城市」

希臘語 **polis**

原本表示古希臘的城邦

[pə`lis]
police
源自不加結合形式的
「城市」
「警察」

意義發展過程是城邦→城邦的
管理→市政→守護城邦秩序
的人→警察。

[ə`krapəlɪs]
Acropolis
「尖端的，最高的」+「城市」
「衛城」

建立在山丘上的城市，雅典的衛城尤其
有名。

在 polis 前面加上結合形式的地名
還有很多，例如 Annapolis「安那
波利斯」（安妮公主的城市）、
Heliopolis「赫里奧波利斯」
（古埃及「太陽的城市」）、
Decapolis「德卡波利斯」（羅馬
帝國十個城邦的聯盟）。

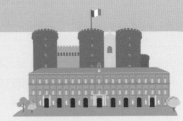

Neapolis
「新的」+「城市」→ /ne`apolis/
之後拼字改變

英語 **Naples** [`neplz]「那不勒斯」

[ˌkazmə`palətən]
cosmopolitan
「世界的」+「城市的人」
「周遊世界的人，世界公民」

使用蔓越莓果汁調製而成
的雞尾酒「柯夢波丹」
（Cosmopolitan），有一
說是因為 1980 年代女性
活躍於國際舞台而得名。

在有日耳曼語淵源的 ham「村莊」前後加上其他內容…

結合形式 -ham
「村莊，家」

源自古英語 ham

現代英語 home「家」的字源，也和現代德語的 Heim 來自相同的根源。

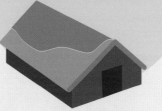

[ˈbʌkɪŋəm]
Buckingham

「盎格魯撒克遜部落領袖 Bucca」+「村莊」

「白金漢（宮）」

※Buckingham、Nottingham 的 -ing 是接在男性名詞後面的結合形式字尾，表示「…的兒子，屬於…」。

[ˈnɑtɪŋəm]
Nottingham

「撒克遜酋長 Snot」
+「村莊」

「諾丁罕」

在中世紀傳說人物羅賓漢的故事中，他的死對頭諾丁罕郡長（sheriff）以暴政壓榨人民。

[boˈhimɪə]
Bohemia

「凱爾特人的分支——波伊人」的「村莊」

「波希米亞」

波希米亞是捷克中西部畜牧興盛的地區。這個地區曾經有許多吉普賽人聚集，於是像他們一樣生活自由奔放的人或者藝術家，後來也被稱為 Bohemian [boˈhimɪən]。此外，採用波希米亞民族服飾或吉普賽服裝的風格，稱為 Bohemian style [boˈhimɪən staɪl]。

[ˈbɚmɪŋəm]
Birmingham

「盎格魯撒克遜酋長 Beorma」+「村莊」

「伯明罕」

To be, or not to be

[ˈhæmlɪt]
Hamlet

「村莊」的小稱詞

「哈姆雷特」

他的名字可以解釋成「小村莊的王子」，但也有其他說法。

英國地名常見的 -chester 是什麼？

英國地名常見的 -chester、-cester、-caster 是源自拉丁語的 castra。

結合形式 -chester
「屯駐地，城」

拉丁語 **castra**

英語 **castle** [ˋkæsḷ]「城堡」的字源

這個稱呼源自不列顛島被征服而成為羅馬屬地時期所建設的要塞城市。

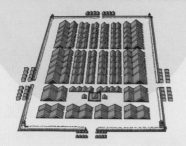

Manchester
[ˋmænˏtʃɛstɚ]

「母親」+「城」

「曼徹斯特」

羅馬人在曼徹斯特的屯駐地 Mamucium，因為有乳房形狀的山丘而得名。

Mamucium 的古羅馬城堡遺跡

Lancaster
[ˋlænkəstɚ]

「倫河」+「城」

「蘭開斯特」

「倫河（Lune）旁的屯駐地」的意思。蘭開斯特王朝在 15 世紀的玫瑰戰爭中與約克王朝展開爭鬥。約克王朝的象徵為白玫瑰，蘭開斯特王朝為紅玫瑰。

日耳曼族中的撒克遜人所定居的英格蘭南部大多拼成 -chester。日耳曼族中的盎格魯人所定居的英格蘭北部、東部，則大多是 -caster。中間的地區則多為 -cester。

Winchester
[ˋwɪntʃɪstɚ]

「（貝爾蓋人的）城鎮」+「城」

「溫徹斯特」

源自古凱爾特語 Venta Belgarum（貝爾蓋人的城鎮）。

美國西部拓荒時期開發的溫徹斯特步槍，名稱取自奧利佛·溫徹斯特創立的溫徹斯特公司，和英國的地名沒有直接的關係。

Worcester
[ˋwustɚ]

「Weogorna 族」+「城」

「伍斯特」

具代表性的難讀地名。原本的意義是盎格魯撒克遜的 Weogorna 族的城市，大幅省略發音後成為現在的名稱。這個城市是伍斯特醬的發源地。

結合形式在地名中很常用

源自日耳曼語的 -burg

Edinburgh
[`ɛdɪnbə·ə]

「愛丁」＋「城」

「愛丁堡」

位於愛丁（Eidyn）地區的愛丁堡，是蘇格蘭首府，愛丁堡城堡則是歷代蘇格蘭國王的居所。

愛丁堡城堡

結合形式 -burgh

「城堡」

和德語 **Burg** 有關

德語字尾的 g 發成 /k/ 音，
所以 Burg「城堡」的德語發音是 /burk/。

Hamburg
[`hæmbə·g]

「河灣」＋「城」

「漢堡（地名）」

漢堡排源自德國漢堡，是將韃靼肉排煎熟食用的料理。將漢堡排夾在麵包中的吃法則是在美國發明的。

Strasbourg
[`strɑsbə·g]

「街道」＋「城」

「斯特拉斯堡」

法國東北部的交通樞紐。

Pittsburgh
[`pɪtsbə·g]

「（英國首相）皮特」＋「城」

「匹茲堡」

在英法北美戰爭中，福布斯將軍攻擊法軍的城堡，迫使法軍撤退，並以當時英國首相暨英法戰爭指揮者第一代威廉·皮特（William Pitt，左圖）的名字為這座城市命名。

Edinburgh
愛丁堡

Manchester
曼徹斯特

Nottingham
諾丁罕

Lancaster
蘭開斯特

Birmingham
伯明罕

Worcester
伍斯特

London
倫敦

Buckingham
白金漢

Winchester
溫徹斯特

Canterbury
坎特伯里

London

Canterbury
[`kæntə·ˌbɛrɪ]

「肯特」＋「城」

「坎特伯里」

英格蘭東南部肯特郡的城市，也是英國聖公會首席主教的正式駐地。

關於內臟的結合形式
從醫學用語一窺專業術語的世界

醫學用語中有許多希臘語結合形式＋字尾的組合

雖然有許多臟器名稱源自日耳曼語，但疾病的專業術語有很多是來自拉丁語或希臘語。

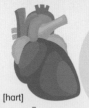

[kardɪo]
cardio-
「心臟」
源自 希臘語

[hart]
heart 「心臟」
源自日耳曼語的 heart，雖然和 cardio- 來自相同的原始印歐字源，但 k 音在日耳曼語變成了 h。

[ˈkardɪˌæk]
cardiac
「心臟的，心臟病患者」
希臘語 cardi- + -ac（形成形容詞的字尾）。

[ˌkardɪoˈtanɪk]
cardiotonic
「強心劑」
希臘語 cardio- + tonic「補藥」。

[ˌmaɪəˈkardɪæk] [ɪnˈfarkʃən]
myocardiac infarction
「心肌梗塞」
希臘語 myo-「肌肉的」+ cardio = myocardiac「心肌的」。infarction 是「梗塞」。

[ɪˌlɛktroˈkardɪəˌgræm]
electrocardiogram
「心電圖，ECG」
希臘語 electro-「電的」+ cardio- + gram「寫下的東西」。

[ˈændʒɪo]
angio-
「血管」
源自 希臘語

[ˈartərɪ]
artery 「動脈」
源自希臘語 arteria「血管，氣管」。

[ven]
vein 「靜脈」
源自拉丁語 vena「血管，靜脈」。

[ˈændʒɪˈomə]
angioma 「血管瘤」
希臘語字尾 -ma 表示動作的目的或結果，在醫學用語中則表示腫瘤或癌症的名稱。

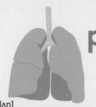

[ˈændʒɪˈagrəfɪ]
angiography
「血管造影法，血管攝影」
希臘語 angio- + -graphy「寫下的東西，記錄法」。也簡稱為 angio。

[njumono]
pneumono-
「肺」
源自 希臘語

[lʌn]
lung 「肺」
源自拼字被希臘語 pneuma「呼吸，空氣」同化的 pneumon「肺」。pneumo- 原本是表示「空氣」的結合形式，但也用來表示「肺」的意思。字首 pn- 的 p 本來是發音的，但在英語中不發音。

[njuˈmonjə]
pneumonia
「肺炎」
希臘語 pneumono- + -ia（形成名詞的字尾）。-ia 在醫學用語中表示病名或症狀。

[ˌnjuməˌkonɪˈosɪs]
pneumoconiosis
「塵肺病」
希臘語 pneumono- + konis「塵埃」。

[ˌnjuməˈkakəs]
pneumococcus
「肺炎球菌，肺炎鏈球菌」
希臘語 pneumo- + kokkos「穀粒，種子」。在醫學用語中，-coccus 是「球菌」的意思。複數形是 -cocci。

[gæstro]
gastro-
「胃」
源自 希臘語

[ˋstʌmək]
stomach 「胃」

[gæsˋtraɪtɪs]
gastritis
「胃炎」
希臘語 gastro- + -itis
（醫學上特別用於指
稱炎症的字尾）。

[gæsˋtrældʒɪə]
gastralgia
「胃痛」
希臘語 gastro- + algos「疼
痛」。

[hɛpəto]
hepato-
「肝臟」
源自 希臘語

[ˋlɪvɚ]
liver 「肝臟」

[ˏhɛpəˋtaɪtɪs]
hepatitis
「肝炎」
希臘語 hepato- + -itis
「炎症」。

[ˏhɛpəˋtomə]
hepatoma
「肝癌」
希臘語 hepato- + -oma
「腫瘤，癌」。

[pæŋkrɪæto]
pancreato-
「胰臟」
源自 希臘語

[ˋpæŋkrɪəs]
pancreas 「胰臟」

希臘語 pan-「全部」（p.106）+ kreas「肉」。
胰臟不像胃、腸、心臟、膀胱一樣內部是空
的，而是實心的，所以才叫做「全都是肉」。

[ˏpæŋkrɪəˋtaɪtɪs]
pancreatitis
「胰臟炎」
希臘語 pancreato- +
-itis「炎症」。

[ɛntəro]
entero-
「小腸」

[kolono]
colono-
「結腸」
源自 希臘語

[smɔl]   [ɪnˋtɛstɪn]
small intestine 「小腸」

[lardʒ]   [ɪnˋtɛstɪn]
large intestine 「大腸」

[ˏɛntəˋraɪtɪs]
enteritis 「腸炎」
希臘語 entero- + -itis「炎症」。

[ˏkoləˋnaɪtɪs]
colonitis 「結腸炎」
希臘語 colono- + -itis「炎症」。

[nɛfro]
nephro-
「腎臟」
源自 希臘語

[ˋkɪdnɪ]
kidney 「腎臟」

[nɪˋfrosɪs]
nephrosis 「腎病變」
希臘語 nephr- + -osis（醫學上用於表
示「…症，…病」）。腎病變會有蛋白
尿、全身水腫等症狀。

[ˋnɛfran]
nephron
「腎元，腎單位」
希臘語 nephr- + -on（形成抽象
名詞的字尾），指腎製造尿液
的基本功能單位，兩邊的腎臟
總共有大約 200 萬個腎元。

[nɛˋfraɪtɪs]
nephritis 「腎炎」
希臘語 nephr- + -itis「炎症」。

[sɪsto]
cysto-
「膀胱」
源自 希臘語

[ˋblædɚ]
bladder 「膀胱」

[sɪsˋtaɪtɪs]
cystitis 「膀胱炎」
希臘語 cysto- + -itis「炎症」。

[ˋsɪstɪn]
cystine 「胱胺酸」
一種氨基酸。最初是從膀胱結石中解析出
來的，因而得名。兩分子半胱胺酸結合而
成的氨基酸就是胱胺酸。

表示數字的結合形式

探尋拉丁語與希臘語的字源

比較源自拉丁語及希臘語的表數字結合形式

拉丁語

1 **uni-** [juni]	uniform ['junə‚fɔrm]	「制服」
2 **bi-** [bai]	biennial [bai`ɛnɪəl]	「兩年一度的」
3 **tri-** (ter) [trai]	tricolor ['trai‚kʌlə]	「三色旗」
4 **quadri-** [kwadrɪ]	quadriceps ['kwadrəsɛps]	「（大腿）四頭肌」
5 **quinta-** [kwɪntə]	quintet [kwɪn`tɛt]	「五重奏，五重唱」
6 **sexa-** [sɛksə]	sextant ['sɛkstənt]	「六分儀」
7 **septi-** [sɛptɪ]	septimana [sɛptɪ`manə]	「一週」 ※處方箋用語
8 **octa-** [aktə]	Octavian [ak`tevɪən]	「屋大維」
9 **novem-** [novɛm]	November [no`vɛmbə]	「十一月」 ※舊羅馬曆的九月
10 **decem-** [dɪsɛm]	December [dɪ`sɛmbə]	「十二月」 ※舊羅馬曆的十月
100 **centi-** [sɛntɪ]	centipede ['sɛntə‚pid]	「蜈蚣」
1000 **milli-** [mɪlɪ]	millennium [mɪ`lɛnɪəm]	「千年」

希臘語

1 **mono-** [mano]	monotone ['manə‚ton]	「單調，單音調」
2 **di-** [dɪ]	dilemma [də`lɛmə]	「進退兩難」
3 **tri-** [trai]	triathlon [trai`æθlan]	「鐵人三項」
4 **tetra-** [pɛntə]	tetrapod ['tɛtrə‚pad]	「四足動物，消波塊」
5 **penta-** [pɛntə]	pentagon ['pɛntə‚gan]	「五角（邊）形」
6 **hexa-** [hɛksə]	hexagon ['hɛksə‚gan]	「六角（邊）形」
7 **hepta-** [hɛptə]	heptarchy ['hɛptarkɪ]	「（盎格魯撒克遜）七國時代」
8 **octo-** [akto]	octopus ['aktəpəs]	「章魚」 ※八隻腳的意思
9 **nona-** [nona]	nonagenarian [‚nanədʒə`nɛrɪən]	「九十多歲的人」
10 **deca-** [dɛka]	Decalogue ['dɛkəlɔg]	「摩西十誡」
100 **hecto-** [hɛkto]	hectare ['hɛktɛr]	「公頃（ha）」
1000 **kilo-** [kɪlo]	kilogram ['kɪlə‚græm]	「公斤」

由於有許多來自相同的原始印歐語字源，所以拉丁語和希臘語拼字類似的情況很多。

III

解析英語的「字尾」

Part

在 Part III，將會針對分辨英語單字詞性時很重要的「字尾」，以代表性的例子進行解說。字尾的拼字隨著時代逐漸改變，這部分也將回顧歷史上的拼字變化，解開字尾拼字之謎。

Anatomy of "Suffixes" of English

字尾的根源
豐富多樣的名詞字尾

為什麼英語有這麼多字尾？

英語採用了來自各種語言的單字，所以字尾非常豐富。

-er ^fighter
「戰士」

源自日耳曼語

-or ^gladiator
「角鬥士」

源自拉丁語

還有 ant- 「做…的人」等等

法語
西班牙語
義大利語
等等

-ite ^hoplite
「重裝步兵」

源自希臘語

還有 -ist 「做…的人」等等

英語
-er -or
-ier -ist
-ite

本來字尾 -er 是接在日耳曼語動詞後面，-or 接在拉丁語動詞後面。不過，隨著 -er 和 -or 在英語中變得普遍，就變成不管動詞原本來自什麼語言，都可以加上 -er。

希臘語表示「做…的人」的字尾 -ites，先是被拉丁語借用，接著進入古法語變成 -ite，最後傳入英語。所以，有些文獻說「源自法語」，並不是寫錯了。

看字尾幾乎就能確定是動詞、人物名詞或抽象名詞等等

這一頁以字根「鋒利的」為例，說明不同的字尾如何創造出各種詞性。

[ˈʃɑrpnɪs]
sharpness
「鋒利的」
+ -ness（形成名詞的字尾）
「鋒利」

[ˈʃɑrpən]
sharpen
「鋒利的」
+ -en（形成動詞的字尾）
「磨利，削尖」

[ˈʃɑrpənə]
sharpener
「鋒利的」+ -en（形成動詞的字尾）
+ -er（行為者字尾）
「削筆器」

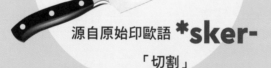

字根 sharp
「鋒利的」

源自原始印歐語 **sker-*
「切割」

[ˈʃɑrpə]
sharper
「鋒利的」+ -er（比較級字尾）
「比較鋒利的」
或者「鋒利的」+ -er（行為者字尾）
「騙子，以賭博行騙者」

[ˈʃɑrplɪ]
sharply
「鋒利的」+ -ly（形成副詞的字尾）
「鋒利地，嚴厲地」

[ˈʃɑrpɪ]
sharpie
「鋒利的」+ -ie（表示「有…性質的人，小東西，表達親愛的對象」的字尾）
「非常機靈的人，騙子」

接在單字之後並改變詞性

將名詞變成動詞、將名詞變成形容詞……字尾往往會改變詞性

這裡舉出一些字尾改變詞性的例子。

-ise, -ize
名詞 computer「電腦」
→動詞 computerize「電腦化」

動詞

-able
動詞 manage「管理，應付」
→形容詞 manageable「易處理的，可應付的」

-ation
動詞 add「添加」
→名詞 addition「添加」

名詞

-ate
形容詞 active「活躍的」
→動詞 activate「啟動」

副詞

-ness 形容詞 fresh「新鮮的」
→名詞 freshness「新鮮」

-ish 名詞 child「小孩」
→形容詞 childish「幼稚的」
[ˈtʃaɪldɪʃ]

形容詞

-ly
形容詞 usual「通常的」
→副詞 usually「通常」

childish

child

146

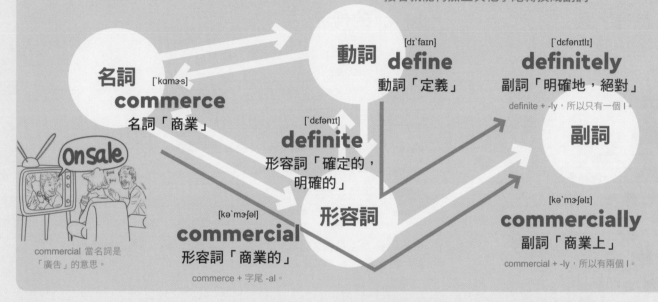

名詞、動詞通常不能直接轉為副詞…

先加上字尾讓名詞或動詞變成形容詞，接著就能再加上其他字尾轉換成副詞。

名詞
[ˋkɑmɚs]
commerce
名詞「商業」

動詞
[dɪˋfaɪn]
define
動詞「定義」

[ˋdɛfənɪtlɪ]
definitely
副詞「明確地，絕對」
definite + -ly，所以只有一個 l。

[ˋdɛfənɪt]
definite
形容詞「確定的，明確的」

副詞

形容詞

[kəˋmɝʃəl]
commercial
形容詞「商業的」
commerce + 字尾 -al。

[kəˋmɝʃəlɪ]
commercially
副詞「商業上」
commercial + -ly，所以有兩個 l。

commercial 當名詞是「廣告」的意思。

On sale

TOPICS
43

英語有「接中詞（中綴）」嗎？

相對於字首 prefix、字尾 suffix，字中插入的「接中詞（中綴）」稱為 infix。英語基本上沒有接中詞，但印尼語、他加祿語等語言有接中詞。

他加祿語接中詞的例子：表示完成的接中詞 -in-
sulat「書寫」＋**-in-** ⟶ **sinulat**「寫了」
bili「買」＋**-in-** ⟶ **binili**「買了」

印尼語接中詞的例子：表示強調的接中詞 -em-
gilang「閃亮的」＋**-em-** ⟶ **gemilang**「燦爛的」
gulung「捲」＋**-em-** ⟶ **gemulung**「（波浪）捲起」

commercially 是 commerce + -al + -ly，-al 雖然位於中間，但性質上仍然是字尾，而不是接中詞。

表示「做…的人」的 -er
源自日耳曼語的行為者字尾

各種行為者字尾

表示「做…的人／事物」的名詞字尾有許多種類。

computer
電腦

artist
藝術家

attendant
侍者

runner
跑者

scholar
學者

beggar
乞丐

advisor
顧問

adviser
給予建議者

接在動詞之後，表示「做…的人」的字尾，可以稱為「表示行為者的字尾」或「表示行為主體的字尾」。

加 -er 的情況

-er 主要是接在動詞之後的字尾，源自日耳曼語接在動詞後的字尾 -ere。後來 -er 也被用在並非源自日耳曼語的的單字上。-er 是英語表示行為者的字尾中最常用的。

catch「抓住」 ⟶ catcher「捕捉者，捕手」
swim「游泳」 ⟶ swimmer「游泳者」
invade「侵略」 ⟶ invader「侵略者」
drum「打鼓」 ⟶ drummer「鼓手」

drummer 並不是在名詞 drum「鼓」後面加上 -er，而是在動詞 drum「打鼓」後面加上 -er 構成的。

除了人以外，字尾 -er 的單字也可以表示器具。

cut「切割」 ⟶ cutter「切割刀」
contain「容納」 ⟶ container「容器，貨櫃」

以 -er 表示事物的例子還有哪些呢？

→ computer、printer 等等有特定功能的器具，也是字尾 -er 經常使用的範圍。

說 -er 是表示行為者的字尾，可能會讓人誤以為只會出現在人物名詞中。事實上，-er 也常出現在器具名詞中，表示「具有某種功能的物品」。例如 computer「電腦」是「進行運算（compute）的東西」，printer「印表機」是「進行列印（print）的東西」。即使這些物品並不是主動從事動詞所表示的行為，而是由人去操作，仍然可以從字根了解其功能，例如 folder「資料夾」是「包住（fold）文件的東西」。至於 screwdriver「螺絲起子」，其中的 drive 並不是「駕駛」的意思，而是指「把釘子釘進去」。

computer
[kəm`pjutɚ]
電腦

printer
[`prɪntɚ]
印表機

folder
[`foldɚ]
資料夾

screwdriver
[`skru͵draɪvɚ]
螺絲起子

為什麼 swim 的人不是 swimer 而是 swimmer？

→ 原本的拼法是 swimm！
swimm（古英語的詞幹）+ -er（行為者字尾）= swimmer

動詞「游泳」原本是像右表所顯示的一樣，各種變化形都是 mm 的拼法。而且，mm 在古英語時期確實是當成雙重子音來發音。

古英語　**swimman**
中古英語　**swimmen**
現代英語　**swimm → swim**

m 脫落了！

不過，在大約中古英語～近代英語的時期，mm 不再當成雙重子音來發音，而是視為只有一個子音，所以拼法也改變為 m。（但也有些單字維持過去的拼法，例如 egg, dwell, mess）。

古英語 **swimman** 的變化形

	現　在		過　去
1人稱單數	**swimme**	1人稱單數	**swamm**
2人稱單數	**swimmest**	2人稱單數	**swumme**
3人稱單數	**swimmeþ**	3人稱單數	**swamm**
複數	**swimmaþ**	複數	**swummon**
命令形單數	**swimm**		
命令形複數	**swimmaþ**		
現在分詞	**swimmende**	過去分詞	**(ge)swummen**
不定詞	**swimman**		

[θ] 的音

並不是因為加了字尾 -er 而變成兩個 m，
而是動詞原形後面的 -mm 去掉了一個 m！

begin「開始」的人是「初學者」，拼法是 beginner 還是 beginer？

→ 字源是古英語的 beginnan。原本的拼法就是 nn！
字根 beginn- ＋ -er ＝ beginner

古英語 **beginnan**「開始」

↓ 最後的母音從 /a/ 變成 /ə/

中古英語 **beginnen**

↓ -en 脫落

↓ -nn 變成 n

現代英語 **begin**「開始」

嚴格來說，中古英語 g 的發音並不是 /g/，而是有聲軟顎摩擦音 /ɣ/，所以發音是 /bəɣínən/。

在 14 世紀左右，beginner 表示「開始的人」，也就是「創始者」，但從 15 世紀後期開始逐漸當成「新手」、「入門者」的意思使用。

Beginn
Hundestrand

順道一提，現代德語的「開始」是 beginnen，命令形單數是 beginn。左邊照片的指示牌，表示從這裡開始是狗可以進入的地方。

有些英語單字的拼法和意義都隨著時代而改變了！

源自拉丁語的行為者字尾

加 -or 的情況

源自拉丁語表示「做⋯的人」的字尾 -or，主要是接在源自拉丁語的詞語後面。雖然偶爾也有 -or 唸成 [ɔr] 的情況，但英語中的 -er 和 -or 通常都是相同的發音。所以，如果只記得發音，可能無法確定是 -er 還是 -or。

拉丁語 **-tor**

↓ 母音變化

古法語 **-tur**

↓ u 變回 o

現代英語 **-tor**

[æb`dʌkt] **abduct**「綁架」 ⟶ [æb`dʌktə] **abductor**「綁架犯」

[pro`trækt] **protract**「延長」 ⟶ [pro`træktə] **protractor**「量角器」

[`prɑsɛs] **process**「處理」 ⟶ [`prɑsɛsə] **processor**「處理器」

[`dɪktet] **dictate**「命令」 ⟶ [`dɪktetə] **dictator**「獨裁者」

專業度高的 -or

字尾 -er 在英語單字中極為普遍，而 -or 則常用於專業度高的職業。這是因為專業用語源自拉丁語的情況較多。

[də`rɛkt] **direct**「指示」 ⟶ [də`rɛktə] **director**「導演」

[kən`dʌkt] **conduct**「引導」 ⟶ [kən`dʌktə] **conductor**「指揮家」

[`ɛdɪt] **edit**「編輯」 ⟶ [`ɛdɪtə] **editor**「編輯者」

[prə`fɛs] **profess**「公開宣稱」 ⟶ [prə`fɛsə] **professor**「教授」

以 -ct 結尾的動詞往往會衍生 -ctor 的形式。

director
「導演」

conductor
「指揮家」

-ate 結尾動詞的情況

不知道字尾是 -er 還是 -or 的時候，可以用左頁提到的是否為「專業用語」、動詞字尾是否為 -ct（direct, conduct, react, extract 等等）等原則來判斷。另外，以 -ate 結尾的動詞大多源自拉丁語，所以通常會接 -or 而成為 -ator 的形態。

[krɪˋet]
create「創造」 → [krɪˋetɚ] **creator**「創作者，創造者」

[ˋdjuplə͵ket]
duplicate「複製」 → [ˋdjuplə͵ketɚ] **duplicator**「複印機」

[trænsˋlet]
translate「翻譯」 → [trænsˋletɚ] **translator**「翻譯者」

[ˋtɚmə͵net]
terminate
「終結」

↓

terminator
「終結者
（也是電影的名稱）」

阿諾・史瓦辛格飾演的魔鬼終結者蠟像
（洛杉磯杜莎夫人蠟像館）

TOPICS 47　advisor 還是 adviser？

→ 兩者都可以用，但意義不同

[ədˋvaɪz]
advise「勸告，建議」 → [ədˋvaɪzɚ] **advisor**「顧問」

→ [ədˋvaɪzɚ] **adviser**「給予建議者」

advisor、adviser 兩者皆可。不過，adviser 往往單純表示「給予建議者」，advisor 則是常用來表示專業性比較高的「顧問」。

advise 源自拉丁語 adviso「建議」，或許會讓人覺得從字源來看，advisor 才是正確的，但從英語史的觀點來看，adviser 的歷史比較久，最早出現在 1610 年代。advisor 則是 18 世紀後半先有了 advisory「建議的」這個單字之後，才以「反向構詞法」衍生出 advisor，是相對較新的單字。
英語還有其他 -or、-er 皆可的情況，例如下面的例子。

[ˋædvɚ͵taɪz]
advertise「宣傳，廣告」 → [ˋædvɚ͵taɪzɚ] **advertiser**「廣告主」（較常用）

→ [ˋædvɚ͵taɪzɚ] **advertisor**「廣告主」

Ⅲ 表示「做…的人」的 -ist
源自希臘語的行為者字尾

加 -ist 的情況

源自希臘語表示「做…的人」的字尾 -istēs。大多接在名詞後面。

希臘語 **-istes**

⬇

拉丁語 **-ista**

⬇

古法語 **-iste**

⬇

英　語 **-ist**

barista 咖啡師

咖啡師「barista」是英語的 bar「吧台」加上義大利語字尾 -ista（源自拉丁語 -ista）而產生的義大利語單字。這個單字在 1990 年代出現，是很新的單字。後來傳入英語，仍然保留了字尾 -ista 原本的拼法。

加 -ist 的例子：科學家

學科名稱經常是來自希臘語的單字，所以 -ist 也經常表示「…學家」或「…醫師」的意思。

[ˈsaɪəns]
science「科學」 ⟶ [ˈsaɪəntɪst] **scientist**「科學家」

[baɪˈɑlədʒɪ]
biology「生物學」 ⟶ [baɪˈɑlədʒɪst] **biologist**「生物學家」

[ˈbatənɪ]
botany「植物學」 ⟶ [ˈbatənɪst] **botanist**「植物學家」

dent-「牙齒」 ⟶ [ˈdɛntɪst] **dentist**「牙醫」

加 -ist 的例子：藝術家

表示演奏家、藝術家的單字中也常看到 -ist。因為是在義大利語或法語的階段加上 -ista 或 -iste，所以很多字根並不是源自希臘語。

（義）piano ⟶ pianist「鋼琴家」

（義）violin ⟶ violinist「小提琴手」

（義）solo ⟶ soloist「獨奏者，獨唱者」

（希）art ⟶ artist「藝術家，藝人」

（西）guitar ⟶ guitarist「吉他手」

※（義）義大利語、（希）希臘語、（西）西班牙語

加 -ist 的例子：…主義者

字尾 -ist 經常用來表示「…主義者」。前面接的名詞並不僅限於源自希臘語的詞彙。

[ˈɑptəmɪzəm]
optimism「樂觀主義」

➡ [ˈɑptəmɪst]
optimist「樂觀主義者」

[ˈpɛsəmɪzəm]
pessimism「悲觀主義」

➡ [ˈpɛsəmɪst]
pessimist「悲觀主義者」

[ˈbudə]
Buddha「佛佗」

➡ [ˈbudɪzəm]
Buddhism「佛教」

➡ [ˈbudɪst]
Buddhist「佛教徒」

※ 把 -ism「…主義」變成 -ist，就是表示「…主義者」的名詞。

optimist 　　pessimist

「明天應該會是晴天哦！」　「明天會下雨嗎…真的沒問題嗎…」

---

narcissist「自戀者」的由來

Narkissos「納西瑟斯」（希臘語）➡ **Narcissus**（拉丁語）

➡ **narciss**ism「自戀」

➡ **narciss**ist「自戀者」

希臘神話中的美少年納西瑟斯，因為愛上自己在水面上的倒影，最終憔悴而死。在他死去的地方，開出了水仙花（narcissus）。

沃特豪斯《愛可與納西瑟斯》（局部）

[mɑrks]
Marx「馬克斯」

➡ **Marx**ism「馬克斯主義」

➡ **Marx**ist「馬克斯主義者」

[rəˈmæntɪk]
romantic「浪漫主義的，浪漫的」

➡ **romantic**ism「浪漫主義」

➡ **romantic**ist「浪漫主義者」

表示「被…的人」的 -ee
源自盎格魯-諾曼語的字尾

重音一定在 ee 上

重音位置和加 er 之前相同

interview**ee**

interview**er**

※ 在音標中，「ˋ」後面 是主重音所在位置。

加 -ee 的情況

字尾 -ee 源自盎格魯-諾曼語過去分詞的字尾 -é 或者 -ee，接在及物動詞後面，表示被動態「被…的人」。 在法律用語中，常見到 -or「做…的人」和 -ee「被… 的人」之間的對比。

[ɪmˋplɔɪ]
employ「雇用」 ➡ [ˌemplɔɪˋi] **employ**ee「受雇者」

（ ⇆ [ɪmˋplɔɪə] **employ**er「雇主」）

[tren]
train「訓練」 ➡ [treˋni] **train**ee「受訓者」

（ [ˋtrenə] **train**er「訓練者，教練」）

[æbˋdʌkt]
abduct「綁架」 ➡ [ˌæbdʌkˋti] **abduct**ee「被綁架者」

（ ⇆ [æbˋdʌktə] **abduct**or「綁架犯」）

abduct**or**

abduct**ee**

[ˋɪntəˋvju]
interview「採訪，面試，面談」

➡ [ˌɪntəˋvjuˋi] **interview**ee「受訪者，接受面試者」

（ ⇆ [ˋɪntəˋvjuə] **interview**er「採訪者，面試官」）

[ɪgˋzæmɪn]
examine「測驗」 ➡ [ɪgˌzæməˋni] **examine**e「應試者」

（ ⇆ [ɪgˋzæmɪnə] **examine**r「主考人，考官，檢查者」）

[ˋnɑməˌnet]
nominate「提名」 ➡ [ˌnɑməˋni] **nomine**e「被提名人」

（ ⇆ [ˋnɑməˌnetə] **nominat**or「提名者」）

[dɪˋten]
detain「拘留」 ➡ [dɪteˋni] **detaine**e「被拘留者」

（ [dɪˋtenə] **detain**er「非法佔有，拘禁，監禁」）

[ˋlaɪsəns]
license「許可」 ➡ [ˌlaɪsənˋsi] **licens**ee「持有許可證者」

（ ⇆ [ˋlaɪsənsə] **licens**or「認可者，許可者」）

[lɛt]
let「出租」 ➡ [lɛsˋi] **less**ee「承租人」

（ ⇆ [ˋlɛsɔr] **less**or「出租人」）

[vɛnd]
vend「販賣」 ➡ [vɛnˋdi] **vend**ee「買方，買主」

（ ⇆ [ˋvɛndə] **vend**or「賣主，小販」）

standee 是「被站的人」？

→ -ee 接在不及物動詞之後，表示主動態「做…的人」的意思，但例子很少。

字尾 -ee 如果接在不及物動詞之後，就不是指「被…的人」，而是「做…的人」。-ee 有時候和字尾 -er、-or 的語感有些不同，而代表某種特定的意義。例如 standee [stæn`di] 不是單純表示「站著的人」，而是「站著看的觀眾；列車或公車上站著的乘客；（美語）廣告立牌」等意義。

stand**ee**

[ə`skep]
escape「逃跑」 → [ˌɛske`pi] **escapee**「逃犯，逃亡者」

[`rɛfjudʒ]
refuge「避難」 → [ˌrɛfjʊ`dʒi] **refugee**「難民，流亡者」

[rɪ`tɜn]
return「返回，回國」 → [rɪˌtɜ`ni] **returnee**「歸國者」

[ə`tɛnd]
attend「出席」 → [əˌtɛn`di] **attendee**「出席者」

[`æbsənt]
absent「缺席的」 → [ˌæbsən`ti] **absentee**「缺席者，不在籍投票者」

[rɪ`spand]
respond「回答」 → [rɪˌspan`di] **respondee**「回答者」

表示專家的字尾 -eer

字尾 -eer 表示從事特定職業或活動的人（…技術人員、…相關人員、處理…的人）。-ee 雖然和 -eer 很像，卻源自不同的拉丁語。-eer 源自拉丁語 -arius（表示「處理…的人」的名詞字尾），而 -ier（行為者字尾）、-ery（表示製造廠、…業的字尾）也是源自相同的拉丁語。

拉丁語 **-arius**（行為者字尾）

↓ 拉丁語結尾被省略

古法語 **-ier** → 現代英語 **-ery**
（pottery [`patərɪ]「製陶廠」等等）

↓ i→e

現代英語 **-eer**　現代英語 **-ier**
（glazier [`gleʒə]「裝玻璃工人」等等）

[ˌmauntə`nɪr]
mountaineer「登山家；山地居民」

[ˌɛndʒə`nɪr]
engineer「技師；工程師；機械工」

[ˌpaɪə`nɪr]
pioneer「先驅者；開拓者」

[ˌɔkʃən`ɪr]
auctioneer「拍賣商」

[ˌvalən`tɪr]
volunteer「義工；志願者」

表示女性的 -ess, -ine

探尋 princess、heroine 的根源

形成女性名詞的字尾 -ess

字尾 -ess 是女性名詞的字尾。

[prɪns]
prince「王子」 ➡ **princess**「公主」
[ˈprɪnsɛs]

[ˈlaɪən]
lion「獅子」 ➡ **lioness**「母獅」
[ˈlaɪənɪs]

[djuk]
duke「公爵」 ➡ **duchess**「公爵夫人」
[ˈdʌtʃɪs]

[gad]
god「神」 ➡ **goddess**「女神」
[ˈgadɪs]

字尾 -ess 原本是希臘語名詞的字尾，但也用在源自日耳曼語（god）和源自拉丁語（prince）的詞彙上。

希臘語 **-issa**（形成女性名詞的字尾之一）

↑ -istes 的女性形（p.154）

⬇ 引進拉丁語

拉丁語 **-issa**

⬇ 字尾母音弱化，a → e

古法語 **-esse**（字尾的 se 不發音）

⬇ 不發音的結尾 e 從拼字中消失

英語 **-ess**（拼字中的 -ss 一直維持到現代）

逐漸減少的 -ess

表示職業的女性名詞，近年被認為有歧視女性的意味，所以有逐漸少用的趨勢。

[ˈæktə]
actor「演員」 ➡ **actress**「女演員」
[ˈæktrɪs]

[ˈwetə]
waiter「服務生」 ➡ **waitress**「女服務生」
[ˈwetrɪs]

[host]
host「主人，主辦者」 ➡ **hostess**「女主人，女公關」
[ˈhostɪs]

[ˈmæstə]
master「主人」 ➡ **mistress**「女主人」
[ˈmɪstrɪs]

heroine 的 -ine

源自希臘語的女性名詞字尾還有 -ine，在拉丁語中對應的字尾是 -ina。

[ˈhɪro]
hero「英雄，主角」 ➡ **heroine**「女英雄」
[ˈhɛroˌɪn]

也常用於人名

Clement「克萊門特」 ➡ **Clementine**「克萊門汀」

50

Mrs [ˋmɪsɪz] 是 Mr [ˋmɪstə] 加上女性字尾 -ess 的結果？

→ 拉丁語的 magister 源自原始印歐語的 *meghs，後來在英語中變成 maister、master 及 mister。Mrs 則是 mister 加上女性字尾 -ess 的 mistress [ˋmɪstrɪs]「女主人」的縮略形。

mister [ˋmɪstə] 源自原始印歐語 *meghs，和希臘語結合形式 mega-、拉丁語結合形式 magi- 有共同的根源。

原始印歐語 -*meghs

↓ 前面的母音從 e 變成 a

拉丁語 **magister**「主人，師傅，老師」

↓ 在古英語，/g/ 音在前母音

（æ, i, e）後面會變成 /j/ 音 ↘

義大利語
maestro

古英語 **mægster**

↓ 依照 g 的實際發音改為 i

中古英語 **maister**

↓ i 的發音和拼字都消失

> 以前 master 和 mister 是同一個單字的不同形式，mister 是非重音形，master 是重音形。

現代英語 **master**

mister Mr

mistress [ˋmɪstrɪs] 是源自古法語的 maistresse「女主人，女教師，女管家，情婦」。在現代法語則是 maîtresse。

Mistress「女主人」（從 15 世紀初開始）

↓ 口語省略中間的子音 tr

Missus「太太」（18 世紀末）

↓ 16 世紀已經作為 mistress 的縮略形而出現

Mrs [ˋmɪsɪz]

↓ 省略後限於表示「年輕女性」

Miss [mɪs]「小姐」（在 1700 年前出現這個用法）

↓ 不分已婚、未婚的詞彙

Ms [mɪz]（1950 年左右開始使用）

被認為是 Miss 和 Mrs 的混成詞（p.194）。

※ 在美式英文中，Mr.、Mrs.、Ms. 會加上一點。

各式各樣的「小稱詞」

表示「可愛」「親近感」的詞語

各式各樣的小稱詞

表示「小…，可愛的…」，帶有情感與親近感的詞語稱為「小稱詞」，英語名稱是 diminutive [dəˋmɪnjətɪv]。這類詞語通常是添加特定字尾而形成的。英語中有許多來自拉丁語和日耳曼語的小稱詞。

[ˋlæmkɪn]
lambkin
小羊

[ˋdʌklɪŋ]
duckling
小鴨

[ˋmænəkɪn]
manikin
人體模型，侏儒

[ˋdɑrlɪŋ]
darling
親愛的人

[ˋtʃɪkɪn]
chicken
小雞

[ˋhændl]
handle
把手

[ˋponɪ]
pony
小馬

[ˋbuklɪt]
booklet
小冊子

[ˋkjutɪkl]
cuticle
表皮，角質層

[ˌsɪgəˋrɛt]
cigarette
香菸（小的雪茄菸）

※ 除了這些以外，還有許多小稱詞。

-cle, -cule 的由來

字尾 -cle 源自拉丁語的小稱詞字尾 -culus（陽性名詞；陰性為 -cla，中性為 -culum），在古法語變成 -cule，並且不分性別，最後變成英語的 -cle。在這個過程中的 -culus 和 -cule 也有在英語單字中仍然保留下來的情況。

拉丁語 **-culus** 或者 **-cula**（陰性名詞）
　　　　　　　　　-culum（中性名詞）

⬇ 字尾的 s 消失

古法語 **-cule**

⬇ 母音 u 消失

現代英語 **-cle**　　**-cule**　　**-culus, -culum**

> -culus、-culum、-cula 等維持拉丁語原樣的形態，常出現在解剖學及科學用語中。

拉丁語 **pars**「部分」➡ [ˋpɑrtɪkl] **particle**「粒子」

拉丁語 **moles**「塊」➡ [ˋmɑləˌkjul] **molecule**「分子」

拉丁語 **rideo**「笑」➡ [ˋrɪdɪkjul] **ridicule**「嘲笑」

拉丁語 **homo**「人」➡ [hoˋmʌŋkjələs] **homunculus**「鍊金術造出的小人」

拉丁語 **calx**「石頭」+ **-ulus** ➡ [ˋkælkjələs] **calculus**「計算用的石頭」，變成「結石」、「微積分」的意思

源自日耳曼語的小稱詞

日耳曼語的小稱詞種類很豐富。英語字尾 -en 有各種不同的由來與意義（例如形成過去分詞的 -en → taken、形成複數的 -en → oxen、表示「屬於…」「以…製成的」的字尾 -en → golden, wooden），形成小稱詞的 -en 也是其中一種。

maid [med]「女僕，侍女」 → **maid**en [medn]「少女，處女」

被認為可能源自中古荷蘭語的小稱詞字尾 -kin，也和上述的 -en 有關。

古法語 **nape**「布」 → **nap**kin [ˈnæpkɪn]「餐巾」

希臘語 **pepon**「大的瓜果」 → **pump**kin [ˈpʌmpkɪn]「南瓜」

字尾的 -le 原本是 -el，但除了接在 n 或 e 後面的情況以外，通常都變成 -le。

vase [ves]「花瓶」 → **vess**el [ˈvɛsl]「容器，船，管」

拉丁語 **buttis**「桶子」 → **bott**le [ˈbatl]「瓶子」

字尾 -y 或 -ie 常接在人名之後表示暱稱。

William「威廉」
→ **Billy**「比利」
Thomas「湯瑪斯」
→ **Tommy**「湯米」

kitty [ˈkɪtɪ]

kittie [ˈkɪtɪ]

kitten [ˈkɪtn̩]

有和小稱詞相反的「大稱詞」嗎？

TOPICS
51

→ 雖然例子很少，但英語是有大稱詞的（-oon），別名「指大詞」、「擴大詞」，英語名稱是 augmentative [ɔgˈmɛntətɪv]。

ball [bɔl]「球」 → **ball**oon [bəˈlun]「氣球」

bass [bes]「低音」 → **bass**oon [bəˈzun]「低音管」

dragon [ˈdrægən]「龍」 → **drag**oon [drəˈgun]「重騎兵」

salon [səˈlɑn]「沙龍」 → **sal**oon [səˈlun]「大交誼廳，酒館」

西部片會出現的酒館，英語稱為 saloon。

carte [kɑrt]「卡片，菜單，病歷」 → **cart**oon [kɑrˈtun]「漫畫」

源自原意為「大的紙」的義大利語 cartone「硬紙板」。cartoon 以前是表示大型畫作的原寸草圖，後來變成雜誌、報紙上的「諷刺畫，漫畫」的意思。

-hood 的由來

日耳曼語的字尾 -ness、-hood 和 -th，基本上都是接在日耳曼語的字根之後，形成各種抽象名詞。-hood 表示「狀態、性質」或「（共同具有某種狀態的）團體」。不過，表示「帽兜」的 hood [hʊd] 並不是來自相同的字源。

child「小孩」 → childhood [ˈtʃaɪld‚hʊd]「孩童時期，童年」

brother「兄弟」 → brotherhood [ˈbrʌðɚ‚hʊd]「兄弟關係，兄弟會」

neighbor [ˈnebɚ]「鄰居」 → neighborhood [ˈnebɚ‚hʊd]「鄰近地區，街坊」

priest [prist]「牧師，神父」 → priesthood [ˈpristhʊd]「牧師的職位」

false [fɔls]「假的，偽造的」 → falsehood [ˈfɔls‚hʊd]「虛假，謊言」

原始日耳曼語 **-*hauduz**「狀態，樣子」

↓ 在西日耳曼語支（英語、德語等）中，-uz 消失

古英語 **-had**

↓ 母音 a 變成 o

中古英語 **-hod**

↓ o→oo

現代英語 **-hood**

現代德語 **-heit**
（例：gesund「健康的」
→ Gesundheit「健康」）

-dom 的由來

字尾 -dom 表示「地位，狀態，…權，…界」，基本上是接在源自日耳曼語的字根之後。-dom 和英語的 doom「厄運，最後的審判」來自相同的原始日耳曼語字源 *domaz「審判，權力，權利，力量，狀態」。

king「國王」 → kingdom [ˈkɪŋdəm]「王國，…界，…領域」

duke [djuk]「公爵」 → dukedom [ˈdjukdəm]「公爵領地，公爵爵位」

earl [ɝl]「伯爵」 → earldom [ˈɝldəm]「伯爵領地，伯爵爵位」

Christian「基督徒，基督教的」 [ˈkrɪstʃən]
→ Christendom [ˈkrɪsəndəm]「基督教國家，基督教世界」

wise [waɪz]「有智慧的，聰明的」 → wisdom [ˈwɪzdəm]「智慧，明智」

star「明星」 → stardom [ˈstardəm]「明星地位」

free「自由的」 → freedom [ˈfridəm]「自由」

couple [ˈkʌpl]「一對，夫婦，情侶」
→ coupledom [ˈkʌpldəm]「兩人生活」

bore [bor]「使無聊」
→ boredom [ˈbordəm]「無聊」

-ness 的由來

日耳曼語字尾 -ness 基本上是接在日耳曼語的字根之後，形成各種抽象名詞。

dark「暗的」 ⟶ **dark**ness「黑暗」
happy「幸福的」 ⟶ **happiness**「幸福」

> -y 結尾的詞會變成 -i

原始日耳曼語 **-*inassuz**

⬇ 字尾逐漸簡化……

古英語 **-nis** ⟶ 現代德語 **-nis**

⬇ 母音 i 變成 e

中古英語 **-nes**, **-nesse**

⬇ s → ss

> 較長的另一種形式

現代英語 **-ness**

同一個原始日耳曼語字源，在德語變成了 -nis。它的母音是 i，並且只有一個 s，比較接近古代的形態。

例：英語 **wilderness**「荒野」[ˈwɪldə-nɪs]
= 德語 **wildnis**「荒野」/ˈvɪltnɪs/
≒ 英語 **wildness**「狂野」[ˈwaɪldnɪs]
（和上面的「荒野」字源相同）

sportsmanship 的 -ship 是船嗎？

→ -ship 是表示「狀態，資格，技能，地位」的字尾，和 shape 來自相同的字源。ship「船」也有可能源自相同的原始印歐語。

原始印歐語 ***(s)kep-**「切割」

⬇

> 雖然 ship 最早的起源並不清楚，但有一說是源自原始日耳曼語的「切割」，因為船是把樹「切開後挖空內部」製作而成的。

原始日耳曼語 ***-skapiz**「切割」

⬇ sk 發音變成 /ʃ/　　　　　　也有其他說法 ↘

古英語 **-scipe**「樣子」　　　　　古英語 **scip**「船」

⬇「切出的形狀，樣子，狀態」　　　⬇

中古英語 **-schippe** ＜拼字不同！＞ 中古英語 **schip**「船」

⬇ 字尾的 e 消失。pp → p　　　　⬇

現代英語 **-ship**「字尾」　　　　現代英語 **ship**「船」

leader「領導者」 ⟶ **leader**ship「領導力」
scholar「學者」 ⟶ **scholar**ship「獎學金，學問」
friend「朋友」 ⟶ **friend**ship「友誼，友好關係」
worthy「有價值的」 ⟶ **wor**ship「崇拜」

順道一提，**skin**ship「身體接觸」其實是日本自創的詞彙。

形成名詞的拉丁語字尾 -ion, -ment

中古英語時期，經由法國傳入英國的詞彙

-ion 的由來

字尾 -ion 源自拉丁語字尾 -io。這個字尾的單字，絕大多數是在諾曼征服英格蘭之後的中古英語時期，經由法國傳入英國的（少數是直接從拉丁語傳入的）。

拉丁語　主格 **-io**, 屬格 **-ionis**, 賓格 **-ionem**

⬇ 雖然主格沒有 n，但其他格位有 n

⬇ 隨著母音逐漸變化，拼字也跟著改變

古法語　主格 **-ion**, **-ioun**, **-iun**

/jun/
中古英語　**-ioun**, **-iun**

⬇ 母音弱化
[ən]
現代英語　**-ion**

-io 是拉丁語以動詞的完成分詞形為基礎，將其名詞化的字尾。由於完成分詞有被動態的意義，表示「被…的狀態」，由此造出表示動作或其結果的抽象名詞。

TOPICS 53

什麼時候會變成 -ation, -ition？

→ 特定的拉丁語動詞變化種類，會使字尾變成 -ation, -ition。

拉丁語動詞的第一和第四變位法現在式字尾如下所示。

● 第一變位法動詞

不定詞 -are，過去分詞 -atus，名詞 -atio

　→ 英語的動詞 -ate，名詞 -ation

　例：⊕ dictare「指示，命令」

　→ ⊛ 動詞 dictate [ˋdɪktet]「命令」，dictation [dɪkˋteʃən]「命令」

● 第四變位法動詞

不定詞 -ire，過去分詞 -itus，名詞 -itio

　→ 英語的形容詞、動詞 -ite，名詞 -ition

　例：⊕ definire「限定，說明」

　→ ⊛ 形容詞 definite [ˋdɛfənɪt]「明確的」，definition [ˌdɛfəˋnɪʃən]「定義」

※ -ition 也有可能是來自第三變位法動詞。

-tion 的發音是 [ʃən] 還是 [tʃən]？

→ -tion 的發音變化過程是
/tioːn/ → /sjuːn/ → [ʃən]。
-stion 是 /stioːn/ → [stʃən]。

-tion 在中古英語時期的發音從 /t/ 變成 /s/，拼字也跟著變成 -cion 或 -cioun，但現代英語的拼字又回復為 -tion，除了像 suspicion 這樣的例子以外。

-ion 前面是 -st- 的時候，發音則是 [tʃən]，保留了 [t] 的要素，例如 congestion [kənˋdʒɛstʃən]「阻塞，擁擠」、combustion [kəmˋbʌstʃən]「燃燒」、digestion [dəˋdʒɛstʃən]「消化」。這些單字的拼法在中古英語時期沒有變成 c。

拉丁語	**stationem**	**quaestionem**	**visionem**
	statio 的賓格	quaestio 的賓格	visio 的賓格
	↓ 加上 e	↓ ae → e	↓
古法語	**estation**	**question**	**vision**
			或者 visioun, visiun

當時發音還不是母音鼻化的 /sjɔ̃/。

	↓ t → c	↓	↓
中古英語	**estacioun**	**questioun**	**visioun**

拼字符合發音

	↓ c → t	↓ ou → o	↓ ou → o
	[ˋsteʃən]	[ˋkwɛstʃən]	[ˋvɪʒən]
現代英語	**station**	**question**	**vision**

-ment 的由來

字尾 -ment 接在動詞後面，源自拉丁語字尾 -mentum，這個拉丁語字尾表示動作結果或是執行該動作所需的工具、方法。

[ɪmˋbæŋkmənt]
embankment「堤，堤岸」

[əˋlɑtmənt]
allotment「分配，份額」

[ˋbesmənt]
basement「地下室」

[ɪmˋbɛzlmənt]
embezzlement「侵吞，盜用」

字尾 -ment 雖然不會使動詞結尾產生變化，但 -dge 結尾的動詞會去掉 e 變成 -dgment。

[dʒʌdʒ]　　　　　[ˋdʒʌdʒmənt]
judge「審判」 → **judg**ment「審判」

[əˋbrɪdʒ]　　　　[əˋbrɪdʒmənt]
abridge「刪節」 → **abridg**ment「刪節」

[əkˋnɑlɪdʒ]
acknowledge「承認，認可」

[əkˋnɑlɪdʒmənt]
→ **acknowledg**ment「承認，認可」

如果結尾只是 -e 而不是 -dge，則 e 會保留下來。

[əˋnauns]　　　　　[əˋnaunsmənt]
announce「宣布」 → **announce**ment「公告」

[kəˋmɛns]　　　　　[kəˋmɛnsmənt]
commence「開始」 → **commence**ment「開始」

[ɪnˋtæŋgl]　　　　　[ɪnˋtæŋglmənt]
entangle「纏住」 → **entangle**ment「糾纏」

III 形成形容詞的 -ic, -ical
economic 和 economical 有什麼不同？

-ic 的由來

字尾 -ic 的意義很廣泛，可以表示「與…有關的，因…而產生的，具有…性質的，屬於…的，類似…的」等意義。

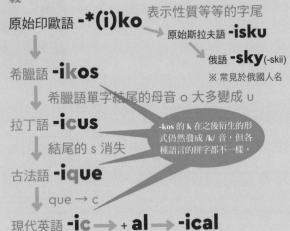

原始印歐語 **-*(i)ko**

表示性質等等的字尾
→ 原始斯拉夫語 **-isku**
→ 俄語 **-sky** (-skii)
※ 常見於俄國人名

希臘語 **-ikos**

↓ 希臘語單字結尾的母音 o 大多變成 u

拉丁語 **-icus**

-kos 的 k 在之後衍生的形式仍然發成 /k/ 音，但各種語言的拼字都不一樣。

↓ 結尾的 s 消失

古法語 **-ique**

↓ que → c

現代英語 **-ic** → + **al** → **-ical**

例如希臘語 logos「話語」的形容詞形，在英語是 logic「邏輯」，在現代法語則是 logique（英語拼字是 -ique 時，發音是長音的 [ik]，但法語的 -ique 是發成短音 /ɪk/）。

-ical 和 -ique 都是 -ic 家族的一員

如左圖所示，-ique 是古法語時代的字尾原封不動傳入英語的結果。-ical 是字尾 -ic 再加上形容詞字尾 -al，而 -al 是拉丁語字尾 -alis 縮短的結果。英語往往就像這樣，匯集了各種語言與時代中形式各異，但來源相同的字尾。

拉丁語形式原封不動進入英語的單字
→ [dʒɚˈmænɪkəs] **Germanicus**「日耳曼尼庫斯（人名）」

中古法語的形式原封不動傳入英語的單字
→ [ænˈtik] **antique**「古風的，古董的」

經由義大利語傳入英語，變成 -ic 形的單字
→ [ˈæntɪk] **antic**「滑稽的，小丑（過去的說法）」

拉丁語 unicus 傳入中古法語而變成 -ique
→ [juˈnik] **unique**「唯一的，獨特的」

希臘語傳到拉丁語、中古法語而變成 -ique
希臘語 **technikos** 技術的 → [tɛkˈnik] **technique**「技術」

economic 和 economical 的差別

→ 有時字尾 -ic 和 -ical 意義相同，有時兩者意義不同。
如果有兩種意義相同的拼法，美式英語傾向於用 -ic，英式英語較常用 -ical。

-ic 和 -ical 意義沒什麼差別的例子

[ɪ`lɛktrɪk]
electric
「電的」

[ɪ`lɛktrɪkl]
electrical
「電的」

-ic 和 -ical 意義不同的例子

[ˌikə`namɪk]
economic
「經濟上的」

[ˌikə`namɪkl]
economical
「節約的，經濟的」

省電費的燈泡

[hɪs`tɔrɪk]
historic
「歷史上有重大意義的，歷史上著名的」

[hɪs`tɔrɪkl]
historical
「歷史的，歷史學的」

[`klæsɪk]
classic
「經典的，優秀的，一流的，典型的」

classic music
「（不分音樂種類）經典的音樂，被認為是傑作的音樂」

[`klæsɪkl]
classical
「古希臘及古羅馬的，古典時代的，古典主義的」

classical music
「古典音樂，或巴哈、莫札特、貝多芬等等古典樂派的音樂」

[`fɪzɪks]
physics
「物理學」

[`fɪzɪkl]
physical
「身體的，物質的，物理學的」

[`kamɪk]
comic
「喜劇的，漫畫的」

[`kamɪkl]
comical
「古怪可笑的，滑稽的」

形成形容詞、名詞的 -ant, -ent

和螞蟻「ant」一點關係也沒有

-ant 的由來

源自拉丁語的字尾 -ant 能將動詞轉為形容詞，表示「顯示出…的狀態的」、「…性質的」，也可以形成表示行為者「做…的人（事物）」的名詞。

螞蟻 ant 和字尾 -ant 的字源並沒有關聯。

assist「協助」 ➡ 形容詞 assist**ant**「助理的，副…」

　　　　　 ➡ 名詞 assist**ant**「助理」

attend「伴隨」 ➡ 形容詞 attend**ant**「伴隨的，侍候的」

　　　　　 ➡ 名詞 attend**ant**「侍從，出席者」

descend「下降」 ➡ 名詞 descend**ant**「子孫」

inhabit「居住」 ➡ 名詞 inhabit**ant**「居民」

participate「參加」

　 ➡ 名詞 particip**ant**「參加者」

pend「懸吊（古語）」

　 ➡ 名詞 pend**ant**「墜飾」

字尾 -ant 和現在分詞 -ing

字尾 -ant 也是表示行為者的字尾，最初源自原始印歐語形成形容詞的字尾 *-nt。英語表示現在分詞的字尾 -ing 也來自相同的根源。

原始印歐語 ***-nt** 形成形容詞的字尾

拉丁語 **-ant**	原始日耳曼語 **-andz**
↓	↓
盎格魯-諾曼語 **-aunt**	古英語 **-ende**
↓	↓
中古英語 **-ant, -aunt**	中古英語 **-inge**
↓	↓
現代英語 **-ant**	現代英語 **-ing**

也就是說，pendant 和 pending 最初都源自相同的原始印歐語字尾。不過，動名詞字尾的 -ing 則是源自原始日耳曼語將動詞轉為動名詞的字尾 -ingo。在現代英語中，動名詞和現在分詞的 -ing 同形，實屬偶然。

字尾 -ent 和 -ence

源自拉丁語的形容詞字尾 -ent，也可以是表示行為者的字尾。另外，子音 t 改成 c 而變成 -ence、-ency 的話，就變成抽象名詞了。

*klei- 表示「依靠」的原始印歐語字根

→ 名詞 **cli**[ˋklaɪənt]**ent**「客戶，委託人」

*ag- 表示「驅使，驅動」的原始印歐語字根

→ 名詞 **ag**[ˋedʒənt]**ent**「代理人，仲介人，特務」

→ 名詞 **ag**[ˋedʒənsɪ]**ency**「代理機構」

resid[rɪˋzaɪd]**e**「居住」

→ 名詞 **resid**[ˋrɛzədənt]**ent**「居住者」

→ 形容詞 **resid**[ˋrɛzədənt]**ent**「定居的」

presid[prɪˋzaɪd]**e**「主持，擔任主席」

→ 名詞 **presid**[ˋprɛzədənt]**ent**「總統，總裁」

-ent 也有可能是表性質或狀態的形容詞字尾，而不是表示行為者的字尾。

secret agent
「情報員，特務」

differ[ˋdɪfɚ]「不同，相異」

→ 形容詞 **differ**[ˋdɪfərənt]**ent**「不同的，各種的」

→ 名詞 **differ**[ˋdɪfərəns]**ence**「差異，差額，不和」

-ant 和 -ent 有什麼不同？

→ 和拉丁語的動詞變化類型有關。不過，並沒有百分之百通用的規則。

字尾 -ant 大多源自拉丁語第一變位法動詞（不定詞形為 -are）的現在分詞形。字尾 -ent 則大多源自第二、第三、第四變位法動詞的現在分詞形。

拉丁語	**inhabitans**	**residens**
	inhabitare「居住」的現在分詞	residere「居住」的現在分詞
	↓ 結尾變成 t	↓ 結尾變成 t
古法語	**inhabitant**	**resident**
	↓	↓
現代英語	**inhabitant**	**resident**

雖說如此，但 descendant 的字源是 de- + 第三變位法動詞 scandere（不定詞形），雖然字尾是 -ant，原本的拉丁語動詞卻不是第一變位法，像這樣的例外也很多。

字尾 -ant 和 -ent 及英語現在分詞的 -ing，最初都來自相同的字源。

表示「充滿」、「缺乏」的字尾 -ful, -less

cashless 中「less」的真面目

-ful 的由來

字尾 -ful 最初的字源是原始印歐語的 *pleh-。這個字源也衍生了希臘語結合形式 poly-「多的」（p.102）。

原始印歐語 **-*pleh**「裝滿」

　↓ p 音變成 f　　　　　→ 希臘語結合形式

原始日耳曼語 **-*fullaz**　　**poly-**「多的」

　↓ 結尾省略

古英語　形容詞 **full**「滿的」

　↓ 拼字維持不變　　　→ **-full, full-**

現代英語　形容詞 **full**　　　↓

　　　　　　　　　　　　字尾 **-ful**

[tʃɪr]
cheer「高興」 → [tʃɪrfəl] cheerful「高興的」

[paʊɚ]
power「力量」 → [paʊɚfəl] powerful「強而有力的」

[bjutɪ]
beauty「美」 → [bjutəfəl] beautiful「美麗的」

[mɝsɪ]
mercy「仁慈」 → [mɝsɪfəl] merciful「仁慈的」

-y 結尾的單字會變成 -i

表示「缺乏」的 -less

可追溯至日耳曼語的字尾 -less，主要接在日耳曼語的字根之後，形成表示缺乏或不足的形容詞。它源自古英語的單字 leas「缺少的，沒有的，錯的，沒有價值的，假的」（和英語的 loose「鬆的」有相同的字源），和 little「少的」的比較級 less 字源不同。

[sliplɪs]
sleep「睡眠」 → sleepless「失眠的，不歇息的」

[hɛlp]
help「幫助」 → [hɛlplɪs] helpless「無助的，無可奈何的」

[rɛst]
rest「休息」 → [rɛstlɪs] restless「靜不下來的，焦躁的」

[kæʃ]
cash「現金」 → [kæʃlɪs] cashless「無現金的」

[praɪs]
price「價格」 → [praɪslɪs] priceless「無價的」

　　　　→「非常貴重而無法定價的」

[kaʊnt]
count「計數」

　　　→ [kaʊntlɪs] countless「數不盡的」

[θɔt]
thought「思考」

　　　→ [θɔtlɪs] thoughtless「欠考慮的」

成對的 -ful 和 -less

日耳曼語字尾 -ful 往往可以換成 -less 而形成反義詞。

care**ful**「小心的」 ⇔ care**less**「粗心的」
[ˈkɛrfəl] [ˈkɛrlɪs]

grace**ful**「優雅的」 ⇔ grace**less**「不懂禮貌的」
[ˈgresfəl] [ˈgreslɪs]

purpose**ful**「有目的的,有決心的」
[ˈpɚpəsfəl]

⇔ purpose**less**「沒有目的的,沒有目標的」
[ˈpɚpəslɪs]

不過,也有並非反義詞的情況。

fear**ful**「可怕的」 ⇔ fear**less**「無畏的」
[ˈfɪrfəl] [ˈfɪrlɪs]

fearful　　　　　　　　　　　　**fearless**

也有字尾 -ful 和 -less 的單字意義相近的情況。

shame**ful** 充滿羞恥 →「可恥的,丟臉的」
[ˈʃemfəl]

≒ shame**less** 沒有羞恥心的 →「無恥的」
[ˈʃemlɪs]

※shameful 表示對於自己做可恥的事有自覺,shameless 表示對於自己做可恥的事沒有自覺。

也有字尾 -less 不是形容詞的例外。

doubt**ful**「懷疑的」形容詞
[ˈdaʊtfəl]

⇔ doubt**less**「無疑地,必定」副詞
[ˈdaʊtlɪs]

full 加 -ly 為什麼不是 fullly?

→ 　除了極少數的例外,英語不會
連續出現三個相同的子音。

古英語時期的 full,字尾的 ll 的確會當成兩個子音來發音(發音較長)。後來,雙重子音逐漸變成單一子音的發音。在古英語及中古英語時期,-full 和 -ful 這兩種拼法有時會混用。不過,最終兩者還是統合為 -ful。

中古英語 **peesful, pesefull** ⟶ **peace**ful「和平的」
[ˈpisfəl]

中古英語 **bewteful, beautefull** ⟶ **beauti**ful「美麗的」
[ˈbjutəfəl]

形容詞 full 加上副詞字尾 -ly,不是應該變成 fullly 嗎?事實上,除了極少數的例外(蘇格蘭的地名 Rossshire「羅斯郡」),英語單字中不會連續出現三個相同的子音字母。所以,fullly 的拼字是不成立的。至於字尾 -ful 加上字尾 -ly 的 -fully,在現代英語並沒有縮減成 -fuly。因為如果拼字是 -fuly 的話,u 按一般規則會發成 [ju] 的音,可能讓人誤讀為 [fjulɪ]。

現代英語 **full**「滿的」
[ful]

⟶ **fully**「完全地」
[ˈfulɪ]

現代英語 **fruit**ful「產量多的」
[ˈfrutfəl]

⟶ **fruit**fully「產量多地」
[ˈfrutfəlɪ]

形成副詞的字尾 -ly, -s, -ward

always 的「-s」是複數嗎?

-ly 的由來

字尾 -ly 是將形容詞變成副詞的代表性字尾,原始的意義是「有…的形態」,和形容詞字尾 -like(例:businesslike「講求實際的,效率高的」)字源相同。

原始日耳曼語 ***liką**「身體」(ą 是鼻母音)

原始日耳曼語 ***-likaz**「有…的身體/形態」

古英語 **-lic** 形成形容詞的字尾

在中古英語時期變成 -liche, -lik, -li, -ly 等等

現代英語 **-ly**

[kaɪnd]
kind「親切的」 → [ˈkaɪndlɪ] **kind**ly「親切地」

[ˈhæpɪ]
happy「快樂的」 → [ˈhæpɪlɪ] **happi**ly「快樂地」

字尾 -ly 接在名詞後面,則會形成形容詞。

[frend]
friend「朋友」 → [ˈfrendlɪ] **friend**ly「友好的,友善的」

[lʌv]
love「愛」 → [ˈlʌvlɪ] **love**ly「可愛的,美好的」

形成副詞的字尾 -s

always 和 sometimes 的 -s 是形成副詞的字尾。是否加 -s 會影響意義。

[ɔl] [we]
all way「整條路」

→ [ˈɔlwez] **always**「總是,一直,永遠」

[sʌm] [taɪm]
some time「某個時候,改天」

→ [ˈsʌmˌtaɪmz] **sometime**s「有時候,偶爾」

now「現在」+ **a** + **day**「日子」+ -s

→ **nowadays**「現今,時下」

下面的 -es 和 -ce 同樣是形成副詞的字尾。

[bɪˈsaɪd]
beside「在旁邊」+ -s(形成副詞的字尾)

→ [bɪˈsaɪdz] **besides**「除了…之外還有,而且」

中古英語 **on**「1」+ -es(形成副詞的字尾)

中古英語 **on**es → 現代英語 [wʌns] **on**ce「一次,曾經」

其他還有 twice 的 -ce 和 else 的 -se,原本也是形成副詞的字尾。

always 的 -s 是複數嗎？

→ always、sometimes 的 -s 並不是複數字尾，而是源自古英語名詞的屬格。當時的屬格除了像現代一樣的所有格意義以外，還有將名詞轉為副詞的功能（副詞性屬格）。

always 源自古英語的 ealne weg（all way 的意思）。13 世紀初（也就是中古英語的中期），開始使用「副詞性屬格」，並且產生 allweyes、allwayes、alwayes 等形式（中古英語時期的拼字並不固定）。

	古英語	現代英語	
單數主格	**weg**	**way**	
單數屬格	**weges**	**way's**	所有格
單數與格	**wege**	**way**	受格
單數賓格	**weg**		
複數主格	**wegas**	**ways**	
複數屬格	**wega**	**ways'**	所有格
複數與格	**wegum**	**ways**	受格
複數賓格	**wegas**		

always 的 -s 是源自這個屬格。

古英語時期的四個格被簡化，現代英語減少為三個。

表示方向的字尾 -ward

字尾 -ward 源自日耳曼語，形成表示「方向」的副詞、形容詞或介系詞。

[ˈfɔrwəd]
forward「向前，向前的，轉寄，前鋒」

[ˈbækwəd]
backward「向後，向後的」

[ˈtoəd]
toward「朝向…，往…」

[ˈdaunwəd]
downward「向下，向下的」

[ˈʌpwəd]
upward「向上，向上的」

[ˈæftəwəd]
afterward「之後，後來」

[ˈɑnwəd]
onward「向前，向前的，前進的」

[ˈɪnwəd]
inward「向內，向內的，內心的，內臟」

[ˈistwəd]
eastward「向東，向東的」

[ˈwɛstwəd]
westward「向西，向西的」

[ˈsauθwəd]
southward「向南，向南的」

[ˈnɔrθwəd]
northward「向北，向北的」

-ward 的單字中，也有不容易推測意義的。

[ˈwewəd]
wayward「任性的，倔強的」

[ˈɔkwəd]
awkward「尷尬的，笨拙的，不熟練的，使用不便的」

※awk「錯誤的」

awkward dress?

III 形成動詞的字尾 -ize, -en, -fy

為什麼美國使用 -ize，英國傾向於使用 -ise？

希臘語字尾 -ize

形成動詞的字尾 -ize 原本是接在希臘語字根之後，但有許多例外。隨著原本希臘語動詞的不同，拼字也有可能是 -yze。

希臘語 **-ize** -ize 是第三人稱單數現在形，第一人稱單數則是 -izo，不定詞是 -izein

↓ 希臘語傳入拉丁語

中世紀拉丁語 **-ize** -ize 是第三人稱單數現在形，第一人稱單數則是 -izo，不定詞是 -izare

↓ 拼字由 z 改為 s

古法語 **-ise** -ise 是第三人稱單數現在形，第一人稱單數是 -ise，不定詞是 -iser

↓

中古英語 **-ise**

↓ 16 世紀效法古典，改回希臘語的 z

中古英語 **-ize**

↓

中古英語 **-ise**

↓

現代英語 **-ise, -ize**

> 16 世紀末，法國將標準拼法定為 -ise，連帶影響英國

[riːl]
real「真實的」 → [ˈrɪə͵laɪz] **realise, realize**「實現」

[əˈnæləsɪs]
analysis「分析」 → [ˈænə͵laɪz] **analyse, analyze**「分析」

TOPICS 59

-ize 和 -ise 有什麼不同？

→ 英式英語傾向於用 -ise，美式英語則用 -ize。

-ise 在英國是主流拼法，但牛津英語辭典、大英百科全書及泰晤士報文學副刊仍然使用 -ize 的拼法。雖然如左圖所示，從字源來看，-ize 應該是比較正確的，但它們也沒有把所有的 -ise 都統一成 -ize。因為並不是所有 [aɪz] 結尾的動詞都源自希臘語，有少數是來自子音並非 z 的拉丁語，所以學者認為全都統一成 -ize 並不合理。然而，區分源自拉丁語的 -ise 和希臘語的 -ize 對一般人而言太困難，據說就是因為這樣才漸漸變成一律用 -ise。至於美國，也經常有不管字源，全都拼成 -ize 的傾向。以下是源自拉丁語但被習慣影響而拼成 -ize 的例子。

「宣傳」英式 **advertise**, 美式 **advertize**

「使驚訝」英式 **surprise**, 美式 **surprize**（但很少見）

「設計」英式 **devise**, 美式 **devize**（也很少見，可能會被認為拼錯了）

60

形成動詞的字首 en- 和字尾 -en 字源相同嗎？

→ 雖然兩者都形成動詞，但字源完全不同。

字首 en- 如 p.96 所示，源自拉丁語的 in-，在古法語時期變成 en-。

[rɪtʃ]
rich「富有的」 → **en**[ɪnˋrɪtʃ]**rich**「使富有」

[lɑrdʒ]
large「大的」 → **en**[ɪnˋlɑrdʒ]**large**「擴大」

[dʒɔɪ]
joy「喜悅」 → **en**[ɪnˋdʒɔɪ]**joy**「享受」

[træp]
trap「陷阱」 → **en**[ɪnˋtræp]**trap**「使陷入圈套」

entrap

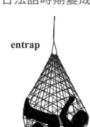

字尾 -en 接在形容詞或名詞後面，形成動詞，字源則是古英語的動詞字尾 -nian。不過，現代英語中 -en 字尾的動詞大多是在中古英語或近代英語初期形成的，是相對較新的詞彙。

[braɪt]
bright「明亮的」 → **bright**[ˋbraɪtn]**en**「使明亮」

[dɑrk]
dark「暗的」 → **dark**[ˋdɑrkn]**en**「使變暗」

[wik]
weak「弱的」 → **weak**[ˋwikn]**en**「使變弱」

[sɔft]
soft「軟的」 → **soft**[ˋsɔfn]**en**「使變軟」

[flæt]
flat「平的」 → **flat**[ˋflætn]**ten**「使變平」

flatten

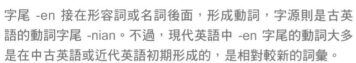

拉丁語字尾 -fy

字尾 -fy 主要接在拉丁語字根之後形成動詞，字源是拉丁語的 facio「做，製作，使…」（和 factory「工廠」及 fiction「小說，虛構」有相同的根源）。前面常會加上連結母音 -i-。

[ˋjunətɪ]
unity「統一」 → **uni**[ˋjunəˏfaɪ]**fy**「使成一體」

[klæs]
class「階級，類別」 → **classi**[ˋklæsəˏfaɪ]**fy**「分類」

[klɪr]
clear「清澈的，清楚的」 → **clari**[ˋklærəˏfaɪ]**fy**「澄清」

[ˋdʒʌstɪs]
justice「正義」 → **justi**[ˋdʒʌstəˏfaɪ]**fy**「證明…為正當」

[fɔls]
false「假的」 → **falsi**[ˋfɔlsəˏfaɪ]**fy**「偽造」

[ˋlɪkwɪd]
liquid「液體」 → **liqui**[ˋlɪkwəˏfaɪ]**fy**「液化」

[ˋpɝsn]
person「人」 → **personi**[pɚˋsɑnəˏfaɪ]**fy**「擬人化」

來自法語等其他語言的詞彙也可以加 -fy。

[ˋbjutɪ]
beauty「美」 → **beauti**[ˋbjutəˏfaɪ]**fy**「美化」

[frɛntʃ]
French「法國的，法式的」

→ **Frenchi**[ˋfrɛntʃəˏfaɪ]**fy**「法國化」

[ˋjæŋkɪ]
Yankee「美國佬，美國北部諸州的人」

→ **Yankee**[ˋjæŋkɪˏfaɪ]**fy**「美國化」

其他常用的字尾

生活中常見、常聽到的各種字尾

源自拉丁語的字尾

這裡介紹其他常用的字尾。

-ade 表示「動作」「飲料」的字尾（拉丁語 -ata）

→ promenade [ˌprɑməˈned]「散步，步行大道」

→ lemonade [ˌlɛmənˈed]「檸檬水」

-age 表示「集合」「動作」的字尾（拉丁語 -aticum）

→ herbage [ˈhɝbɪdʒ]「草本植物，草類」

→ bondage [ˈbɑndɪdʒ]「束縛，奴役」

-ity 表示「狀態」「性質」的字尾（拉丁語 -itas）

→ reality [rɪˈæləti]「現實，真實」

→ sincerity [sɪnˈsɛrəti]「真誠」

-tude 表示「狀態」「性質」的字尾（拉丁語 -tudo）

→ altitude [ˈæltəˌtjud]「高度，海拔」

→ multitude [ˈmʌltəˌtjud]「眾多，人群」

-ure 表示「動作」「結果」「組織」的字尾（拉丁語 -ura）

→ signature [ˈsɪɡnətʃə]「簽名，簽署」

→ mixture [ˈmɪkstʃə]「混合物，混合體，合劑」

→ prefecture [ˈprifɛktʃə]「府，縣，區」

-able, -ible 表示「可能」的字尾（拉丁語 -abilis, -ibilis）

→ curable [ˈkjurəbl]「可醫治的，可治癒的」

→ flexible [ˈflɛksəbl]「可彎曲的，有彈性的」

-ous「充滿…的」「有…特徵的」（拉丁語 -osus）

→ anxious [ˈæŋkʃəs]「焦慮的，渴望的」

-ish 從源自法語的詞彙形成動詞（古法語 -iss-）

→ accomplish [əˈkɑmplɪʃ]「達成，實現」

拼字相同純屬偶然

源自日耳曼語的字尾

-ish 形成形容詞的字尾（原始日耳曼語 *-iskaz）

→ boyish [ˈbɔɪʃ]「像男孩的，男孩子氣的」

-ard 表示「人」的字尾（德語 hart）

→ drunkard [ˈdrʌŋkəd]「醉漢，酒鬼」

-ster 表示「人」的字尾（古英語 -estre）

→ youngster [ˈjʌŋstə]「少年，兒童」

-some「容易…的」「像…的」

→ handsome [ˈhænsəm]「英俊的」（原義是「容易處理的」）

解析英語的「造詞方式」

Part IV

除了前面幾個部分介紹的希臘語、拉丁語衍生詞及合成詞以外，英語還有許多「造詞方式」。在 Part IV，將會介紹複合名詞、複合形容詞、混成詞、截短詞、首字母縮寫、重新分析、反向構詞等代表性的例子。這個部分也將「解剖」接連不斷誕生的新詞，用容易了解的方式解說它們的由來。

Anatomy of "Word Formation" of English

衍生詞、合成詞與複合名詞

意義的「比重」如何？

衍生詞與合成詞

源自希臘語、拉丁語的衍生詞及合成詞，是依照傳統的造詞方式形成。從單字意義的觀點來看，就像是下面圖示的感覺。

嚴格來說是「結合形式的複合詞」

衍生詞

derivative [də`rɪvətɪv]「衍生詞」是從 derive [dɪ`raɪv]「衍生」這個單字衍生出來的。

例：字首 **pro-**「在前面」+ 字根 **gramma**「寫下的東西」

→「公開寫下的東西」→「公告，布告」

→ 衍生詞 **program**「節目單，計畫」

圖的大小表示構詞成分具有的「單字性質」（意義上的特徵）多寡。

雖然字首有意義，但屬於補充的性質。

合成詞（複合詞）

compound [`kɑmpaʊnd]「複合詞（合成詞）」源自 com-「一起」+ pono「放置」→「合成」。

例：結合形式 **photo-**「光」+ 字根 **graph**「寫下的東西」

→「寫下光的東西」

→ 複合詞 **photograph**「照片」

結合形式和字根都具有「單字的性質」，兩者的意義在複合詞中都很重要。

示意圖

連結母音

日耳曼語的複合名詞

相對於在 Part I, II 已經看過的拉丁語、希臘語 **derivative 衍生詞**，以及使用結合形式的 **compound 合成詞**，**compound noun 複合名詞** 的字源則不限於拉丁語、希臘語，有許多是源自日耳曼語的字根或副詞組合而成的。複合名詞是由兩個（有時三個以上）的單字直接連結或加連字符號合成的。這種複合名詞的前半部分並沒有改變拼字而成為結合形式，前半和後半通常都和一般的單字拼法相同。

示意圖

成為**字根**的名詞 ＋ 成為**字根**的名詞

成為**字根**的名詞 成為**字根**的名詞

前半和後半的意義都很重要。構詞成分不會像結合形式一樣改變字尾，而是直接連結在一起，拼字和原本的單字相同。

下面都是不用連字符號的例子。

[aɪˌdɛntəfəˋkeʃən]
identification card

「身分證」

[ˋkardˌbord]
cardboard box 「紙箱」

[ˌɛkspəˋreʃən] [det]
expiration date 「有效期限」

[ˌkɑnfɪˌdɛnʃɪˋælətɪ] [ˋpɑləsɪ]
confidentiality policy 「保密政策」

下面都是加上連字符號的例子。

dry-cleaning
「乾洗」
merry-go-round
「旋轉木馬」

merry 的意思是「高興的，快樂的」。
go round 的意思是「轉圈」。

下面是寫成一個單字的例子。

bedroom 「臥室」
software 「軟體」

複合名詞的主要部分

如果將前後的單字對調的話…

sugar maple 和 maple sugar

有些複合名詞前後對調之後，可以形成另一個複合名詞。不過，對調後意義也會改變。

修飾部分　　　　　　　　　主要部分

[ʃʊgɚ]　　　　[ˈmepl]

sugar maple

「糖楓」

劃開糖楓的樹皮，將滴落的樹汁熬煮之後，就成為楓糖。

修飾部分　　　　　　　　　主要部分

[ˈmepl]　　　　[ʃʊgɚ]

maple sugar

「楓糖」

楓糖也稱為 maple syrup「楓糖漿」。

sugar maple 是一種 maple「楓樹」，意義的核心是 maple。這個後半部分可以視為「主要部分」。相對地，前半部的 sugar 則是修飾 maple 的詞語，可以視為「修飾部分（補充部分）」。

[haʊs]　　　　[wɚk]

house work「家事」（主要部分是 work「工作」）

[wɚk]　　　　[haʊs]

work house「勞動濟貧所」（主要部分是 house「房子」）

[hɔrs]　　　　[res]

horse race「賽馬」（主要部分是 race「賽跑」）

[res]　　　　[hɔrs]

race horse「賽馬用的馬」（主要部分是 horse「馬」）

[hom]　　　　[taʊn]

hometown「故鄉，家鄉」（主要部分是 town「城鎮」）

[taʊn]　　　　[hom]

townhome「連棟的透天房屋」（主要部分是 home「家」）

複合名詞後面的單字是意義的核心，也就是「主要部分」

是否加連字符號，有規則可循嗎？

→ 是否加連字符號，每個詞語的情況不同，也會隨著時代而改變。如果單字之間的連結較強，會加上連字符號，更緊密的話就會合併成一個單字。

[ˋtinˌedʒɚ]

分離型 **teen ager**

連字型 **teen-ager**

合體型 **teenager**
「青少年」

複合名詞可以分為單字之間有空白的（分離型）、以連字符號連結的（連字型）和合併成一個單字的（合體型）。雖然表達的意義都一樣，但隨著複合名詞受到廣泛使用，寫法往往會變成連字型或合體型。不過，要寫成分離型、連字型或合體型，許多詞語並沒有統一的規範，並且會隨著時代而改變。至於 teenager「青少年」及 baseball「棒球」，由於合體型被廣泛採用，所以現在幾乎看不到 teen ager、base ball 這種寫法了。

分離型 **base ball**

連字型 **base-ball**

合體型 **baseball**
「棒球」

三種寫法都可以表示「棒球」。最早期是寫成 base ball（分離型），但現在通常都寫成 baseball（合體型）。

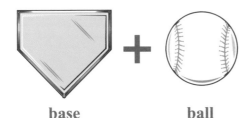

base   ball

hyphen「連字符號」的字源是什麼？

hyphen [ˋhaɪfən] 是希臘語的 hypo-「在下面」（p.40）和 hen「一個」（中性形）結合而成的。「在一個的下面」，就是將多個單字「合為一個單字」的意思。順道一提，hypo- 在母音前面會變成 hyp-，而如果接在 h- 開頭的字根前面，就會和 h- 結合成 -ph-，在現代英語發音為 [f]。

複合名詞與名詞片語

注意重音的位置

「白宮」和「白色房屋」

英語的名詞片語 a white house 是「白色房屋」的意思，複合名詞 the White House 則是指「白宮（位於華盛頓特區，美國總統居住並執行職務的官邸）」。書面上可以用大小寫來區分這兩者，在會話中則可以用重音的位置來區分。名詞片語 white house 是形容詞 white 修飾名詞 house，house 是意義的核心，所以重音（stress）放在 house。至於複合名詞，通常會把重音放在開頭的單字（第一個構成要素）。

名詞片語是由兩個以上的單字組成，扮演名詞角色的詞組。複合名詞則是由兩個以上的單字組成具有「新意義」的詞語。

White House

「白宮」
（複合名詞）

White house

「白色房子」
（**名詞片語**）

※ 重音所在的部分用較大的文字表示。

複合名詞的重音在前面，名詞片語的重音在後面的單字！

TOPICS 62

改變複合名詞的重音位置會怎樣？

→ English teacher 從字面上無法區分是「英國人老師」或「教英語的老師」，但從重音所在的位置，就能區分是複合名詞還是名詞片語。

English teacher
「英語老師」
（複合名詞）

English teacher
「英國人老師」
（名詞片語）

※ 重音所在的部分用較大的文字表示。

hotdog
「熱狗」
（複合名詞）

hot dog
「熱的狗」
（名詞片語）

hot dog?

wet suit
「潛水服」
（複合名詞）

wet suit
「濕的西裝」
（名詞片語）

wet suit

wet suit

blackboard
「黑板」
（複合名詞）

black board
「黑色的板子」
（名詞片語）

greenhouse ※
「溫室」
（複合名詞）

green house
「綠色的房子」
（名詞片語）

※ 兩個單字如果感覺連結較強，就會像 greenhouse 一樣寫成一個單字。

近年新創造的複合名詞

科技用語中的複合名詞

近年新創的詞語，例如科技用語，雖然使用希臘語、拉丁語的字首、字尾而產生的衍生詞也不少，但其中很大一部分是一般常見名詞組合而成的複合名詞。

Bluetooth
「藍牙」
（複合名詞）

因為期望能統合近距離無線通訊技術的標準，所以用曾經統一挪威與丹麥的國王哈拉爾的綽號「藍牙」來命名。

world wide web
「全球資訊網（WWW）」
（複合名詞）

web 是「蜘蛛網」的意思，比喻廣泛分布全世界的資訊網。world、wide、web 都是常用的單字，但結合在一起之後，就能表示更高層次的意義。

※ 重音所在的部分用較大的文字表示。

藍牙標誌是盧恩文字的 H（哈拉爾的首字母）和 B（「藍牙」的首字母）結合而成的。

firewall
「防火牆」
（複合名詞）

防止外部對電腦進行不當存取的安全防護措施。firewall 原本就是指防止火災蔓延的「防火牆」。

科技用語中使用的名詞，大多是比較簡單的名詞

有重音在後面的複合名詞嗎？

→ 一般而言，複合名詞的重音在前面的單字（第一個構成要素），但如果第一個構成要素是關於場所、時期、材料的名詞，則重音可能在第二個構成要素。

※ 重音所在的部分用較大的文字表示。

Madison Avenue
「麥迪遜大道」
南北縱貫曼哈頓的大道
（世界最大型的商業街道），
或者巴爾的摩的同名道路
重音在第二個要素

Madison Street
「麥迪遜街」
曼哈頓東西向的街道，
或者芝加哥的同名街道
重音在第一個要素

不過，就算第一個要素是地名或材料，重音也不見得都在第二個要素上。

Oxford Circus
「牛津圓環」

plastic bag
「塑膠袋」

morning meeting
「晨間會議」

apple pie
「蘋果派」
重音在第二個要素
（或者兩者都加重音）

apple cake
「蘋果蛋糕」
重音在第一個要素

chicken soup
「雞湯」

city council
「市議會」

在美國口語中，apple-pie 當形容詞表示「很美國的，美國傳統的」時，重音有可能在第一或第二個要素。

這個問題並沒有百分之百確定的答案！

與源自日耳曼語的副詞組成的複合名詞

了解「得來速」的起源

源自動詞慣用語的複合名詞

源自拉丁語、希臘語的合成詞，是在字根前面加上拉丁語、希臘語的介系詞作為字首。日耳曼語字源的複合名詞，則有許多動詞 + 副詞（介系詞）的組合（源自動詞的複合詞）。

字根
主要的要素

＋

副詞
介系詞

示意圖

drive through
drive-through
drivethrough
「免下車服務（得來速）」
（複合名詞）

[pæs baɪ]
pass by「經過」（動詞片語／慣用語）

[ˈpæsəˈbaɪ]
passer-by「路過的人，行人」（複合名詞）

passerby「路過的人，行人」（複合名詞）

[tek ɔf]
take off「起飛」（動詞片語／慣用語）

[ˈtekˌɔf]
take-off「起飛，模仿」（複合名詞）

takeoff「起飛，模仿」（複合名詞）

passer-by 變成複數的時候，-s 要加在哪裡？

這一頁的單字中，有的可以不加連字符號，
寫成一個單字。

→ 當主要的要素是名詞時，大多是將主要要素改為複數形（但有例外）。
主要要素是動詞時，則在最後加 -s。

也稱為
原形複合詞

名詞 s + **副詞（介系詞）**

源自動詞的
複合詞

動詞 + **副詞（介系詞）** s

[ˋpæsɚˋbaɪ]
passer-by「路過的人」（單數形）

[ˋpæsɚzˋbaɪ]
passers-by「路過的人」（複數形）

※ 也寫成 passersby

[ˏlʊkɚˋɑn]
looker-on「旁觀者」（單數形）

[ˏlʊkɚzˋɑn]
lookers-on「旁觀者」（複數形）

[ˋɛdɪtərɪnˏtʃif]
editor-in-chief「主編，總編輯」（單數形）

[ˋɛdɪtɚzɪnˏtʃif]
editors-in-chief「主編，總編輯」（複數形）

[ˋbrʌðɚɪnˏlɔ]
brother-in-law「同輩的男性姻親」（單數形）

[ˋbrʌðɚzɪnˏlɔ]
brothers-in-law / brother-in-laws「同輩的男性姻親」（複數形）

雖然一般說成 brothers-in-law，但偶爾也有人說 brother-in-laws。

[ˋgobɪˏtwin]
go-between「中間人，掮客」（單數形）
go-betweens「中間人，掮客」（複數形）

[ˋstændˏbaɪ]
stand-by「後備人員，候補待位，待命」（單數形）
stand-bys「後備人員，候補待位，待命」（複數形）

※ 雖然很少見，但也有 standbies、stand-bies 的寫法。

stand-by 字面上是「站在
旁邊」，由此衍生出站在
旁邊等待輪到自己的意思，
也就是後備人員、候補待
位的乘客等意義。

複合形容詞
將語句結合成形容詞

複合形容詞的造詞法

複合形容詞（compound adjective [`kɑmpaʊnd `ædʒɪktɪv]）是將單字以連字符號結合而成的形容詞。組成成分的詞性有各種可能，包括名詞＋形容詞、名詞＋現在分詞、名詞＋過去分詞、形容詞＋名詞、名詞＋連接詞＋名詞等等。另外，單字之間是否以連字符號連結，可能會讓意義完全不同。

這一頁的單字中，有的可以不加連字符號，寫成一個單字。

說這一句的時候，會在 eating 之前稍微停頓一下。
↓

I saw a man eating shark.
「我看到一個人在吃鯊魚」（形容詞片語）

I saw a man-eating shark.
「我看到吃人的鯊魚」
（複合形容詞）

↑ man-eating 連在一起唸。

以下舉出一些名詞＋現在分詞、形容詞＋現在分詞的例子。

He looks good.
「他的外貌很好」（形容詞）

good-looking man

「好看的男人」（複合形容詞）

[lɒŋ] [`læstɪŋ]
long-lasting「持久的」

[`izɪ] [`goɪŋ]
easy-going「隨和的，從容悠閒的」

[taɪt] [`fɪtɪŋ]
tight-fitting「緊身的，貼身的」

[kwɪk] [`θɪŋkɪŋ]
quick-thinking「思維敏捷的」

[aɪ] [`kætʃɪŋ]
eye-catching「引人注目的」

使用過去分詞的複合形容詞

這一頁的單字中，有的可以不加連字符號，寫成一個單字。

well- + 過去分詞、self- + 過去分詞、highly- + 過去分詞的形式，
可以用各種動詞結合成複合形容詞。

[wɛl] [non]
well-known「有名的（廣為人知的）」

[laɪkt]
well-liked「廣受歡迎的（很受喜愛的）」

[brɛd]
well-bred「有教養的（被養育得很好的）」

[drɛst]
well-dressed「穿著體面的（衣服穿得好的）」

[bɪˈhevd]
well-behaved「行為端正的（行為舉止好的）」

[əˈdʒʌstɪd]
well-adjusted「理智的，心智正常的（適應良好的）」

[ɪnˈfɔrmd]
well-informed「見多識廣的（收到充分資訊的）」

[rɪˈspɛktɪd]
well-respected「備受推崇的，深受尊重的」

[ˈhaɪlɪ] [ˈɔrgənˌaɪzd]
highly-organized「非常有條理的」

[ˈɑptəˌmaɪzd]
highly-optimized「充分優化的，最佳化的」

[ˈmotɪvetɪd]
highly-motivated「非常積極的」

[ˌrɛkəˈmɛndɪd]
highly-recommended「高度推薦的（非常受推薦的）」

[ækˈsɛləˌretɪd]
highly-accelerated「高加速的」

[sɛlf] [træpt]
self-trapped「自陷的（被自己設陷阱的）」

[əbˈsɔrbd]
self-absorbed「只關心自己的（專注於自己的）」

[ɪkˈsplænəˌtɔrɪ]
self-explanatory「不證自明的（自己說明自己的）」

[əˈsɛmbld]
self-assembled「自組裝的」

[rɪˈpɔrtɪd]
self-reported「自我報告的」

[ɪmˈplɔɪd]
self-employed「自己經營的（自雇的）」

[rɛd] [ˈhɛdɪd]
red-headed「紅髮的」

[lɔŋ] [hɛrd]
long-haired「長髮的」

[θɪk] [lɪpt]
thick-lipped「厚唇的」

[bɪg] [aɪd]
big-eyed「大眼的，吃驚的」

[krim] [ˈkʌləd]
cream-colored「奶油色的」

[lɔŋ] [nɛkt]
long-necked「脖子長的」

well- 和 self- 可以和各種動詞結合成複合形容詞

更長的複合形容詞

這一頁的複合形容詞，雖然偶爾會有不用連字符號，而用空白隔開單字的情況，但因為意義很有可能因此而改變，所以大多還是會使用連字符號。

只要在多個單字之間加上連字符號，就能輕易創造出複合形容詞。這個方法可以造出無窮無盡的複合形容詞，也是會話中經常使用的簡易造詞法。

difficult-to-understand event「難以理解的事件」

down-to-earth person「腳踏實地的、實際的人」

all-you-can-drink wine「喝到飽的酒」

all-you-can-eat pizza [ˋpitsə]「吃到飽的披薩」

too-good-to-be-true story「好到不像真的故事」

early-to-bed-early-to-rise style [ˋɝɪ] [raɪz]「早睡早起的生活方式」

good-for-nothing man「沒用的、一無是處的男人」

hand-to-mouth life「勉強餬口的生活」

He is a jack-of-all-trades. [dʒæk]「他是博而不精的人、能做各種事的人」

single-use「一次性使用的」 [ˋsɪŋgl] [juz]

well-paid「薪水好的」 [ped]

trade 是工作、職業的意思。Jack 不是指某個特定的人物，而是單純表示「男人」的意思。這原本是讚美別人的話，但後來產生了「雖然什麼都會，但每件事都做得不夠好」的意思。"Jack of all trades, master of none" 是「樣樣通，樣樣鬆」、「什麼都會，但都不精通」的意思。

「18 歲的男孩子」英語怎麼說？

→ 以句型方式表達時用複數形，但複合形容詞中的名詞大多是單數形。

He is eighteen years old. 「他 18 歲」

↓

eighteen-year-old boy 「18 歲的**男孩子**」（複合形容詞 + 名詞）

The match lasted three hours. 「比賽持續了 3 小時」

↓

three-hour match 「3 小時的**比賽**」（複合形容詞 + 名詞）

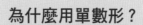

※ 不是 wheels。

[for] [hwil] [draɪv]
a four-wheel drive 「四輪驅動」

[flaɪt]
a three-hour-and-a-half flight
「三個半小時的飛行」※ 不是 hours。

[fut] [`siltŋ]
an eight-foot ceiling ※ 不是 feet。
「8英呎（2.4 公尺）高的天花板」

為什麼用單數形？

雖然看起來是單數形，但在古英語中，名詞修飾其他名詞時，是用屬格的複數形（像是現代的所有格）表示。舉例來說，以腳的長度（約 30 公分）為基準的長度單位 foot（複數形是 feet），在古英語是：

單數主格 fot，單數屬格 fotes
複數主格 fet，複數屬格 fota

後來複數屬格 fota 和單數主格一樣變成 foot，所以看起來就是用單數形修飾了。

常用於表示情緒的複合形容詞

這一頁的單字中，有的可以不加連字符號，寫成一個單字。

第一個要素是表示狀態的形容詞，第二個要素是表示情感或精神的過去分詞，兩者的組合可以產生各種表示情緒的複合形容詞。除了下面已經列出的例子，還有許多組合可以產生其他的詞語。

[ˋnæro]
narrow- 「窄的」

open- 「開放的」

cold- 「冷的」

[wɔrm]
warm- 「暖的」

[hɑt]
hot- 「熱的」

soft- 「軟的」

[maɪld]
mild- 「溫和的」

[ˋæbsn̩t]
absent- 「缺席的」

hard- 「硬的」

strong- 「強的」

[ˋɛmptɪ]
empty- 「空的」

[kul]
cool- 「冷靜的」

[ˋhɑrtɪd]
hearted 「心的」 ——— **warm-hearted** 「親切的，溫情的」

[ˋmaɪndɪd]
minded ——— **open-minded** 「心胸開闊的」
「精神的，想法的，心的」

[ˋtɛmpɚd]
tempered ——— **mild-tempered**
「氣質的」 「性情溫和的」

[ˋblʌdɪd]
blooded 「血的」 ——— **cold-blooded** 「冷血的」

[ˋhɛdɪd]
headed 「頭的」 ——— **empty-headed**
「傻的，沒腦筋的」

cold-blooded 除了表示人的性格很「冷血」以外，也用來表示 cold-blooded animal「冷血動物」（兩棲類及爬蟲類）。

押韻的複合形容詞、複合名詞

這一頁的單字中，有的可以不加連字符號，
寫成一個單字。押韻部分以紅字表示。

有許多複合詞是押韻的，唸起來的感覺更順口。這些都是比較非正式的口語表達方式。

[ˈblækˌdʒæk]
blackjack 「二十一點」

[ˈrolɪˌpolɪ]
roly-poly 「夾果醬的蛋糕捲，不倒翁娃娃」

[ˈhabˌnab]
hobnob 「親近，親切交談（原意是飲酒社交）」

[ˈgʊdɪˌgʊdɪ]
goody-goody 「假裝乖的，偽善的（人）」

鼠婦俗稱 roly-poly bug。

不倒翁娃娃也稱為
roly-poly doll。

[ˈhɛltəˈskɛltə]
helter-skelter 「倉促忙亂的；雜亂；混亂的」

[ˈhɛrəmˈskɛrəm]
harum-scarum ※「冒失的，魯莽的，混亂的」

[ˈflɪpˌflap]
flip-flop 「（旗子、衣物等）啪嗒啪嗒的響聲，後手翻，180 度轉變」

[ˈwɪʃɪˌwaʃɪ]
wishy-washy 「水分多的，淡的」

[ˈʃɪlɪˌʃælɪ]
shilly-shally 「優柔寡斷的」

[ˈtɪtlˌtætl]
tittle-tattle 「閒言碎語，閒聊，漫談」

helter-skelter 也有大型「螺旋溜
滑梯」的意思，有時也指大型的
螺旋狀滑水道。

flip-flop 也表示走起路
來會「啪嗒啪嗒響」
的人字拖鞋。

※harum-scarum 是在 hare「野兔」（另一說是 hare 'em「harry them 煩他們」）
和 scare「驚嚇」後面加上拉丁語的字尾 -um，形成感覺像是拉丁語的詞。

「混成詞」與《愛麗絲夢遊仙境》

取單字的一部分組合而成的詞語

portmanteau「混成詞」是什麼？

工業革命興起之後，英國曾經大量使用煤炭，因而經常產生空氣汙染粒子形成的霧霾。這種因為空汙而形成的霧霾被稱為 smog [smɑg]。這個單字是由 smoke「煙」的開頭和 fog「霧」的結尾組合而成的。

將混成詞稱為 portmanteau，是源自路易斯‧卡羅的作品《愛麗絲夢遊仙境》。故事中蛋形的「矮胖子」（Humpty Dumpty）對愛麗絲解釋〈Jabberwocky〉這首詩裡難懂的詞語，說道：「slithy 解作 lithe（柔韌的）和 slimy（黏糊糊的），就像一個 portmanteau（旅行箱）──把兩個意義塞進一個詞裡」。路易斯‧卡羅在這首詩裡創造許多混成詞，其中有幾個被實際使用於現代英語中（例如 galloping「馬的奔馳」+ triumph「勝利」→ galumphing「得意洋洋地奔馳的」，後來也衍生另一種意思「行進動作笨拙」）。

smoke + fog = smog

「煙」　　　　「霧」　　　　「霧霾」

像這樣用單字的一部分組合而成的詞語，稱為混成詞，英語是 portmanteau [port`mænto]。portmanteau 的意思是旅行箱，通常是指雙開式的皮箱，所以也用來指稱混成詞。或者，也可以依照詞語形成的方式，將混成詞稱為 blend。

較常用的「混成詞」

有許多混成詞在現代社會中很常用。

helico- 是結合形式，表示「螺旋狀的」，所以只擷取 heli- 其實是不正確的。因此，heliport 也可以說是藉由重新分析（p.206）而產生的詞。

[`hɛlɪkaptə]
helicopter「直升機」+
[`ɛr,port]
airport「機場」=
[`hɛlə,port]
heliport「直升機停機坪」

[`brɛkfəst]
breakfast「早餐」+
[lʌntʃ]
lunch「午餐」=
[brʌntʃ]
brunch「早午餐」

motor「汽車」+ hotel「旅館」=
[mo`tɛl]
motel「汽車旅館」

web「網路」+ log「記錄」=
[blag]
blog「部落格」

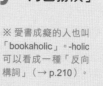

car「汽車」+ hijack「劫持」=
[`kar,dʒæk]
carjack「劫持汽車，劫車」

[`baɪnərɪ]
binary「二元的，二進位的」+ digit「指頭，數字」=
[bɪt]
bit「位元（資訊的最小單位）」

magazine「雜誌」+ book「書」=
[mʊk]
mook「雜誌書（介於雜誌與書籍之間的出版物）」

[`kastjum]
costume「戲服」+ play「扮演」=
[`kazple]
cosplay「角色扮演」

[wɝk]
work「工作」+
[,ælkə`hɔlɪk]
alcoholic「酒精成癮的」
[,wɝkə`hɔlɪk]
= workaholic「沉迷於工作的，工作狂」

※ 愛書成癖的人也叫「bookaholic」。-holic 可以看成一種「反向構詞」（→ p.210）。

[`tʃakəlɪt]
chocolate「巧克力」+
[,ælkə`hɔlɪk]
alcoholic「酒精成癮的」
[,tʃɔkəhalɪk]
= chocoholic「很愛吃巧克力的（人）」

「English」的混成詞

Japanese + English ＝ Janglish「日式英語」

各國人感到困難的發音各有不同

講英語時，各國人會產生不同的口音。口語上會用混成詞來表示這些口音。

Spanish「西班牙語」 **＋ English**「英語」**＝ Spanglish**「西班牙式英語」

※像是把字母當成音標唸一樣（first /fɪrst/），重音所在的母音容易唸成長音（history /ˈhiːstrɪ/）

Hindi「印地語」 **＋ English**「英語」**＝ Hinglish**「印度式英語」

※像是把字母當成音標唸一樣（sugar /ˈsugɑr/），/ð/ 唸成 /d/（they /dei/），/z/ 唸成 /dʒ/（reason /riːdʒən/）。

Chinese「華語」 **＋ English**「英語」**＝ Chinglish**「中式英語」

※/v/ 唸成 /w/（love /lɑw/）、字尾子音簡化（nest /nɛs/）及無聲化（belive /bɪliːf/）

Korean「韓語」 **＋ English**「英語」**＝ Konglish**「韓式英語」

※/f/ 唸成 /p/（fork /pok/、self /sɛlp/），長音短化（juice /dʒʊs/），/ts/ 唸成 /dz/（pizza /ˈpidzɑ/）。

Japanese「日語」 **＋ English**「英語」**＝ Janglish**「日式英語」

※因為日本人 L、R 的發音相同，所以也有 **Engrish** 這種諷刺亞洲人英語的說法。

> 也稱為 Japanglish 或 Japlish。

另外，也有 Singlish 新加坡式英語（Singaporean 新加坡語）、Manglish 馬來西亞式英語（Malayalam 馬來語）、Franglish 法式英語（French 法語）等許多混成詞。順道一提，法語中的 franglais 則是指法語中從英語借來的詞彙。

意想不到的「混成詞」組合

有些混成詞是直接照字面意義結合，但也有些令人意外的組合。

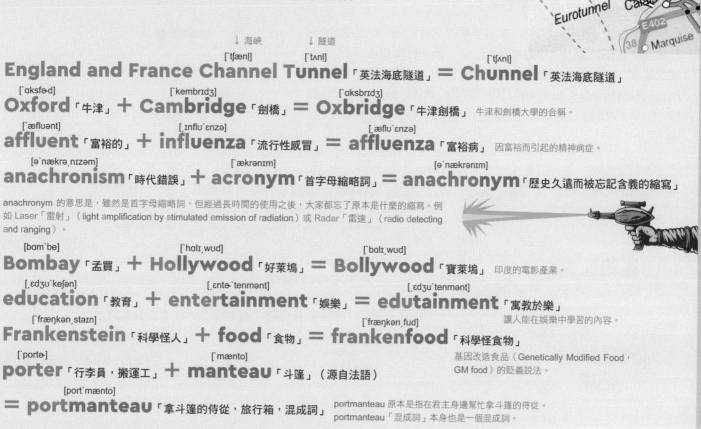

↓ 海峽　　　↓ 隧道

[ˋtʃænl]　　[ˋtʌnl]　　　　　　　　　　[ˋtʃʌnl]

England and France Channel Tunnel「英法海底隧道」**＝ Chunnel**「英法海底隧道」

[ˋɑksfəd]　　　　　　[ˋkembrɪdʒ]　　　　　　[ˋɑksbrɪdʒ]

Oxford「牛津」**＋ Cambridge**「劍橋」**＝ Oxbridge**「牛津劍橋」　牛津和劍橋大學的合稱。

[ˋæfluənt]　　　　　　[ˏɪnfluˋɛnzə]　　　　　　[æfluˋɛnzə]

affluent「富裕的」**＋ influenza**「流行性感冒」**＝ affluenza**「富裕病」　因富裕而引起的精神病症。

[əˋnækrəˏnɪzəm]　　　　　　[ˋækrənɪm]　　　　　　　　[əˋnækrənɪm]

anachronism「時代錯誤」**＋ acronym**「首字母縮略詞」**＝ anachronym**「歷史久遠而被忘記含義的縮寫」

anachronym 的意思是，雖然是首字母縮略詞，但經過長時間的使用之後，大家都忘了原本是什麼的縮寫。例如 Laser「雷射」（light amplification by stimulated emission of radiation）或 Radar「雷達」（radio detecting and ranging）。

[bamˋbe]　　　　　　[ˋhalɪˏwud]　　　　　　[ˋbalɪˏwud]

Bombay「孟買」**＋ Hollywood**「好萊塢」**＝ Bollywood**「寶萊塢」　印度的電影產業。

[ˏɛdʒuˋkeʃən]　　　　　　[ˏɛntəˋtenmənt]　　　　　　[ˏɛdʒuˋtenmənt]

education「教育」**＋ entertainment**「娛樂」**＝ edutainment**「寓教於樂」　讓人能在娛樂中學習的內容。

[ˋfræŋkənˏstaɪn]　　　　　　[ˋfræŋkənˏfud]

Frankenstein「科學怪人」**＋ food**「食物」**＝ frankenfood**「科學怪食物」

[ˋportə]　　　　　　[ˋmænto]

porter「行李員，搬運工」**＋ manteau**「斗篷」（源自法語）

基因改造食品（Genetically Modified Food，GM food）的貶義說法。

[portˋmænto]

＝ portmanteau「拿斗篷的侍從，旅行箱，混成詞」

portmanteau 原本是指在君主身邊幫忙拿斗篷的侍從。
portmanteau「混成詞」本身也是一個混成詞。

以「省略」的方式造出的詞

將常用的長單字縮短

長的單字說起來很繞口

衍生詞和複合詞的造詞方式，會使字詞的長度變長。但太長的單字唸起來繞口，也很難記憶。所以，對於經常使用卻很長的單字，可能會省略前後的部分把它變短，透過這種方式形成的新詞稱為截短詞。英語把這個縮短的過程稱為 clipping [`klɪpɪŋ]「修剪」、shortening [`ʃortənɪŋ] 或 truncation [trʌŋ`keʃən]。

3.14
↓
3

truncation 也有將小數「無條件捨去」的意思。

原本的單字		截短的形式

省略結尾

apocope [ə`pakəpɪ]
「尾音刪減」

[`maɪkrə͵fon]
microphone「麥克風」 → [maɪk] **mike**

[`læbrə͵torɪ]
laboratory「實驗室」 → [læb] **lab**

省略開頭

apheresis [ə`fɛrəsɪs]
「頭音刪減」

[`hɛlɪkaptə]
helicopter「直升機」 → [`kaptə] **copter**

[`kak͵rotʃ]
cockroach「蟑螂」 → [rotʃ] **roach**

省略開頭和結尾

[͵ɪnflu`ɛnzə]
influenza「流行性感冒」 → [flu] **flu**

[dɪ`tɛktɪv]
detective「偵探」 → [tɛk] **tec**

各式各樣的「省略」

日常生活中經常可以見到截短詞，
其中多數是保留開頭的部分。

[ˋpɑpjələ]   [ˋmjuzɪk]   [pɑp]
popular music「流行音樂」 → **pop**

[dʒɪmˋnezɪəm]   [dʒɪm]
gymnasium「體育館，健身房」 → **gym**

[ˌædvəˋtaɪzmənt]   [æd]
advertisement「廣告」 → **ad**

[ɪgˌzæməˋneʃən]   [ɪgˋzæm]
examination「測驗」 → **exam**

[ˌmæθəˋmætɪks]   [mæθ]
mathematics「數學」 → **math**

[fækˋsɪməlɪ]   [fæks]
facsimile「傳真」 → **fax**

[ˋɪntɚˌnɛt]   [nɛt]
Internet「網際網路」 → **net**

gym 的原形 gymnasium 是源自希臘語
的 gymnos「赤裸的」，因為古希臘的
運動員是裸體比賽的。

[ˋdɑktɚ]   [dɑk]
doctor「醫師」 → **doc**

[ˋgæsəˌlin]   [gæs]
gasoline「汽油」 → **gas**

省略中間！

syncope [ˋsɪŋkəpɪ]
「詞中音刪減」

省略單字中間部分的情況
很少。

[ˋfæntəsɪ]
fantasy「幻想」
[ˋfænsɪ]
→ **fancy**

[ˋmædəm]
madam「女士」
[mæm]
→ **ma'am**

例如僕人稱呼女主人時，會使用這
個敬稱。

---

gasoline 這個單字，過去一直被認為是
表示「氣體」的 gas（源自希臘語 chaos
「混沌」）加上表示「油」的 -ol 以及表
示物質名稱的 -ine 而形成的。但根據近年的研究，這個單字
一開始其實源自英國人 John Cassell 對於以石油製成的燈油
所取的品牌名稱「Cazeline」。一位叫 John Boyd 的人也擅自
用 Cazeline 的名稱販賣同樣的產品，但為了避免仿冒嫌疑，
又把字首的 C 改成 G，結果反而是 Gazeline 這個名字廣為人
知。之後，拼字就漸漸變成 gasoline。

將複合名詞的首字母組合而成的「首字母縮略詞」

常見於近年發明的事物及科技用語！

近年相當多產的首字母縮略詞

首字母縮略詞也是一種「省略」（p.198）。

將複合名詞的首字母組合而成的單字，稱為「首字母縮略詞」，英語稱為 acronym [ˋækrənɪm]。近年新發明的產品、科技用語，以及近年成立組織的專有名詞，經常以首字母縮略詞命名。

[sɛlf]   [kənˋtend]   [ˋʌndɚˏwɔtɚ]   [ˋbriðɪŋ]   [ˏæpəˋretəs]

Self-Contained Underwater Breathing Apparatus

「自給式的」   「水下」   「呼吸」   「裝置」

將首字母連在一起   [ˋsk(j)ubə]

➡ **SCUBA** 「水肺（自給式水下呼吸器）」

[ˋnæʃənl]   [ˏɛrəˋnɔtɪks]   [spes]   [ədˏmɪnəˋstreʃən]

National Aeronautics and Space Administration

「國家的」   「航空學」   「太空」   「管理機構」

[ˋnæsə]

➡ **NASA** 「美國太空總署」

首字母縮略詞能把又長又複雜的用語變得簡短易懂！

TOPICS
66

Acronym 和 Initialism 一樣嗎？

→ 傳統上，Acronym 是指把首字母組合成可以連在一起發音的單字，Initialism 則是單純把首字母一個一個唸出來。

首字母縮略詞
Acronym

['neto]
NATO「北大西洋公約組織」

[ju`nɛsko]
UNESCO「聯合國教育、科學及文化組織」

['redɑr]
radar「雷達（無線電偵測和定距）」

屬於首字母縮略詞的專有名詞，有些文法書建議像一般單字一樣，只有第一個字母大寫，例如 Nato、Unesco。

首字母縮寫
Initialism

[ˌbiˌbi`si]
BBC「英國廣播公司」

[ɛs`ɛf]
SF「科幻小說（science fiction）」

[ˌsiˌi`o]
CEO「執行長」

不過，也有像 **DVD-ROM** [ˌdiˌviˌdi`rɑm] 一樣，前半是縮寫，後半是縮略詞的情況。另外，**ISO**（國際標準組織）可以當成縮寫而唸成 [`oˌɛsˌaɪ]，或者當成縮略詞而唸成 [`aɪso]。還有，**UFO**（不明飛行物體）也可以唸成 [`jufo] 或 [ˌjuˌɛf`o]。因為有這樣的狀況，所以有越來越多文法書認為 acronym 和 initialism 是同義詞，區分這兩者沒有什麼意義。

認為 Acronym 和 Initialism 相同的看法越來越普遍！

ASAP「儘快」──片語的縮寫

除了複合名詞以外，在英語的訊息中，也有許多常用的片語縮寫。這些縮寫有的只用全大寫，也有一些可以寫成小寫。

[`ɔlso] [non] [əz] [,e,ke`e]
Also Known As → AKA「也稱為…」
「也以…的名稱為人所知」

視為單純的縮寫唸成 [,e,ɛs,e`pi]，但也可以當成縮略詞而唸成 [`esæp]。

[əz] [sun] [əz] [`pasəbl] [,e,ɛs,e`pi]
As Soon As Possible → ASAP「儘快」
「儘可能快」

[ɛlo`ɛl] / [lol]
Laughing Out Loud → LOL「大笑」
「大笑」

[əz] [far] [əz] [aɪ] [no] [ə`fek]
As Far As I Know → AFAIK「就我所知」
「在我所知道的範圍」

[,aɪ,aɪ,ɑr`si]
If I Recall Correctly → IIRC「如果我記的沒錯」
「如果我回想得正確」 ※ recall 也可以換成 remember。

[,ɛlɪ`faɪv]
Explain Like I'm 5 → ELI5「用五歲小孩也懂的方式跟我說明」
「好像我只有五歲一樣說明」

[,e,ɛm`e]
Ask Me Anything → AMA「儘管問我」
「問我任何事」

lol 是一個很常用的網路俗語，就像是直接打出（笑）一樣，日本人也會用 w（因為「笑」的日語是 warai）表示。許多 w 連在一起變成 www 之後，看起來像是草叢或者竹林，所以也有用（草）或（竹）表示大笑的寫法。

網路上會不斷發明新的縮寫表達方式！

Acronym 的根本意義是什麼？

Acronym 是希臘語結合形式和希臘語字根組合而成的。後半的 nym 和 name 的字源相同。

acro- + -nym = acronym

「前端的，　　「名字」　　「首字母縮略詞」
尖端的」

另外，acro- 的合成詞還有 acridity [æ`krɪdətɪ]「味道的刺激性，辛辣」、acropolis [ə`krɑpəlɪs]「衛城」（雅典建立在山丘上的城市）、acrobat [`ækrəbæt]「雜技表演者」（在尖端走），以及醫學用語 acrocephalic [ˌækrosə`fælɪk]「尖頭症的」、acromegaly [ˌækrə`mɛgəlɪ]「肢端肥大症」。

至於 Initialism，則是拉丁語字根加上希臘語字尾 -ism。initial [ɪ`nɪʃəl]「首字母」和 initiation [ɪnɪʃɪ`eʃən]「入會儀式，開始」、initiative [ɪ`nɪʃɪtɪv]「主動性，主動權」、initialize「初始化」都有相同的字根。

initialis- + -ism = initialism

「開始的」　　　「…主義」　　「首字母縮寫」

要像 Mr. 和 Dr. 一樣加上縮寫點嗎？

→ 加上一點是表示省略的意思。不過，在首字母縮寫中往往會省略不加點。

Mr.（Mister）、Dr.（Doctor）、St.（Street）等等加上一點表示省略的情況很常見。首字母縮寫一樣是省略了首字母之後的文字，所以 NASA 也會寫成 N.A.S.A.，ASAP 也可以寫成 A.S.A.P.。也有在縮寫點後留空白的寫法。事實上，以前的縮寫像 F.B.I. 一樣加點的寫法比較多，但隨著時代變遷，現在反而是 FBI 這種不加點的寫法比較普遍。

隨著語言而改變的首字母縮略詞

縮寫常會隨著語言而有所不同。例如愛滋病（後天免疫缺乏症候群）在英語是 Aids，但在其他語言有不同的形式。

英語 **Aids**

[əˋkwaɪrd]　[ˌɪmjənodɪˋfɪʃənsɪ]　[ˋsɪnˌdrom]
Acquired immunodeficiency syndrome

拉丁語族的原始詞序則有所不同。

西班牙語 **Sida**

Síndrome de inmunodeficiencia adquirida

法語 **Sida**

Síndrome d'immunodéficience acquise

Aids 的 s 是 syndrome「症候群」，在希臘語本來是「一起跑」的意思。英語原本的詞序是修飾語＋「症候群」，但西班牙語和法語等等則是「症候群」＋修飾語，所以 S 變成第一個字母。

不過，包括德語在內的許多語言，都直接使用了英語式的 Aids。

HIV 病毒

Backronym 反向縮略詞

有一種文字遊戲是用指定詞語的每個字造句，例如：「家常菜」→「家」家裡的冰箱、「常」常準備一道、「菜」菜心拌海帶。在英語中，像這樣憑空想像一個單字的「縮寫」來源，就稱為 backronym「反向縮略詞」（back + acronym 組成的混成詞），因為它和形成縮略詞的過程相反。

SOS 「求救信號」在摩斯電碼中是簡單易傳送的組合。

→ Save Our Ship!
將 SOS 解釋為「拯救我們的船」的縮寫，但這其實是反向縮略詞。

S O S

NEWS 「新聞」原本是「新消息」的意思。

→ North East West South
反向縮略詞「東西南北」（其實不是真正的字源）。

另外，如果反向縮略詞包含了原本的單字，或者縮寫的來源包含縮寫本身，像是俄羅斯娃娃一樣，就稱為 recursive acronym（遞迴縮寫）。

VISA International Service Association
「VISA 國際服務協會」

→ VISA

GNU's Not Unix 「GNU 不是 Unix」

→ GNU（一種作業系統）

美國人聽得懂「OB」嗎？

→ OB 是日本人發明的日式英語，表示 Old Boy「畢業生，學長」。
使用這些日式英語縮寫時要特別注意！

日式英語的縮寫，仍然算是日語詞彙。因為歐美人士可能無法理解，所以英語會話中應該避免使用。

OB (Old Boy)

日本人將學校畢業生或社團的學長稱為 OB，但英語 OB 最廣為人知的意義是 obstetrics [əb`stɛtrɪks]「產科」的略稱。（順道一提，「婦產科」是 obstetrics and gynecology [ˌgaɪnə`kɑlədʒɪ] → OB/GYN）。另外，高爾夫球打出界外也稱為 OB（Out of Bounds）。

OB

NG (No Good)

雖然 OK 是英語沒錯，但 NG 卻是日式英語。No good 的確可以表示「一點也不好，沒有用」的意思，但在英語中不會縮寫成 NG（雖然某些字典收錄了這個詞）。要表達「不該說的髒話」，英語也不會說成 NG word，而是 swear [swɛr] word。

GW (Golden Week)

就算不縮寫，歐美人士也不太清楚 Golden Week「黃金週」是什麼意思，如果先介紹說「稱為 Golden Week 的連假期間」應該會比較好。

PV (Promotion Video)

「宣傳影片」的正確英語是 promotional video 而不是 promotion video，而且也不會縮寫成 PV。

CM (Commercial Message)

雖然「廣告」的英語的確是 commercial message（或者只說 commercial），但不會縮寫成 CM。另外，廣告歌是 advertising jingle [`ædvɚˌtaɪzɪŋ `dʒɪŋgl]，或者只說 jingle。jingle 不止是「jingle bell」表示「叮噹聲」的意思，也表示像廣告歌一樣重複相同詞語或音韻的詩歌。

就算用的是英文字母，也不見得是通用的英語詞彙

重新分析與 apron
因為誤認單字的切分處而產生的詞彙

重新分析與民間詞源

apron 原本是古法語 naperon「小桌巾」，傳入英語變成 napron。加上不定冠詞的 a napron 被誤以為是 an apron，才變成 apron。像這樣因為誤解而產生新詞的情況，稱為 metanalysis (meta-analysis) [mɛtə`næləsɪs]「重新分析」，這是表示變化的字首 meta- 和 analysis「分析」[ə`næləsɪs] 組成的詞。也稱為 rebracketing [rɪ`brækətɪŋ]。

napron

apron 原本是 napron。

因為誤解變成……

a ➕ **napron** ➡ **an** ➕ [`eprən] **napron**

不定冠詞 　　　　　　　 不定冠詞 　　 「圍裙」

除了英語以外，日語也有重新分析的例子。例如「潔い（純潔的，果斷的）」「あくどい（惡毒的）」常被誤寫為其實和語源無關的「いさぎ良い」「悪どい」。

※「あくどい」的語源，除了強調字首「あ」+「くどい（囉嗦的）」以外，也有「灰汁（澀液，澀味）」+「どい」的説法。

因為誤解變成……

i sa　kiyo i　　isagiyo i　　i sa gi　yo i
いさ ➕ 清い ➡ 潔い ➡ いさぎ ➕ 良い
「非常」 「清澈的」 「純潔的，　　　　　「好的」
　　　　　　　　果斷的」

隨著時間過去，人們失去對字源的記憶，而產生重新分析的現象

因為不定冠詞而產生的誤解

不定冠詞在母音前面是 an、子音前面是 a 的規則，是造成重新分析的原因之一。

umpire「裁判，仲裁人」的字源之所以是「奇數」，是因為不和的兩人再加上調停者是三個人，而成為「奇數」。古法語 nonper 是在 per「一對」前面加上否定詞 non-，表示「不成對」的意思。

錯誤將開頭的 n 去掉的例子：

（古法語）　　　　　　　　　　（中古英語）　　　　　　　　　　　　　　　（現代英語）
[ˈʌmpaɪr]

nonper「奇數」 → a + noumpere「仲裁人」 → an + umpire「仲裁人，裁判」

（古英語）　　　　　　　　　　（中古英語）　　　　　　（現代英語）
[ˈædə]

næddre「蛇」 → a + naddere → an + adder「毒蛇，蝰蛇」

錯誤在開頭加上 n 的例子：

（中古英語）　　　　　　　　　　　　　　　　　　（現代英語）
[ˈnɪkˌnem]

eke name → an + ekename → a + nickname「綽號」

「附加的名字」。eke 原本有「增加」的意思。

（古英語）　　　　　　　　（中古英語）　　　　　（現代英語）
[njut]

efete「蜥蜴，蠑螈」 → an + ewte → a + newt「蠑螈」

蠑螈是兩棲類，基本上前腳有四根腳趾，後腳有五根腳趾。壁虎則是爬蟲類，前後腳都是五根腳趾，英語稱為 gecko。

5根

4根

重新分析與 hamburger

但 rice burger（米漢堡）是米飯夾肉而不是麵包夾米飯

重新分析的代表性例子：hamburger

關於 hamburger 的字源，就像 p.139 介紹過的，是因為德國城市漢堡以煎熟的韃靼肉排聞名。將這種肉排用麵包夾起來的「hamburger」是美國人發明的。隨著 hamburger 這個單字的普遍使用，不知道字源的人就以為 hamburger 是 ham「火腿」+ burger（重新分析），而把 burger 當成漢堡本身（省略、反向構詞），進而依照中間所夾的東西而產生 cheese burger「起司漢堡」、chicken burger「雞肉堡」等許多混成詞。Hamburg 的 burg 原本是「城堡」的意思，但現在人們已經不會意識到這一層意義了。

[ˈhæmbɚg]（英語發音）
Hamburg
「河灣」+「城」
「漢堡」

[ˈhæmbɚgɚ]
hamburger
「漢堡」+ -er
「漢堡（的），漢堡的居民」

[ˈbɚgɚ]
burger
「堡（食物）」
「漢堡（食物）的略稱」

[ˈhæmbɚgɚ]
hamburger
「漢堡（食物）」
「使用漢堡居民常吃的肉排製成的食物」

salmon burger
「鮭魚堡」

buffalo burger
「水牛肉堡」

kangaroo burger
「袋鼠肉堡」

bacon lettuce burger
「培根生菜堡」

如果用字源來解釋，「蛋堡」就會變成「蛋城居民」了吧！？

208

為什麼 Anne 的暱稱是 Nan？

→ Anne 的暱稱（縮短的形式）有 Nan、Nancy、Nanny 等等。開頭加上的 n，據説是 min An（「min」是「my」在中古英語的形式）經過重新分析 min An → mi Nan 的結果。

min
「我的」

現代的 my 是省略結尾 n 的結果。

+

An
「安」

[`hænə]
Hanna
「漢娜」

Anna, An, Ann, Anne 源自於表示「恩惠，恩典」的希伯來語 hanna。John 的字源也和希伯來語的 hanna 有關。

→

min
「我的」

在中古英語時期可以寫成 mi 或 my。

[`ænɪ]
Annie
「安妮」

Annie, Anny 是 An 的小稱詞「小安」。

+

Nan
「南」

英國國王亨利八世的第二任妻子 Anne Boleyn 也稱為 Nan。

[`nænɪ]
Nanny
「娜妮」

字尾 -ie 或 -y 表示 Nan 的縮小詞「小南」。

[`nænsɪ]
Nancy
「南西」

Ancy 因為重新分析而在開頭加上 n。Ancy 是源自希臘語 Hagne「純潔的」。因為發音類似，所以也當作 An 或 Anne 的暱稱。

[`nænə]
Nana
「娜娜」

有一説是這並非 Ana 的重新分析，而是 Ana 的幼兒語説法。

除了 Nan 以外，Edward 的暱稱 Ned、Ellen 的暱稱 Nell 也被認為是重新分析的結果。

愛德華・馬奈
《娜娜》（局部）

反向構詞（back formation）的形成方式

截短並生成新詞的背景

反向構詞是由錯誤的字源類推而產生的一種「重新分析」

複合詞和衍生詞，有時候會以和字源歷史無關的方式被截短，而產生新的詞彙。像這樣產生新詞的方式，稱為 back formation 反向構詞。因為是把被當成字尾的部分去掉，所以也稱為 subtraction [səb`trækʃən]（意思是「減法」）。

baby + sitter = babysitter「保姆」（1910 年代出現）

「嬰兒」　　「使坐下的人」

OED（牛津英語詞典）是 1937 年開始收錄。

↓

babysitter − -er = babysit「當保姆」（1940 年代出現）

※ 也寫成 baby-sitter, baby-sit。

> 從名詞去掉字尾，反過來形成動詞！

一般的情況是動詞加上行為者字尾 -er 而形成新詞「做…的人」，但這個例子卻是後來才反過來形成動詞。從這個動詞又形成了現在分詞 babysitting 等等。

edo → editus + -or = editor「出版者」（拉丁語的原意）

拉丁語　　edo 的過去分詞　拉丁語的
「生出」　　「被出版的」　　行為者字尾

中世紀拉丁語的 editor「產出者」「出版者」這個詞，在 1640 年代傳入英語。

editor − -or = edit「出版，（後來轉變的意思）編輯」（1791 年出現）

在 100 多年的期間內，雖然有 editor 這個詞，動詞 edit 卻還沒有出現！

「省略」和「反向構詞」有什麼不同？

省略（p.198）和反向構詞，雖然表面上很像，但省略所去掉的部分並沒有一定的規則，反向構詞則是將被當成字首或字尾的部分去掉。

（省略 p.198）

[其他例子]
type-writer「打字機」
→反向構詞 **type-write**「打字」

（1875 年出現）

[ˋbʊlˌdozɚ]
bulldozer
名詞「推土機」

省略

反向構詞

・和原本的詞大多「意義相同」

・和原本的詞大多「詞性相同」

・和原本的詞「意義不同」

・和原本的詞「詞性不同」（名詞→動詞等等）

bulldozer － bull ＝ dozer

bulldozer － -er ＝ bulldoze

為了不要讓 doz 的發音變成 [dɑz]，所以後面加上了 e。

[ˋdozɚ]
dozer
名詞「推土機」

（1880 年出現）

[ˋbʊlˌdoz]
bulldoze
動詞「用推土機鏟平」

「省略」時意義相同，「反向構詞」則會改變意義和詞性

深入探討「反向構詞」

結尾的「-s」被誤認為複數形的情況

因為英語名詞的複數形被統一為 -s 而產生的「誤解」

現代英語名詞的複數形幾乎都是 -s，但過去的複數形有多種變化方式，其中有許多並不是單純加 -s。因為複數形成方式的改變，所以產生了許多反向構詞的單數形。反向構詞可以說是因為「誤解」而產生，也是一種「重新分析」。

「豌豆」

pison（單）/ **pisa**（複）→ **pisum**（單）/ **pisa**（複）
希臘語　　　　　　　　　　　　拉丁語

> 希臘語中性名詞字尾 -on，在拉丁語變成 -um。

pise（單）/ **pisan**（複）→ **pese**（單）/ **pesen**（複）
古英語　　　　　　　　　　　　中古英語

> 不考慮拉丁語的複數字尾，而是使用古英語的字尾變化 -an。

> 古英語的複數字尾 -an 變成 -en。

pease（單）/ **peasen**（複）
中古英語（pese 的另一種拼法）

> 單數形的 pease 被誤以為是複數形，而被去掉了結尾的 -s。

[piz]

pease － -s ＝ pea「豌豆」（單）/ **peas**（複）
現代英語（1858 年出現）

提早採收的薄皮帶莢豌豆稱為「荷蘭豆」。

成熟的果實（種子）是「豌豆」。

燒賣（Shaomai / Chinese Steamed Dumplings）上面的 green peas，意思是「未完全成熟的豌豆」。

aborigine 是錯誤的單數形？

→ 原本 aboriginal 是單數形，aborigines 是複數形。
因為反向構詞，才產生 aborigine 這個單數形。

拉丁語 **ab-** 字首「從…」 **+ origo** 名詞「開始，起源，誕生」　英語 origin「起源」、original「最初的，原本的」的字源。

[ˌæbəˈrɪdʒənl]　[ˌæbəˈrɪdʒɪnɪz / ~iz]

（單數形）**aboriginal** /（複數形）**aborigines**（1540 年代出現）
源自拉丁語「原住民」

↓ 因為反向構詞而去掉 -s …

Aborigine 現在往往被認為
是對澳洲原住民的蔑稱

[æbəˈrɪdʒəni]

aborigines － -s = aborigine 原住民（1858 年出現）

隨著 aborigine 作為單數形的用法變得普遍，原本的 aboriginal 漸漸傾向於只當成
形容詞使用。

字尾有 s 的外來語單數形被誤認為複數形，而產生反向構詞的例子

[ˌtʃupəˈkɑbrə]

chupacabras － -s = chupacabra（單數形）
西班牙語「吸羊者」的單數形　　　「卓柏卡布拉」（傳說會吸血的動物）

[ˈtʃɛrɪ]

cherise － -se = cherry（單數形）
古法語「櫻桃」的單數形　　　「櫻桃」
（現代法語 cerise）

「人名詞」是什麼？

以發現者或發明者命名的詞語

也有些詞語的人名由來被遺忘了

eponym 「人名詞」

在日本，例如探險家間宮林藏發現的「間宮海峽」，以及以江戶時代高僧的名稱「沢庵」命名的「タクアン（taku-an，黃色醃蘿蔔）」，都是以專有名詞命名的「人名詞」（eponym）（表示「在上面，在後面」的字首 epi- 加上 -onym「名字」）。英語中也有許多以實際存在的人物名稱，或者希臘、羅馬神話的神祇名稱命名的「人名詞」。

[ˋbɔɪˌkɑt]
boycott
「杯葛」

源自於愛爾蘭的土地經紀人查爾斯‧杯葛。由於他在馬鈴薯歉收時無情地對待佃農，村民就以拒絕和他進行任何交易的方式來抵制。於是，「杯葛」就用來表示抵制的意思了。

[ˋkjʊrɪəm]
curium
「鋦」

原子序 96 的放射性元素，以居禮夫婦的姓（Curie）命名。

[ˋkardɪgən]
cardigan
「開襟毛衣」

因第七代卡迪甘伯爵詹姆士‧布魯德內爾而得名。這種衣服將毛衣改為可以用鈕扣打開，對於受傷的士兵而言容易穿脫。

德語 **Basedow-Krankheit**
[grevz] [dɪˋziz]
英語 **Graves' disease**
或者 **Graves-Basedow disease**

「葛瑞夫茲氏病」

英語名稱取自愛爾蘭醫師羅伯特‧葛雷夫茲的姓氏。但在歐洲大陸，這種疾病通常以德國醫師卡爾‧阿道夫‧馮‧巴斯道的姓氏稱之。他們兩人是分別發現這種疾病，並且在醫學界發表報告的。以人名為病名時，往往不會加上表示所有的撇號（'），所以也寫成 Graves disease。英語也有把兩人的姓氏並列而稱為 Graves-Basedow disease 的情況。

[ˋgɪləˌtin]
guillotine
「斷頭台」

以法國內科醫師暨博愛主義者約瑟夫‧伊尼亞斯‧吉約丹的姓名命名。雖然在他的年代之前就已經有斷頭台了，但因為當時平民被以車裂等方式處決，過程非常痛苦，所以他「提倡」用比較不痛苦的斷頭台進行處決。

GUILLOTIN

[ˋsændwɪtʃ]
sandwich 「三明治」

因英國第四代三明治伯爵約翰‧孟塔古而得名。據說他十分好賭，因而發明了打牌時可以單手吃而不會中斷牌局的「三明治」，這種食物便以他的爵位為名。另一種說法是曾經擔任海軍大臣、北方大臣、郵政總局局長的他，因為政務繁忙，所以會在辦公室一邊工作一邊吃三明治。

Part V

解析英語的「借詞」

英語是世界上詞彙最豐富的語言。其中一個原因在於，凱爾特人、羅馬人、日耳曼人、維京人、諾曼人征服英國群島時，都對語言造成了影響。在 Part V，將會探討英國歷史與「借詞」的密切關係，也將介紹一些因為與世界各國進行貿易，而從國外「借來」的詞彙。

Anatomy of
"Loanwords" of English

英語是充滿「借詞」的語言

英語因借詞而豐富的歷史背景

根源可以追溯至「原始印歐語」

在語言中原本就已經有的詞語，稱為「固有詞」（native word），而英語的固有詞是指源自盎格魯-撒克遜語的詞彙。相對於固有詞，從其他語言引進的詞彙則稱為「借詞（外來語）」（loanword [`lon͵wɚd]）。由於英國曾受到歐洲大陸多種民族的侵略，所以英語有了許多的借詞。右頁圖表所展示的，只是相對重要的借詞關係，除了這些主要的詞彙來源以外，英語還有許多來自其他語言的借詞。

從歐洲到印度的各種語言，被認為有共同的祖先，稱為原始印歐語，英語名稱是 Proto-Indo-European（簡稱 PIE）。來自相同字源的詞語，則稱為同源詞（cognate [`kɑg͵net]）。

TOPICS 71　借詞和外來語是一樣的嗎？

→　定義因人而異。

在討論英語時，借詞和外來語通常視為相同的概念。而在日語中，則是將直接使用外語發音的稱為「外來語」，調整為符合日語音韻體系的稱為「借入語」，但兩者的界線並不明確。

其他不同的定義則是將所有來自外國的詞彙都視為借詞，或者排除來自漢語或已經相當融入日語的詞彙，如「煙草」「天麩羅」等等，將其他的視為外來語。這和維京人入侵時從古諾斯語帶入英語的借詞（give、take、both 等等）後來不再被當成外來語，感覺就像固有詞一樣的情況很類似。

英語的固有語和借詞

綠色圓圈是「固有語」的系譜。

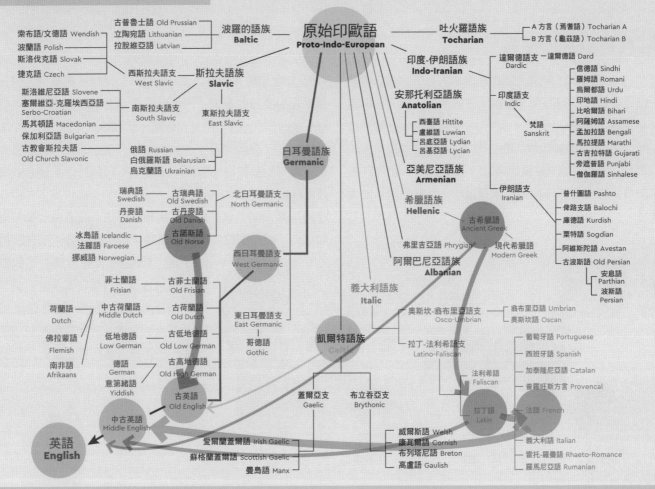

索布語/文德語 Wendish
波蘭語 Polish
斯洛伐克語 Slovak
捷克語 Czech

古普魯士語 Old Prussian
立陶宛語 Lithuanian
拉脫維亞語 Latvian

波羅的語族 **Baltic**

原始印歐語 **Proto-Indo-European**

吐火羅語族 **Tocharian**

A 方言（焉耆語）Tocharian A
B 方言（龜茲語）Tocharian B

西斯拉夫語支 West Slavic

斯拉夫語族 **Slavic**

印度-伊朗語族 **Indo-Iranian**

達爾德語支 Dardic — 達爾德語 Dard

斯洛維尼亞語 Slovene
塞爾維亞-克羅埃西亞語 Serbo-Croatian
馬其頓語 Macedonian
保加利亞語 Bulgarian
古教會斯拉夫語 Old Church Slavonic

南斯拉夫語支 South Slavic

東斯拉夫語支 East Slavic

俄語 Russian
白俄羅斯語 Belarusian
烏克蘭語 Ukrainian

安那托利亞語族 **Anatolian**

印度語支 Indic

梵語 Sanskrit

信德語 Sindhi
羅姆語 Romani
烏爾都語 Urdu
印地語 Hindi
比哈爾語 Bihari
阿薩姆語 Assamese
孟加拉語 Bengali
馬拉提語 Marathi
古吉拉特語 Gujarati
旁遮普語 Punjabi
僧伽羅語 Sinhalese

西臺語 Hittite
盧維語 Luwian
呂底亞語 Lydian
呂基亞語 Lycian

亞美尼亞語族 **Armenian**

伊朗語支 Iranian

普什圖語 Pashto
俾路支語 Balochi
庫德語 Kurdish
粟特語 Sogdian
阿維斯陀語 Avestan
古波斯語 Old Persian

瑞典語 Swedish
丹麥語 Danish

古瑞典語 Old Swedish
古丹麥語 Old Danish

北日耳曼語支 North Germanic

希臘語族 **Hellenic**

古希臘語 Ancient Greek

現代希臘語 Modern Greek

安息語 Parthian
波斯語 Persian

冰島語 Icelandic
法羅語 Faroese
挪威語 Norwegian

古諾斯語 Old Norse

弗里吉亞語 Phrygian

日耳曼語族 **Germanic**

西日耳曼語支 West Germanic

阿爾巴尼亞語族 **Albanian**

菲士蘭語 Frisian

古菲士蘭語 Old Frisian

荷蘭語 Dutch

中古荷蘭語 Middle Dutch

古荷蘭語 Old Dutch

義大利語族 **Italic**

佛拉蒙語 Flemish
南非語 Afrikaans

低地德語 Low German

古低地德語 Old Low German

東日耳曼語支 East Germanic

哥德語 Gothic

德語 German
意第緒語 Yiddish

古高地德語 Old High German

古英語 Old English

凱爾特語族 **Celtic**

奧斯坎-翁布里亞語支 Osco-Umbrian

翁布里亞語 Umbrian
奧斯坎語 Oscan

葡萄牙語 Portuguese
西班牙語 Spanish
加泰隆尼亞語 Catalan
普羅旺斯方言 Provencal

中古英語 Middle English

拉丁-法利希語支 Latino-Faliscan

法利希語 Faliscan

英語 **English**

蓋爾亞支 Gaelic

布立吞亞支 Brythonic

拉丁語 Latin

法語 French

威爾斯語 Welsh
康瓦爾語 Cornish
布列塔尼語 Breton
高盧語 Gaulish

義大利語 Italian
雷托-羅曼語 Rhaeto-Romance
羅馬尼亞語 Rumanian

愛爾蘭蓋爾語 Irish Gaelic
蘇格蘭蓋爾語 Scottish Gaelic
曼島語 Manx

凱爾特語和盎格魯-撒克遜語

西元前 7 世紀由凱爾特人傳入的凱爾特語

曾經席捲歐洲的凱爾特人

西元前 7 世紀左右，歐洲大陸的凱爾特人（Celtics）開始有一部分遷移至不列顛島（英國所在的島），他們被稱為古代布立吞人（ancient Britons）。他們所說的凱爾特語（Celtic），也是原始印歐語的後代之一。因為凱爾特人的紀錄很少，所以關於他們的詳情並不清楚。現今仍然存在的凱爾特語後代有威爾斯語、康瓦爾語、蘇格蘭語以及愛爾蘭語。

西元 1 世紀時，羅馬人（Romans）侵略不列顛島，因為島上住的是布立吞人，所以將這裡稱為不列顛尼亞／不列塔尼亞（Brittania）。尤利烏斯‧凱撒在西元前 54、55 年二度遠征不列顛尼亞，但並未成功。直到西元 43 年羅馬皇帝克勞狄烏斯時，羅馬才征服了不列顛尼亞，使它成為羅馬帝國的行省之一。

時光荏苒，409 年時由於羅馬帝國衰退，羅馬便放棄不列顛尼亞，並撤回駐紮的羅馬軍隊。這時候羅馬人所說的拉丁語（Latin），並沒有在不列顛島落地生根，只是在某些地名留下了曾經存在的痕跡。拉丁語屬於「義大利語族」，和凱爾特語族是不同的系統，但同樣是原始印歐語的分支。

現今使用凱爾特語族語言的地區

蘇格蘭
愛爾蘭
威爾斯
康瓦爾
布列塔尼

西元前 3 世紀
凱爾特人的最大分布範圍
（也包括一部分的蘇格蘭與愛爾蘭）

高盧

加利西亞

西元前 6 世紀
哈爾施塔特文化的分布地區

加拉太

以前使用凱爾特語的地區（綠色）

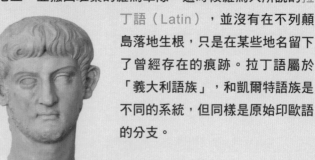

皇帝克勞狄烏斯
主要語言（拉丁語）

古英語類似德語的原因是什麼？

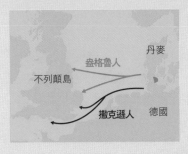

4~5 世紀時，因為北亞遊牧民族匈人的入侵，使得日耳曼人開始大遷徙。日耳曼民族中的盎格魯-撒克遜人（Anglo-Saxons，盎格魯人與撒克遜人的統稱）侵略並移居不列顛島。他們所說的盎格魯-撒克遜語，屬於西日耳曼語支，也是現代英語的基礎，而盎格魯-撒克遜時代的英語稱為古英語（Old English）。英語（English）的名稱源自移居不列顛島的日耳曼人主要部族 Angles「盎格魯人」，他們因為原本所居住的盎格恩半島而得名。在盎格魯-撒克遜時代，有七個王國爭奪霸權（七國時代）。

英語、德語、荷蘭語都屬於西日耳曼語支。英語及德語的發音及拼字都是從原始日耳曼語開始逐漸變化，在越早期的階段，彼此越相似。原始日耳曼語的 *ik「我」和德語的 ich /iç/，發音比較像古英語的 ic /ik/ 或 /itʃ/，而比較不像現代英語的 I。

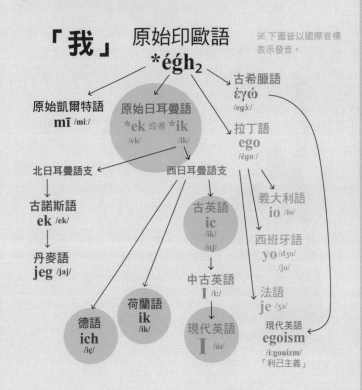

「我」 原始印歐語 *éǵh₂

※ 下圖皆以國際音標表示發音。

219

維京人入侵：古諾斯語
因為是相似的語言，而使字尾更加簡化

接連入侵的各個民族

8~11 世紀期間，入侵不列顛島的是諾曼人，也就是所謂的維京人（Viking）。入侵不列顛島的諾曼人分支，稱為丹人（Danes）（也從這個名稱產生了「丹麥」的國名）。

阻止丹人完全佔領不列顛島的，是 9 世紀的阿菲烈特大帝（Alfred the Great）。他戰勝了丹人，並且將丹人控制的地區限縮到稱為丹法區（Danelaw）的不列顛島東北部地區（約佔全島的 1/3）。諾曼人也進攻法國，沿塞納河而上，並且劫略巴黎。於是，在西元 911 年，西法蘭克國王查理三世將諾曼第地區的領土封予諾曼人首領羅洛，並任其為諾曼第公爵，諾曼第公國由此誕生。後面的文章將登場的征服者威廉，是他的子孫之一。

阿菲烈特大帝
（西日耳曼語支的盎格魯-撒克遜語）

阿菲烈特大帝死後，丹人再起。1016 年，丹麥國王克努特大帝（Canute）打敗英國，成為第一個統一英國的國王。他同時也是丹麥及挪威國王，而他轄下廣大的地區就稱為「北海帝國」（North Sea Empire）。

克努特大帝
（北日耳曼語支的古諾斯語）

諾曼人是北方的日耳曼人，他們的語言和西日耳曼的盎格魯-撒克遜人相近。隨著丹人與盎格魯-撒克遜人逐漸融合，古諾斯語（Old Norse），也就是丹人的語言，也對英語產生了影響。英國的丹人最終也和盎格魯-撒克遜人同化了。古諾斯語的單字雖然並不是很多，但在英語使用頻率高的日常用語中卻很常見。以左下方圖表的「蛋」為例，要是沒有受到古諾斯語的影響，現代英語的「蛋」可能會是 ey /ei/。因為北日耳曼語支的結尾子音變成 g，而其中的古諾斯語對英語造成了影響，所以現代英語的「蛋」才會是 egg。其他例子還有英語的 get「得到」，在原始日耳曼語是 *getana /ɣetanã/[※]，古英語則變成了 gietan /jetan/。但因為古諾斯語的 geta /geta/ 發音是 /g/，所以中古英語受其影響而變成 geten /gɛtən/，後來成為現代的 get。要是沒有古諾斯語的影響，現在 get 的發音或許會是 /jet/ 也說不定。

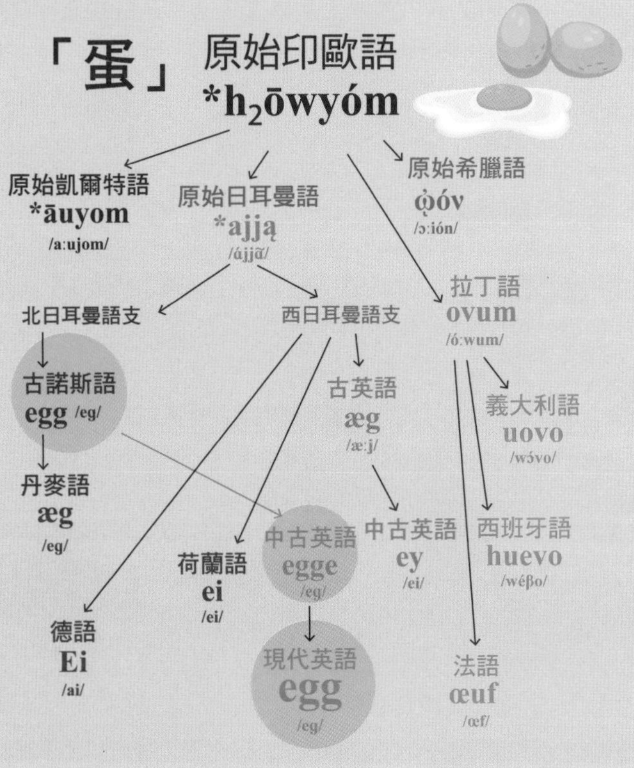

除了 get 以外，其他源自古諾斯語的單字還有重要的動詞 give, take, want, seem，以及 bond, both, law, root, skin, sky（sk- 的拼字大多來自古諾斯語），through, window 等常用單字，以及代名詞 they, their, them。

※ 這個 g 的發音並不是現代英語的軟顎塞音 /g/，而是軟顎摩擦音 /ɣ/。

※ 下圖皆以國際音標表示發音。

「蛋」 原始印歐語
*h₂ōwyóm

原始凱爾特語
*āuyom
/aːujom/

原始日耳曼語
*ajją
/ájjã/

原始希臘語
ᾠóν
/ɔːión/

拉丁語
ovum
/ó:wum/

北日耳曼語支

西日耳曼語支

古諾斯語
egg /eg/

古英語
æg
/æːj/

義大利語
uovo
/wóvo/

丹麥語
æg
/eg/

荷蘭語
ei
/ei/

中古英語
egge
/eg/

中古英語
ey
/ei/

西班牙語
huevo
/wéβo/

德語
Ei
/ai/

現代英語
egg
/eg/

法語
œuf
/œf/

法語曾經是英國的共通語言!?
維京人的子孫將法語帶入英國

對英語的歷史造成重大影響的諾曼征服英格蘭事件

克努特大帝的時代過去之後，盎格魯-撒克遜人重新取回英國的控制權，但在盎格魯-撒克遜的統治者懺悔者愛德華過世後，因為沒有子嗣，便爆發了王位繼承之爭。諾曼第公爵威廉二世主張，因為自己是懺悔者愛德華的姑表侄子，所以擁有王位繼承權。為了從懺悔者愛德華的王后之兄哈羅德二世手中奪取王位，便攻打英國。威廉二世在 1066 年佔領英國，成為征服者威廉一世（William the Conqueror）。這次事件就稱為諾曼征服（Norman Conquest）。諾曼人實際上是維京人之中居住於法國諾曼第地區的丹人，他們的生活及語言都已經法國化了。

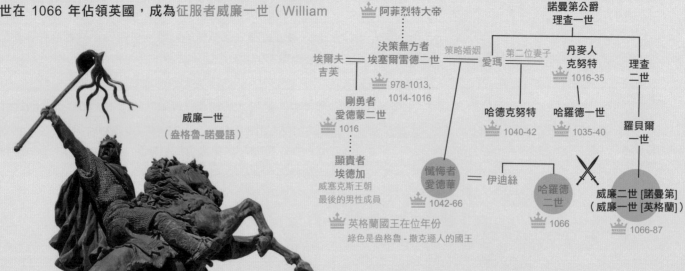

威廉一世
（盎格魯-諾曼語）

阿菲烈特大帝

決策無方者
埃塞爾雷德二世 — 策略婚姻 — 愛瑪 — 第二位妻子

埃爾夫吉芙

諾曼第公爵
理查一世

丹麥人
克努特
1016-35

理查二世

978-1013,
1014-1016

剛勇者
愛德蒙二世
1016

哈德克努特
1040-42

哈羅德一世
1035-40

羅貝爾一世

顯貴者
埃德加

威塞克斯王朝
最後的男性成員

懺悔者
愛德華
1042-66

= 伊迪絲

哈羅德二世
1066

威廉二世 [諾曼第]
（威廉一世 [英格蘭]）
1066-87

英格蘭國王在位年份
綠色是盎格魯-撒克遜人的國王

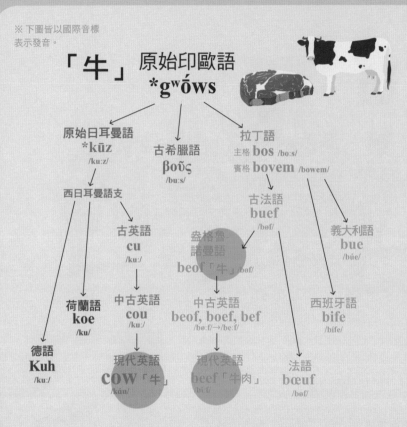

※下圖皆以國際音標表示發音。

「牛」 原始印歐語
*gʷóws

原始日耳曼語
*kūz
/kuːz/

古希臘語
βοῦς
/buːs/

拉丁語
主格 bos /boːs/
賓格 bovem /bowem/

西日耳曼語支

古英語
cu
/kuː/

古法語
buef
/bøf/

盎格魯
諾曼語
beof「牛」/bøf/

義大利語
bue
/búe/

荷蘭語
koe
/ku/

中古英語
cou
/kuː/

中古英語
beof, boef, bef
/bøːf/→/beːf/

西班牙語
bife
/bife/

德語
Kuh
/kuː/

現代英語
COW「牛」
/káu/

現代英語
beef「牛肉」
/biːf/

法語
bœuf
/bøf/

從這時候開始，英國宮廷的共通語言及上流階級的日常語言，都變成法語（嚴格來說是盎格魯-諾曼語，從古法語衍生的一種方言），但英語仍然是平民持續使用的語言。在諾曼征服之後的英語，稱為中古英語（Middle English），意謂中世紀的英語。這個時期的英語受到法語很大的影響，大量的法語詞彙（可追溯至拉丁語）進入英語中。源自盎格魯-諾曼語的單字，依照計算方式的不同，最多可能佔現代英語詞彙的一半。如果把範圍限定在法律用語或政治用語等專門領域的話，比例還會更高。

英語的「牛」是源自日耳曼語的 cow，「牛肉」卻是源自法語的 beef，原因在於飼養牛隻的庶民說英語，吃牛肉的貴族則說法語。同樣的情況也出現在 pig「豬」（源自日耳曼語）和 pork「豬肉」（源自法語）、sheep「綿羊」（源自日耳曼語）和 mutton「羊肉」（源自法語）的對比關係中。

後來，在 1337 至 1453 年間，英法之間展開了漫長的百年戰爭。於是，敵國的法語不再是英國的共通語言，而英語就成為唯一的共通語言。

拉丁語和古羅馬

拉丁字母是古羅馬使用的文字

「古羅馬」是什麼？

「古羅馬」（ancient Rome）一開始是義大利半島中部的小城邦，後來靠著軍事力量，發展為統治整個地中海地區的世界帝國，首都是羅馬。古羅馬強大的祕訣，在於有徹底的訓練及紀律，並且高度組織化的軍隊。因為由國家配給的關係，所以古羅馬步兵部隊的裝備也是統一的。

在約旦城市傑拉什的古羅馬時代遺跡，扮演古羅馬軍隊的人在進行以羅馬帝國為主題的表演。

TOPICS
72

為什麼羅馬人的語言叫拉丁語？

→ 「拉丁」是羅馬人居住地區的名稱。

羅馬人使用的拉丁語原本是義大利半島中部的拉丁姆（Latium）地區的拉丁人（Latin）所使用的語言。拉丁語先是成為羅馬帝國的官方語言，後來也成為羅馬天主教的正式語言。拉丁語使用的字母就稱為**拉丁字母**（或**羅馬字母**），英語稱為 Latin Letter。

義大利現在仍然有名為「拉吉歐」的行政區（圖中紅色部分），相當於「拉丁姆」的意思。

拉丁語是歐洲許多語言的祖先

拉丁語隨著時代而逐漸改變（成為所謂的**通俗拉丁語**）。最終，不同地區的語言產生差異，而產生了義大利語、法語、西班牙語、葡萄牙語、羅馬尼亞語等等的語言。這些語言也都使用拉丁字母。

西元 117 年
羅馬帝國的版圖

羅馬

拉丁語

| 義大利語 | 法語 | 西班牙語 | 葡萄牙語 | 羅馬尼亞語 |

這些語言統稱為「羅曼語族（Romance Languages）」

現代英語將愛情小說稱為 romance，是因為騎士拯救公主的浪漫故事並非以正統的古典拉丁文書寫，而是以通俗拉丁文（古法語稱為 Romanz）創作的。

TOPICS 73

明明不是羅馬人的後裔，卻稱為「拉丁美洲」的理由

→ 拉丁美洲所說的語言源自於拉丁語。

中南美洲曾經受到西班牙和葡萄牙的殖民。之所以將中南美洲稱為「拉丁美洲（Latin America）」，是因為他們所說的西班牙語及葡萄牙語屬於拉丁語的分支。

拉丁音樂（Latin music）主要指中南美洲的音樂，和拉丁語沒有直接關係。

源自拉丁語的借詞
在各個不同時期傳入英語中

古英語時期傳入英語的拉丁語

在諾曼征服之前的時代，英語就已經在借用拉丁語詞彙了。例如 camp「營地」、mint「鑄幣廠（源自古英語時期表示「硬幣」的單字）」、candle「蠟燭」、belt「腰帶」、cheese「乳酪」等詞語，都是日耳曼人在歐洲大陸和羅馬人接觸的那段時間借來的。右圖 cheese 的例子，拉丁語的詞彙進入了原始西日耳曼語，而沒有影響北日耳曼語支的諾斯語。另外，近代才從拉丁語造出的英語單字 casein「酪蛋白」，就比 cheese 更接近原本拉丁語的形式。

盎格魯-薩克遜人入侵不列顛島之後，從天主教傳教士所說的拉丁語傳入英語的詞彙也增加了，例如 monk「修道士」、abbot「男修道院院長」、nun「修女」、altar「聖壇，祭壇」、temple「神殿」、minister「牧師；神職人員」等等。

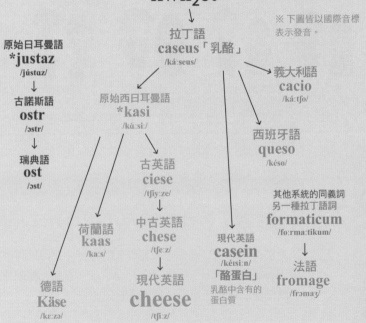

「乳酪」原始印歐語「發酵」「變酸」
*kwh$_2$et-

※ 下圖皆以國際音標表示發音。

原始日耳曼語
*justaz
/jústaz/
↓
古諾斯語
ostr
/ɔstr/
↓
瑞典語
ost
/ɔst/

拉丁語
caseus「乳酪」
/ká:seus/

義大利語
cacio
/ká:tʃo/

西班牙語
queso
/késo/

原始西日耳曼語
*kasi
/ká:si/

古英語
ciese
/tʃíy:ze/

中古英語
chese
/tʃe:z/

荷蘭語
kaas
/ka:s/

德語
Käse
/kɛ:zə/

現代英語
cheese
/tʃi:z/

現代英語
casein
/kéɪsi:n/
「酪蛋白」
乳酪中含有的蛋白質

其他系統的同義詞
另一種拉丁語詞
formaticum
/fo:rmá:tikum/
↓
法語
fromage
/frɔmaʒ/

源自拉丁語的同源詞

從拉丁語借入英語的詞彙中，除了經由日耳曼語、古法語、盎格魯-諾曼語傳入以外，也有些經由義大利語或西班牙語傳入，或者直接從拉丁語傳入。有共同的字源，但拼字及意義不同的兩個單字，稱為同源雙式詞（doublet）。由於拉丁語詞彙曾經在各個時期、以各種途徑傳入英語，所以英語中有許多源自拉丁語的同源雙式詞，甚至還有三式詞（triplet）、四式詞、五式詞。

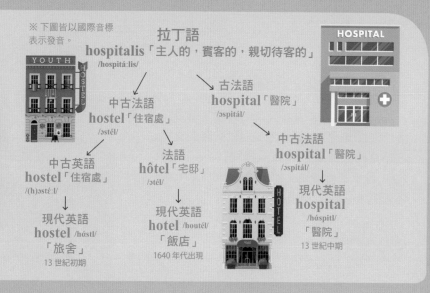

※ 下圖皆以國際音標表示發音。

拉丁語
hospitalis「主人的，賓客的，親切待客的」
/hospitá:lis/

中古法語
hostel「住宿處」
/ɔstél/

古法語
hospital「醫院」
/ɔspitál/

中古英語
hostel「住宿處」
/(h)ɔsté:l/

法語
hôtel「宅邸」
/otél/

中古法語
hospital「醫院」
/ɔspitál/

現代英語
hostel /hástl/
「旅舍」
13 世紀初期

現代英語
hotel /houtél/
「飯店」
1640 年代出現

現代英語
hospital
/háspitl/
「醫院」
13 世紀中期

拉丁語真的已經死亡了嗎？

TOPICS 74

→ 雖然已經沒有人把拉丁語當成日常生活的語言，但它仍然存在於各種領域中。

西羅馬帝國滅亡後，羅馬天主教教會的典禮中仍然使用拉丁語，這樣的習慣也傳遍歐洲。
即使到現在，拉丁語仍然是梵蒂岡城國的官方語言。
中世紀時期有學問的人大多是神職人員，所以當時歐洲的學者通常都會說拉丁語。因此，拉丁語當時是學術界的共通語言，一直到 17 世紀左右為止。所以，生物的學名（scientific name）現在仍然以拉丁文表示。

Panthera leo 獅子　　*Homo sapiens* 人　　*Struthio camelus* 鴕鳥

希臘語和英語

越是專業的術語，源自希臘語的比例越高

古希臘文化的影響

古希臘（ancient Greece）的哲學及藝術對後世影響深遠，所以希臘文明被認為是現代歐洲文明的原點。據說英語詞彙中有大約 10% 源自古希臘語（拉丁語約 50%），在專業術語中佔的比例更高。

拉斐爾的畫作《雅典學院》。在這幅虛構的場景中，集結了蘇格拉底、柏拉圖、亞里斯多德等等不同時代的古代哲學家。

TOPICS

古希臘語在世界上流傳的原因

→ 亞歷山大大帝擴張希臘帝國版圖是原因之一。

古希臘語原本是希臘阿提卡地區（包含雅典及其周邊區域）的方言，後來隨著亞歷山大大帝遠征東方而流傳各地，成為當時的世界共通語言。即使到了羅馬帝國時期，希臘語仍然是帝國和東方世界的共通語言。

亞歷山大大帝終結了波斯阿契美尼德王朝，將版圖擴展到印度河流域。他年僅 20 歲就登上王位，32 歲時已經統治當時的世界，卻因高燒而死亡。

希臘語字源的詞彙形式變化

從下一頁開始，將介紹源自希臘語的英文單字所具有的特徵。其中有一項是 ch 發成 [k] 音，不過古英語時期傳入的詞語往往不符合這條規則。

另外，在古英語時期傳入英語的希臘語字源詞中，angel「天使」、demon「惡魔」、bishop「主教」、priest「祭司」等詞語的拼字和原本的希臘語有很大的不同，而不容易識別和希臘語的淵源。

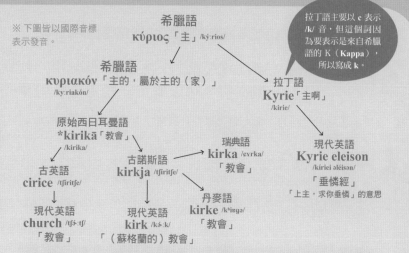

※下圖皆以國際音標表示發音。

希臘語
κύριος「主」/kýːrios/

希臘語
κυριακόν「主的，屬於主的（家）」
/kyːriakón/

原始西日耳曼語
*kirikā「教會」
/kirika/

古英語
cirice /tʃiritʃe/

現代英語
church /tʃɝ·tʃ/
「教會」

古諾斯語
kirkja /tʃiritʃe/

瑞典語
kirka /çʏrka/
「教會」

現代英語
kirk /kɝ·k/
「（蘇格蘭的）教會」

丹麥語
kirke /kʰiʊɡə/
「教會」

拉丁語主要以 c 表示 /k/ 音，但這個詞因為要表示是來自希臘語的 K（Kappa），所以寫成 k。

拉丁語
Kyrie「主啊」
/kirie/

現代英語
Kyrie eleison
/kíriei əléisən/
「垂憐經」
「上主，求你垂憐」的意思

這個詞透過歐洲大陸的日耳曼人（如法蘭克人）傳入原始西日耳曼語。中途經由古諾斯語傳入英語的 kirk，則保持了 [k] 的發音。

TOPICS
76

「我完全不懂」用英語怎麼說？

→ It's Greek to me.（那對我來說是希臘語）
[grik]

這句話是莎士比亞的戲劇《凱撒大帝》中有名的台詞。對於元老院議員西塞羅以希臘語所說的祕密，不懂希臘語的卡斯卡說「It was Greek to me」。這是因為當時只有高教育水平的人才會說希臘語。這和日語中表示「就像漢語一樣完全無法理解」的「ちんぷんかんぷん（chin-pun-kan-pun，或者寫成『珍紛漢紛、珍文漢文』）」很類似。

西塞羅（Cicero）

只看字面就能分辨單字是否源自希臘語嗎？

→ 雖然沒有能夠適用於所有單字的判斷方法，
但從拼字可以看出一些源自希臘語的線索。

只要了解希臘語的字母，就可以在英語單字中發現希臘語的痕跡！

→ 只要看到以下的拼字，大多可以推測是來自**希臘語**！

有發成 [k] 音的 **ch**　這樣的 ch 大多源自希臘字母的 χ（字母名為 χι /çi/ 或 chi /kʰaɪ/）。

Christ「基督」　源自希臘語。 ⟶ 加上希臘語字首 anti-，就變成 Antichrist [ˈæntɪ͵kraɪst]「反對基督者」

character「角色，特性」　源自希臘語。 ⟶ 加上希臘語字尾 -ize，就變成 characterize「是…的特徵」。

change「改變」　不是發成 [k]。其實是源自拉丁語。

choice「選擇」　不是發成 [k]。其實是源自日耳曼語。

anchor「錨」　源自希臘語。

●偶爾也有例外

church「教會」

⟶ ch 的發音是 [tʃ]，但這個單字是源自希臘語。

peach「桃子」這也是例外。

⟶ 事實上源自希臘語。原意是「波斯的水果」。

桃子的原產地是中國，但因為經由波斯傳入歐洲而得名。

Χ χ
希臘字母（χι，chi）

這個字母在現代是英語沒有的發音。在比較多的情況下，發成無聲軟顎摩擦音，相當於現代德語 Bach「巴赫」的尾音，介於 /k/ 與 /h/ 之間，有點像是天冷向手掌吹氣時發出的「ㄏ」音。

軟顎

如果有 **ph** 的話， 就是源自**希臘語**！

用 ph 表示 [f] 音，就表示原本是希臘字母的 φ（/fi/、/faɪ/）。

phone「電話」　源自希臘語的「聲音」。

→ 加上希臘語字首 tele- 的 telephone「電話」縮短的形式。

photo「照片」photograph 縮短的形式。源自希臘語的「光」。

geogra**ph**y「地理」　源自希臘語。

or**ph**an「孤兒」　源自希臘語。

phantom「幽靈」　源自希臘語。

philoso**ph**y「哲學」　源自希臘語。

ele**ph**ant「大象」　源自希臘語。

am**ph**ibian「兩棲類」　源自希臘語。

Φ φ (φ)

希臘字母（φι，phi）

這個字母的發音原本是送氣的無聲雙唇塞音 p（送氣是指氣流突破發音部位的阻擋之後，經過一段短暫的時間，聲帶才開始震動並發出母音）。現代希臘語則是發成 /f/ 音。

smartphone「智慧型手機」的 ph 同樣是因為希臘語而有這樣的拼法。

TOPICS
78

也有源自希臘語，但使用 f 的單字嗎？

英語的 fantasy「幻想」雖然源自希臘語，但在法語中從 ph 變成了 f。類似的例子還有 frenzy [ˋfrɛnzɪ]「瘋狂，狂熱」、griffin [ˋgrɪfɪn]「獅身鷹首獸」。

希臘語 **φαντασία phantasia**「展現，外貌」

↓

拉丁語 **phantasia**「想像」

↓ ph 變成 f

古法語 **fantasie**「幻想」

↓ -ie 變成 -y

現代英語 **fantasy**「幻想」

↓ 結尾變短

現代英語 **fancy**「想像」

→ 只要看到這樣的拼字，大多可以推測是來自**希臘語**！

中間有 **y** 的單字　　或許是源自**希臘語**！

這個 y 是源自希臘字母的 u（upsilon）。

polygon「多邊形（多角形）」　希臘語「多個膝蓋（也就是角）」的意思。

Cyprus「賽普勒斯」源自希臘語。和英語的 copper「銅」也有關係。

syllable「音節」　希臘語「拿到一起」的意思。

yard「院子」這個單字源自日耳曼語。字首是 y 的單字，很多是源自日耳曼語。

destiny「命運」字尾 y 的單字不一定源自希臘語。這個單字源自拉丁語。

clay「黏土」這個單字源自日耳曼語。

biology「生物學」字尾是 -logy 的單字源自希臘語，字源是希臘語的 logos「話語，學問」。

Υ υ

希臘字母（ύψιλον
/ˈipsilon/ 或 upsilon /ˈjuːpsɪlən/）

這個字母原本的發音介於 /i/ 和 /u/ 之間，國際音標為 /y/，相當於華語的「ㄩ」，是英語中沒有的發音。

事實上，拉丁字母的 u 和 y 都源自希臘字母的 upsilon（詳見 p.286）。在拉丁文中，會用 y 表示源自希臘語的單字中的 upsilon。

開頭是 **x** 的單字　　幾乎可以確定源自**希臘語**！

這個 x 是源自希臘字母的 ξ（xi）。

xylophone「木琴」　源自希臘語 xylon「木頭」。

[zinan]
xenon「氙」　源自希臘語「外國的，陌生的」。

氙是空氣中的微量氣體，在發現當時是不為人知的陌生氣體。

Ξ ξ

希臘字母
（ξι /ksi/ 或
xi /ksaɪ/）

只要出現 **rh**，就是源自**希臘語**！

rh 源自希臘字母 ρ（rho）。
只有在單字開頭才會拼成 rh。

Ρ ρ
希臘字母
（ ρῶ /ro/ 或
rho /roʊ/ ）

[ˈrɪðəm]
rhythm「節奏」源自希臘語。

[raɪˈnɑsərəs]
rhinoceros「犀牛」源自希臘語。

[ˈrɛtərɪk]
rhetoric「修辭學，雄辯，浮誇之詞」源自希臘語。

rhinoceros 的 rhino- 是希臘語
「鼻子」的意思，ceros 則是「角」
的意思，所以 rhinoceros 就是
「鼻子上有角的動物」。

只要出現 **ps**，幾乎都源自**希臘語**

ps 源自希臘字母 ψ（psi）。
在英語中，開頭的 p 不發音。

Ψ ψ
希臘字母
（ ψι /psi/ 或
psi /saɪ/ ）

[saɪˈkɑlədʒɪ]
psychology「心理學」

[ˈsaɪkɪk]
psychic「有特異功能的人，靈媒」

兩個單字都來自希臘語的 psykhe「靈魂」。

[ˈsaɪklɑps]
Cyclo**ps**「獨眼巨人」

[traɪˈsɛrəˌtɑps]
triceratops「三角龍」

triceratops 和 Cyclops 的 -ops，是希
臘語「眼睛」的意思。triceratops 是
「三支角在眼睛的部位上」的意思。
Cyclops 是「圓眼睛」的意思。

TOPICS
79

區分希臘語和拉丁語有什麼好處？

要以英語替新公司或商品命名時，如果知道希臘語和拉丁語的分別，就能避免以拉丁語字根搭配希臘語字
首，或者在源自日耳曼語的詞彙前面加上希臘語字首的情形。對於具有這方面知識，而認為 aquaphobia 不如
hydrophobia 正確、monolingual 不如 unilingual 來得合適的歐美人士而言，也可以避免讓他們覺得「這個文字
組合不太對吧」。不過，也有人覺得混種詞不是什麼大不了的問題，而且應該也有不少歐美人士並沒有意識到
希臘語和拉丁語的分別。

來自各種語言的借詞

來自荷蘭語的航海用語、來自義大利的菜名、來自新大陸的動植物名

各式各樣的借詞

英語借詞的來源不是只有古諾斯語、法語、拉丁語及希臘語，也包括各種歐洲語言，以及阿拉伯語及其他亞洲語言。發現新大陸後，也有不少美洲原住民的詞彙傳入英語。

源自**荷蘭語**的借詞

clock [klɑk]「時鐘」

easel [ˈizl]「畫架」

sketch [skɛtʃ]「速寫，素描」

yacht [jɑt]「帆船，遊艇」

deck [dɛk]「甲板」

buoy [bɔɪ]「浮標」

※ 航海、美術用語是荷蘭語借詞中重要的種類。

源自荷蘭語的 sketch 是希臘語 skhedios 傳到拉丁語，再經由法語傳入荷蘭語，所以說這個單字是源自希臘語或源自拉丁語都不算錯。本頁所列出的其他單字，也有許多是經過多種語言流傳後進入英語的。

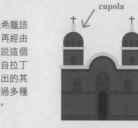

buoy

cupola

源自**義大利語**的借詞

spaghetti [spəˈɡɛti]「義大利麵」

pizza [ˈpitsə]「披薩」

balcony [ˈbælkəni]「陽台」

cupola [ˈkjupələ]「圓屋頂，穹頂」

violin [ˌvaɪəˈlɪn]「小提琴」

fresco [ˈfrɛsko]「濕壁畫」

※ 有很多是料理、藝術、建築用語。

源自**阿拉伯語**的借詞

algebra [ˈældʒəbrə]「代數」

assassin [əˈsæsɪn]「暗殺者」

zero [ˈzɪro]「零」

※ 除了數學、化學用語，也有許多醫學用語。

源自**因紐特語**

因紐特語是愛斯基摩人所說的語言之一。

kayak [ˈkaɪæk]「皮艇，輕艇」

parka [ˈpɑrkə]「防寒大衣」

＝anorak [ˈanəˌrak]「防寒大衣」

※ 有風帽的防寒用外衣。

源自**新大陸**的借詞
（經由西班牙語傳入）

avocado [ˌævəˈkɑdo]「酪梨」

axolotl [ˈæksəˌlɑtl]「墨西哥鈍口螈」

cacao [kəˈkeo]「可可」

jaguar [ˈdʒæɡwɑr]「美洲豹」

piranha [pɪˈrɑnjə]「食人魚」

源自**日語**的借詞

tycoon [taɪˈkun]「巨頭，大亨」

ginkgo [ˈɡɪŋko]「銀杏」

sake [ˈsɑki]「日本酒」

bonsai [ˈbɑnsaɪ]「盆景藝術」

解析英語的「字母」

Part VI

在 Part VI 前半，將針對「alphabet」名稱的由來、字母的形式及其順序的歷史，往前追溯古埃及文字與腓尼基文字等等字母的起源。後半部在探討個別字母歷史的同時，也將從字型設計的觀點「解剖」文字的形態。

Anatomy of
"the Alphabet" of English

字母是從哪裡來的？

在 alpha + beta = alphabet 之前的字母根源

字母的根源「腓尼基文字」

原本沒有文字的拉丁語使用者，（透過伊特拉斯坎人）學習了希臘人的字母。在這之前，**希臘人**則是學習了**腓尼基人**（Phoenicians）的字母。所以，拉丁字母的根源可以追溯至腓尼基文字。

在古代，腓尼基人因為從事貿易而活躍於整個地中海區域。然而，原本向其他國家學習文字的次等國家羅馬，卻在增強軍事力量之後，在布匿戰爭中打敗了腓尼基人建立的殖民地迦太基。

羅馬　希臘　腓尼基
迦太基　地中海
腓尼基的殖民地
埃及

「alphabet」是什麼意思？

alpha 是第一個希臘字母 Aα，beta 是第二個希臘字母 Bβ。把兩個字母名稱加在一起就是 alphabet，在英語表示「全套字母」的意思。

いろはにほへと
ちりぬるを…

日語用 iroha 歌的前三個假名表示全套假名。

ΑΒΓΔΕΖΗ
ΘΙΚΛ…

用前兩個字母的名稱表示全套 24 個希臘字母。

希臘人把開頭的兩個字母名稱加在一起，創造了 alpha + beta → alphabet 這個詞。雖然字母名稱在希臘語中沒有意義，但在腓尼基語中，前兩個字母 ʾaleph 代表「**牛**」、beth 代表「**房子**」，所以如果合在一起的話，就會是「**牛舍**」。

alpha　+　beta → alphabet

那麼，腓尼基文字又是從哪裡來的？

在西奈半島的古礦場，發現了非常古老的文字，稱為「原始西奈文字」，這種文字現在被認為是腓尼基文字的起源。再往古代追溯的話，據說原始西奈文字是從古埃及象形文字簡化而來的，但字母與符號間的對應關係仍然只是推測而已。

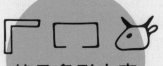

埃及象形文字
古埃及語
（閃語族）

像圖畫一樣的文字。有好幾百個字符，只有受過高等教育的人才能讀寫。它的字符可以是表示意義的表意文字，也可以是表示單音和複數語音的表音文字。

字符數大幅減少！
一般大眾也能使用了。

? 原始西奈文字是否真的源自埃及象形文字，目前還沒有定論。

原始西奈文字
？語（詳情不明）
（閃語族）

像圖畫一樣的文字，但比象形文字簡潔。字母數約 30 個以內。是表示單音的文字。

腓尼基文字
腓尼基語〔北閃含語系〕
（閃語族）

有 22 個字母的單音文字。形狀變得比原始西奈文字更加簡潔。所有字母都只表示子音。

ΑΒΓ
希臘文
希臘語
（印歐語系）

希臘文，尤其是希臘西方的文字，傳到了伊特魯里亞和羅馬。

現代希臘文有 24 個字母。至於腓尼基語有而希臘語沒有的發音，它們的代表字母後來也當成數字使用。腓尼基文字的某些子音字母，在希臘文當成母音使用。

伊特拉斯坎字母
伊特拉斯坎語
（並非印歐語系）

雖然稱為伊特拉斯坎字母，但實際上是從希臘西方的文字衍生的表音文字。伊特拉斯坎語除了 /v/ 音以外，並沒有 /b/, /g/, /d/ 等有聲子音，這也影響了對於希臘字母 Γ（後來的 C）的用法。

羅馬人所用的拉丁字母，是基於希臘字母（大多經由伊特拉斯坎語傳入）而創造的。

ABC
拉丁文（羅馬字母）
拉丁語（拉丁語族）
（印歐語系）

現代英語使用的拉丁字母有 26 個，是 6 世紀時隨著天主教的傳教士而傳入不列顛島的。也有不少只在過去使用的字母。

ABC
拉丁字母
英語（日耳曼語族）
（印歐語系）

拉丁文和阿拉伯文彼此是兄弟

除了漢字和韓文以外，幾乎全世界的文字都來自相同的根源！

傳播到全世界的「腓尼基文字」

在古代文明中，蘇美人的楔形文字和埃及的象形文字遠比腓尼基文字歷史悠久。不過，這兩種古老文字早已不再使用，在近代開始解讀之前，它們的讀法已經失傳很久了。

而在中東沙漠地帶，利用駱駝進行貿易而興盛的亞蘭人，借用腓尼基文字而創造了亞蘭文。亞蘭文字進一步傳播，發展為阿拉伯文和現在的希伯來文，甚至印地語使用的天城文。也就是說，除了東亞以外，世界上大部分的文字都是腓尼基文字的子孫。

埃及的象形文字

楔形文字

↓

不再使用

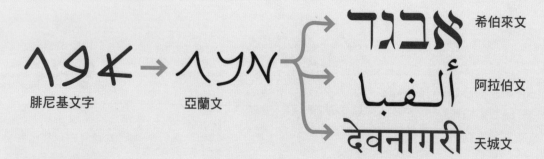

腓尼基文字　　亞蘭文　　希伯來文

阿拉伯文

天城文

腓尼基文字遍及全世界的子孫

雖然形式經過各種變化，但在這張世界地圖中，有顏色的部分都是腓尼基文字衍生字母的使用範圍。除了東亞以外，腓尼基文字的子孫可說遍及全世界大部分的地區。圖中以淺藍色表示和英語一樣使用拉丁字母的國家，我們可以看出它使用的範圍是最廣的。

過去世界各地存在一些並非源自腓尼基的文字體系（如楔形文字、馬雅象形文字、朗格朗格等等），但現在除了東亞的漢字、日語的平假名及片假名、朝鮮半島的韓文以外，幾乎全都是腓尼基文字的子孫。

「字母順序」所代表的意義
從古代腓尼基文字的發音與意義解析順序之謎

自古以來的順序就是如此

普魯塔克的胸像

西元 1~2 世紀的羅馬帝國希臘作家**普魯塔克**所寫的《道德論集（Moralia）》中，談論了「為什麼 alpha 是第一個字母」。他說這是因為 alpha 的母音不需要使用舌頭和嘴唇，只要自然張開嘴巴就能發音，也是嬰兒最早發出的聲音。另一個答案是腓尼基人將牛稱為「alpha（實際上是 aleph）」，而牛是他們最重要的家畜。不過，希臘字母是從腓尼基文字借用並轉化的，而 alpha 對應的腓尼基文字 aleph 代表子音而非母音，所以第一個答案是錯的。話雖如此，我們仍然能夠看出，當時的人們對於字母為什麼從古代開始就是這個順序很感興趣。

聖經裡有「字母歌」？

TOPICS **81**

→ 從聖經的時代就已經有字母順序了

聖經中「詩篇」的某些詩以及「耶利米哀歌」全篇、「箴言」第 31 章的詩，採用了各節開頭的字母依照字母順序配置的「離合詩」（acrostic）形式。而且，這個順序和現代希伯來語的字母順序相同（除了詩篇中的幾處例外），也和拉丁字母的順序有共通的部分。這顯示西元前的古代就已經定下字母的順序，以及離合詩在當時很流行的事實。聖經的詩篇可以用音樂伴唱（古代的旋律已經佚失），供人在禮拜時唱誦，所以遵照字母順序的離合詩有助於想起歌詞內容。

例：詩篇第 112 篇前 3 行的開頭
（希伯來文是由右往左書寫）

… אַשְׁרֵי־אִישׁ	ashrei「是幸福的」	開頭第一個字母 aleph
… בְּמִצְוֹתָיו	介系詞be「在…之中」	開頭第一個字母 bet
… גִּבּוֹר בָּאָרֶץ	gibor「強人」	開頭第一個字母 gimel

隨著時代而增減的字母

因為發音的不同而改變使用的字母

腓尼基文字有 22 個字母。其中 ⴹ tsade 和 φ qoph 代表的語音不存在於希臘語，所以希臘文不使用這兩個字母。

希臘文的基本字母有 24 個，比腓尼基文字多了 Υ、Φ、Ψ、Ω。

拉丁文基本上只有 21 個字母。Θ、Ξ、Φ 在拉丁語中不使用，所以從字母中去掉了。而希臘語的 Z 雖然是拉丁語不使用的發音，但為了表示希臘語單字中的音，所以又採用了這個字母，並且放在字母順序的最後。

英文的字母有 26 個，多出的字母是 J 和 W。

關於個別字母的歷史，將在後面的篇幅中解說。

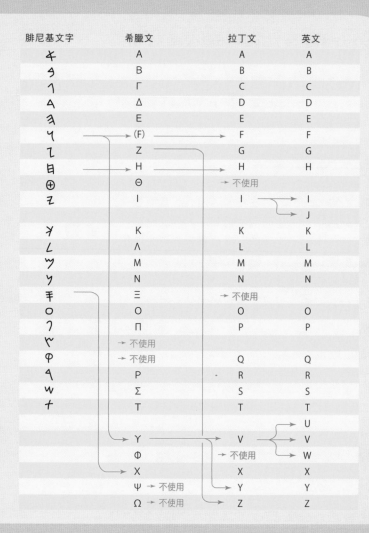

腓尼基文字	希臘文	拉丁文	英文
	A	A	A
	B	B	B
	Γ	C	C
	Δ	D	D
	E	E	E
	(F)	F	F
	Z	G	G
	H	H	H
	Θ	→ 不使用	
	I	I	I
			J
	K	K	K
	Λ	L	L
	M	M	M
	N	N	N
	Ξ	→ 不使用	
	O	O	O
	Π	P	P
	→ 不使用		
	→ 不使用	Q	Q
	P	R	R
	Σ	S	S
	T	T	T
			U
	Υ	V	V
	Φ	→ 不使用	W
	X	X	X
	Ψ → 不使用	Y	Y
	Ω → 不使用	Z	Z

字母順序是依照發音分類的？

字母順序從古代腓尼基語和古代希伯來語等等的古閃語時期就已經定下來了。所以，要思考字母的順序，就必須從腓尼基文字當時的發音和名稱開始。

腓尼基文字總共有 22 個字母。雖然其中的 tsade 和 qoph 因為是希臘語沒有的音而並未用於希臘字母，但研究字母順序時應該把它們考慮進去。taw 之後的字母全都是希臘文或拉丁文的階段追加的，所以順序在 taw 後面。

從字母順序中，可以看出怎樣的發音規律呢？

腓尼基字母的 'aleph、beth……等名稱和希伯來語是共通的，但也有把 'aleph 寫成 'alep、kaph 寫成 kap、tsade 寫成 ṣade、qoph 寫成 qop 等不同的表示法。因為後代希伯來語字尾的子音有弱化的現象，如 /p/ → /f/、/t/ → /θ/，而產生了表示法的差異。

在腓尼基語和希臘語的階段，beth [b]、gimel [g]、daleth [d] 都是有聲塞音，而可以歸類成一組，但希臘語的「 在拉丁語和英語變成 C，代表音也變成無聲塞音，就無法視為同類了。

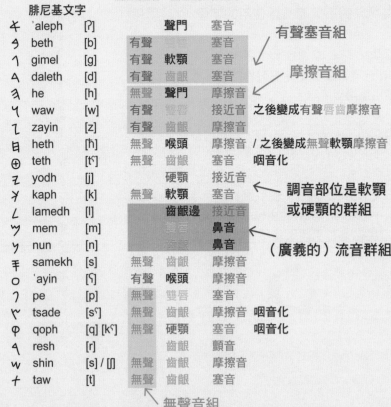

腓尼基文字

字母	名稱	IPA	清濁	調音部位	發音方法	備註
𐤀	'aleph	[ʔ]		聲門	塞音	
𐤁	beth	[b]	有聲		塞音	有聲塞音組
𐤂	gimel	[g]	有聲	軟顎	塞音	
𐤃	daleth	[d]	有聲	齒齦	塞音	摩擦音組
𐤄	he	[h]	無聲	聲門	摩擦音	
𐤅	waw	[w]	有聲	雙唇	接近音	之後變成有聲唇齒摩擦音
𐤆	zayin	[z]	有聲	齒齦	摩擦音	
𐤇	heth	[ħ]	無聲	喉頭	摩擦音	/ 之後變成無聲軟顎摩擦音
𐤈	teth	[tˤ]	無聲	齒齦	塞音	咽音化
𐤉	yodh	[j]		硬顎	接近音	
𐤊	kaph	[k]	無聲	軟顎	塞音	調音部位是軟顎或硬顎的群組
𐤋	lamedh	[l]		齒齦邊	接近音	
𐤌	mem	[m]		雙唇	鼻音	（廣義的）流音群組
𐤍	nun	[n]		齒齦	鼻音	
𐤎	samekh	[s]	無聲	齒齦	摩擦音	
𐤏	'ayin	[ʕ]	有聲	喉頭	摩擦音	
𐤐	pe	[p]	無聲	雙唇	塞音	
𐤑	tsade	[sˤ]	無聲	齒齦	摩擦音	咽音化
𐤒	qoph	[q] [kˤ]	無聲	硬顎	塞音	咽音化
𐤓	resh	[r]		齒齦	顫音	
𐤔	shin	[s] / [ʃ]	無聲	齒齦	摩擦音	
𐤕	taw	[t]	無聲	齒齦	塞音	

無聲音組

雖然沒有一貫的規則，但語音學上類似的音被排列在一起

字母的順序和字母名的意義有關？

腓尼基文字		希臘文 （拉丁文）	意義（並未完全確定）
ˋ	ʼaleph	A	牛
ˋ	beth	B	房子
ˋ	gimel	Γ（C）	駱駝／迴力鏢
ˋ	daleth	Δ（D）	門
ˋ	he	E	舉著雙手的人
ˋ	waw	F	鉤子
ˋ	zayin	Z	武器
ˋ	heth	H	圍欄／梯子
ˋ	teth	θ	輪子／動物的胎盤
ˋ	yodh	I	手
ˋ	kaph	K	手掌
ˋ	lamedh	Λ（L）	牧者的手杖
ˋ	mem	M	水／水波
ˋ	nun	N	魚／蛇
ˋ	samekh	Ξ	魚／柱子
ˋ	ˋayin	O	眼睛
ˋ	pe	Π（P）	嘴巴
ˋ	tsade		紙莎草／魚鉤
ˋ	qoph	（Q）	猴子／耳朵／針孔
ˋ	resh	P（R）	頭
ˋ	shin	Σ（S）	牙齒／太陽／弓
ˋ	taw	T	標記／署名

從腓尼基語的意義來看的話，有些意義上成對的字母被排列在一起，如 I (yodh)「手」和 K (kaph)「手掌」、M (mem)「水」和 N (nun)「魚」、O (ˋayin)「眼睛」和 P (pe)「嘴巴」（如果 samekh 是魚的意思，就和 M、N 成為三個一組了）。yodh 和 kaph 之間後來插入了 J，所以英文字母的順序看不出這一組的關聯。

這些字母似乎可以大致分成前半的「房子、工具、家畜」和後半的「身體部位」。這樣一來，如果 qoph 表示「耳朵」、tsade 表示某個身體部位的話，前後半的區分就更完美了（但 tsade 和 qoph 也可以想成魚鉤和針孔的意義配成一對）。

透過這兩頁的解析，我們可以得知字母順序似乎和腓尼基語的發音及意義有些關係，但兩者的關聯都不是完全確定的。

字型的解剖學

解析字型之後，就能將各部分依照共通的要素分類

各部分的名稱

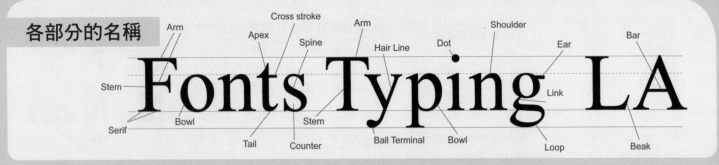

Vertex
「頂角，頭頂」

Eye
「眼」

Chin
「下巴」

Hair Line
「髮絲線」

Throat
「喉」

Spine
「脊椎」

Leg
「腿」

Stem
「主幹」

Joint
「關節」

Tail
「尾巴」

Foot
「腳」

字體的「身體」部位，使用了許多人體的名稱

第1個英文字母 A

字母「A」的根源竟然是「牛頭」!

腓尼基文字

ʾaleph（ʾalep）
「牛」

子音 /ʔ/

這個字母的名稱 ʾaleph 在腓尼基語是「牛」的意思,但希臘語的 alpha 則沒有「牛」的意義,而成為單純的字母名稱。

旋轉

希臘文

alpha

母音 /a/

希臘人把腓尼基文字旋轉,並且將橫線縮短。

拉丁文

拉丁語稱為 a /aː/,英語 [e]

A /a/

羅馬人照樣使用了希臘字母。

這裡顯示在拉丁語代表的發音。A 在英語有許多種發音。

ʾaleph 是母音還是子音?

腓尼基文字的 ʾaleph,原本是代表子音(因為腓尼基語不寫出母音也能讀懂,所以基本上只寫出子音)。這個子音稱為**聲門塞音** /ʔ/,舉例來說,就像是受到驚嚇忽然發出「啊!」的聲音之前,聲門緊閉的短暫停頓。但對華語使用者而言,這個發音聽起來就像是沒有子音一樣。在必須寫出母音才能區分單字的希臘語中,這個符號就被用來表示 /a/ 音。

希臘字母 α 經常當成數學記號,在化學用語、天文用語中也很常用。

半人馬座
α 星

半人馬座 α 星(Alpha Centauri)是半人馬座最明亮的星星。

襯線體

字母頂端尖尖的部分稱為 Apex（頂點／字峰，英語發音為 ['epɛks]）。
因為設計上的理由，所以頂點會比大寫字母線稍微往上突出一點（例如 A 或 N）。

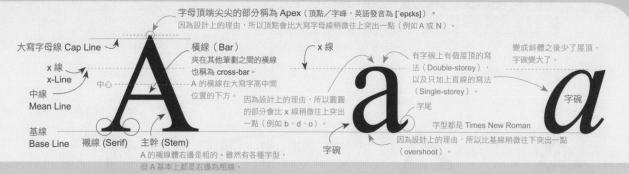

大寫字母線 Cap Line

x 線
x-Line

中線
Mean Line

中心

基線
Base Line

襯線（Serif）　主幹（Stem）

A 的襯線體右邊是粗的。雖然有各種字型，
但 A 基本上都是右邊為粗線。

橫線（Bar）
夾在其他筆劃之間的橫線
也稱為 cross-bar。

A 的橫線在大寫字高中間
位置的下方。

因為設計上的理由，所以圓圈
的部分會比 x 線稍往上突出
一點（例如 b、d、o）。

x 線

有字碗上有個屋頂的寫
法（Double-storey），
以及只加上直線的寫法
（Single-storey）。

字尾

字碗

字型都是 Times New Roman

因為設計上的理由，所以比基線稍微往下突出一點
（overshoot）。

變成斜體之後少了屋頂，
字碗變大了。

字碗

無襯線體

頂點是平的。幾乎貼齊大寫字母線。

大寫字母線

sans-serif
沒有襯線的字型總稱

sans-serif 是法語「沒有
襯線」的意思。

上面稍微細一點。

有屋頂的 a　　沒有屋頂

字尾

基線

字型是 Arial　字尾　　字型是 Gill Sans　　字型是 DIN Alternate　　字型是 Futura

字尾（Tail）的部分，有附字尾的、翹起的、角度不同的，以及沒有字尾（垂直）的。

字母的基準線

從基線到大寫字母線的大寫字高，是大寫字母的基
本高度，而從基線到 x 線的 x 字高則是小寫 z 等高
度較低的字母的基本高度。比大寫字高稍微高一點
的上緣線是較高的小寫字母的基準線。基線下方的
下緣線是小寫 j、y 等字母最低位置的基準線。

大寫字母線
（Cap Line）

大寫字高

升部

字體大小

上緣線
（Ascender Line）

x 線／中線
（x-Line 或
Mean Line）

x 字高

基線
（Base Line）

降部

下緣線
（Descender Line）

第2個英文字母 **B**

耶穌基督的出生地藏有字母的祕密？

腓尼基文字

beth「房子」

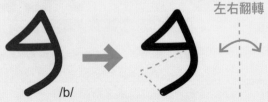

左右翻轉

/b/

這個字母的名稱 beth 在腓尼基語和希伯來語是「房子」的意思，但到了希臘語就沒有「房子」的意義，而成為單純的字母名稱。

希臘文

beta

B /b/

希臘人把腓尼基文字的銳角改成圓弧狀。

拉丁文

拉丁語稱為 be /be:/，英語 [bi]

B /b/

羅馬人照樣使用了希臘字母。

B 怎麼看都不像是房子的形狀…

→西奈半島發現的「原始西奈文字」，據說是腓尼基文字的原型，這種文字的 bayt 算是有點像房子的形狀。

原始西奈文字的 bayt

使用希伯來語的以色列，有許多含有 bet「房子」的地名出現在聖經中（貝特謝安〔伯珊城〕「安息之家」、伯賽大「漁人之家」等等）。

耶穌基督的出生地伯利恆（Bethlehem），在希伯來語是 bet「房子」+ lehem「麵包」，也就是「麵包房」的意思。

現代的伯利恆

襯線體

有些字型的這個連接部分會變粗。

字碗（Bowl）
封閉橢圓的曲線部分

上緣線　大寫字母線

字谷
（Counter）
是指完全或部分封閉的空間。
B 的兩個字碗所形成的字谷，下面的空間比較大。

中心

上下兩個字碗的界線，比大寫字高的中心要高。

B 和 E 上字谷和下字谷的比例是相同的。

隨著字型的不同，b 下面可能有喙或者沒有喙。

無襯線體

沒有襯線（裝飾）。

字碗（Bowl）
就是裝東西的碗的意思。

升部

淺藍色是字母 b。
粉紅色是字母 p。

x 線

基線

主幹（直線）的粗細不同。

下面比較重。

b 和 p 字碗的輪廓大致相同。

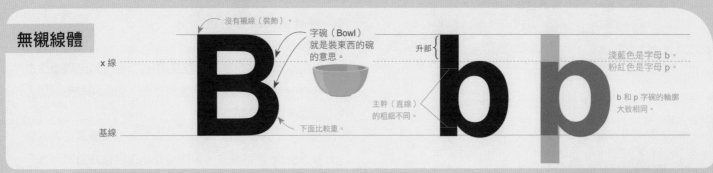

TOPICS 82

腓尼基文字的 beth 為什麼在希臘語變成 beta？

希臘語的名詞大多以 -a、-e 或者 -s、-n 結尾，而不會以子音 -t、-ph、-d、-k 結尾，所以希臘人會把外來語的字尾變成 -a 或 -n。因此 ʼaleph 變成 alpha，而 beth 變成 beta。

這個現象在所有字母名稱都可以看到（daleth → delta、gimel → gamma 等等）。另外，希臘人也會改變其他語言的地名字尾（例如「耶路撒冷」：希伯來語的 Yerushalayim → 希臘語 Hierosolyma → 英語 Jerusalem）。

Babel 巴別 → Babylon 巴比倫

第3個英文字母 C

CAMEL（駱駝）的「C」據說字源也和駱駝有關

腓尼基文字

gimel
「駱駝」

左右翻轉

/g/

gimel 和腓尼基語的「駱駝」有關，也有一說是寫法源自駱駝的形狀（另一種說法則是迴力鏢），但到了希臘語就沒有「駱駝」的意義，而成為單純的字母名稱。

希臘文

gamma

Γ

/g/

希臘人將腓尼基文字的縱線變成垂直，橫線變成水平。

拉丁文

拉丁語稱為 ce /keː/，英語 [si]

C

/k/

拉丁文把希臘文的直角變成圓弧狀。

在拉丁文是表示 /k/ 音的文字。

Γ 是駱駝的哪個部分？

有一個駝峰的駱駝稱為單峰駱駝，有兩個的稱為雙峰駱駝。從字母的發源地來看，應該是取自棲息於當地的單峰駱駝。

→有人說是脖子的形狀，也有人認為是駝峰的形狀。

單峰駱駝：西亞、北非

雙峰駱駝：中亞

腓尼基語、希伯來語的 gamal 「駱駝」演變成拉丁語的 camelus，之後變成英語的 camel [`kæml]。

山茶花的英語 camellia [kə`miljə] 是因為首次記載這種植物的傳教士暨植物學家 Georg Joseph Kamel（1661-1706）而得名，只是源自他的姓，意義本身和駱駝無關。

山茶花

襯線體

大寫 C 的兩端隨著字型而各有不同。

Barb，意思是「倒鉤」或「魚的觸鬚」，指倒鉤狀的襯線，可以在 C、G、S 中看到。

有些字型大寫是襯線，小寫是球狀收尾。

球狀尾部

x 線

基線

襯線

也有尾端沒有襯線的字型。

這邊是最粗的。

無襯線體

大寫字母線

和 O 重疊，會發現左側的輪廓相同。

右側的輪廓和 O 比起來較為內縮。

切口（terminal cut）隨著字型而各有不同。對於無襯線字型，可以用切口的特徵來分辨字型種類。

x 線

基線

淺藍色是字母 O。
粉紅色是字母 C。

稍微往下突出基線。

TOPICS 83

俄文的「C」為什麼唸成「es」？

俄文的西里爾字母「C」並不是源自希臘文的「Γ」（gamma），而是從 Σ（sigma）變形而來。雖然形狀相似，但實際上字源和拉丁文的 C 不同。

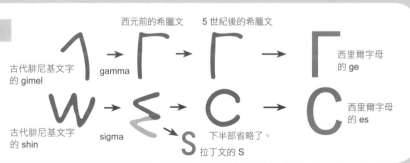

西元前的希臘文　　5 世紀後的希臘文

古代腓尼基文字的 gimel

gamma

西里爾字母的 ge

古代腓尼基文字的 shin

sigma

下半部省略了。

拉丁文的 S

西里爾字母的 es

第4個英文字母 D

「D」原本是模仿「門」的形狀！

腓尼基文字

daleth「門」

/d/

這個字母的名稱 daleth 在腓尼基語是「門」的意思，但到了希臘語就沒有「門」的意義，而成為單純的字母名稱。

希臘文

delta

△ /d/

重視美感的希臘人把腓尼基文字的縱線變得筆直，將橫線變成水平，並且改為左右對稱的形狀。

拉丁文

拉丁語稱為 de /de:/，英語 [di]

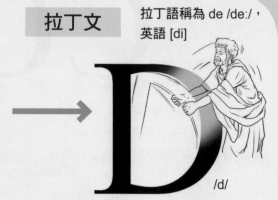

/d/

羅馬人把希臘文的銳角變成圓弧狀。

門為什麼是三角形的？

→因為是遊牧民族使用的帳篷，所以門是三角形的。

因為希臘文 △ 的形狀，所以產生了一些表示三角形的詞彙。

三角肌

Deltoid

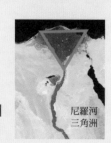

三角翼

Delta wings

協和號客機的三角翼

三角洲

Delta

尼羅河三角洲

襯線體

大寫字母線

x 線

基線

有的字谷是上下對稱的。

有的字谷類似水滴形。

字喙（Beak）

上線線

beak 是英語「喙」的意思，指往旁邊伸出尖角的襯線。

左邊淡紫色的字是 b 左右反轉的樣子。襯線體的 d 和 b 並不是左右對稱的。

d 的上面的喙向左，下面的喙向右。

無襯線體

大寫字母線

x 線

基線

沒有襯線（裝飾）。

字碗連接主幹的部分變細了。

d 的字碗部分無法和 o 完全重疊。

淺藍色是 o，粉紅色是 d。

左邊淡紫色的字是無襯線體的 b 左右反轉的樣子。有些無襯線字型的 d 和 b 是左右對稱的。

音標 ð 是從哪裡來的？

TOPICS 84

the 和 this 的音標是 [ðə] 和 [ðɪs]。ð 這個符號是古英語的字母之一。

拉丁語沒有 /ð/ 的發音，也沒有表示這個音的字母。所以，當時使用英語的人就在小寫 d 的升部加上橫線而發明了字母 ð，名稱是 eth /ɛð/。

ð 現今作為音標而繼續為人所使用。

ð 的大寫則是 Đ。

d → ð　D → Đ

下面的喙沒有了。

穿過主幹的橫線稱為 cross stroke。

第5個英文字母 E

「E」的三條橫線，其實是表示「人的手指？」

腓尼基文字	希臘文	拉丁文

古埃及象形文字　原始西奈文字　　　he　　左右翻轉

epsilon

拉丁語稱為 e /e:/，英語 [i]

子音 /h/

母音 /e/

/e/

羅馬人照樣使用了希臘字母。

這個字母的正確來源不明。有一說是古埃及文舉著雙手的人（祈禱的人、高興的人或呼喚的人），另一種說法則是源自格子窗。

TOPICS 85

現代英語最常用的字母

在現代英語一般的文章中，e 的使用頻率是最高的（第 2 高的是 t）。以往在破解加密文字的時候，常利用字母的頻率作為解讀的線索。而在摩斯電碼中，越常用的字母代碼越短。

頻率高的字母

E ●
T ▬

頻率低的字母

X ▬ ● ● ▬
Z ▬ ▬ ● ●

---

epsilon 的「psilon」是什麼？

除了 epsilon 以外，希臘語還有稱為「upsilon」的字母 Y/u，在現代希臘語的發音是 /ipsilon/，兩者的名稱很接近。psilon 在希臘語是指「單純的」，為了區分 E/ε 和雙母音 αɪ（後來的發音也變成 /e/），所以才有了「單純的 E」這樣的稱呼。

襯線體

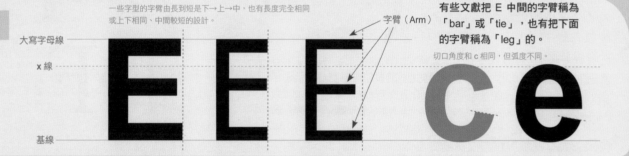

x 線

基線

大寫字母線

字眼（Eye）

被圍繞的橫線（Enclosed bar）

字喙
喙挑起的方式隨著字型而各有不同。

輪廓與粗細和 c 類似。

開口大小、角度、筆畫挑起的程度、切口方式隨著字型而各有不同。

無襯線體

一些字型的字臂由長到短是下→上→中，也有長度完全相同或上下相同、中間較短的設計。

字臂（Arm）

有些文獻把 E 中間的字臂稱為「bar」或「tie」，也有把下面的字臂稱為「leg」的。

切口角度和 c 相同，但弧度不同。

大寫字母線

x 線

基線

為什麼 A 和 E 會連在一起？

在中世紀的歐洲，以合字（ligature）Æ、æ 書寫拉丁語的雙母音 AE。
在古英語中，Æ、æ 是表示母音 /æ/ 的字母，名稱是「ash」。

合字 Æ 並不是單純把字母 A 和 E 連在一起而已。

現在 /æ/ 仍然作為介於 /a/ 和 /e/ 之間的語音符號而持續使用中。

a 和 e 的合字（ligature）在寬度上有所調整。

第6個英文字母 F

在古希臘被誤認為雙層的「Γ（gamma）！

腓尼基文字　　　　希臘文　　　　拉丁文

waw「鉤子」　　digamma　　左右翻轉　　拉丁語稱為 ef /ef/，英語 [ɛf]

子音 /w/　　　子音 /w/　　　子音 /f/

腓尼基文字的 waw 衍生出希臘文的 F（digamma）和 Y（upsilon）。

古希臘語沒有相當於 /f/ 的發音（φ 在古代的發音不是 /f/，而是送氣音 /pʰ/）。不過，因為拉丁語有 /f/ 音，所以初期拉丁語以 FH 表示，後來變成單獨用 F 表示 /f/。

古希臘語因為把這個字母誤認為雙層的 gamma，所以稱為 digamma。digamma 就是「兩個 gamma」的意思。

↑ digamma 也有這樣的寫法

F 的合字（ligature）

活版印刷發明後，將二或三個字母合成一個活字的「合字（ligature）」，成為歐美普遍的作法。在合字之中，f 和其他字母的組合特別多。

f 和 i 的合字（ligature）將 i 的點和 f 的球狀尾部結合在一起。

球狀尾部　　點

橫線在合字中連接在一起。

fi → fi → fi

fl → fl

ff → ff

襯線體

粉紅色是 F。
淺藍色是 E。

字喙（Beak）
上面的喙和中間的襯線，有角度相同的，也有角度不同的。

大寫字母線
x 線
襯線
基線

有些字型 F 的寬度比 E 來得小。

無襯線體

字臂的長度，有上面比較長的，也有上下相同的。

字臂（Arm）

大寫字母線
x 線
基線

F 的寬度大多比 E 小，但也有兩者寬度相同的字型。

什麼是 kern？

球狀尾部有個日語特有的稱呼，叫「ケルン」（kern）。

球狀尾部

球狀尾部

球狀尾部

不過，kern [kɜ·n] 本來其實是不同的意思。在活版印刷的時代，kern 是指鉛字面出格的部分。

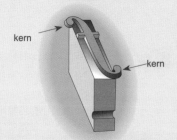

kern

kern

這樣的設計可以讓排版時字母間不會產生多餘的空白。現在所謂的 kerning 是指調整字母的位置，使得字母間的留白大小看起來協調。在日本，則是因為當初誤以為 kern 就是指尾端圓圓的部分，而產生了不同的意義。這個圓圓的部分，在英語稱為 ball terminal「球狀的尾部」。

第7個英文字母 G

「C」多加一根棒子產生的新字母！

腓尼基文字　希臘文　拉丁文

拉丁語稱為 ge /geː/，英語 [dʒi]

gimel
「駱駝」

左右翻轉

gamma

拉丁語稱為 ce
/keː/，英語 [si]

/g/ → Γ /g/ → C /k/ → G /g/

希臘人將腓尼基文字的縱線變成垂直，橫線變成水平。

從腓尼基文字的 gimel 產生拉丁字母 C 的過程，已經在「C」的單元說明過了。

羅馬人用 C 表示 /k/ 音，因此少了表示 /g/ 音的字母，於是在拉丁文的 C 上面加了一根棒子，而形成表示 /g/ 的字母 G。

G 誕生的原因……伊特拉斯坎人

希臘文並不是直接變成拉丁文的。伊特拉斯坎人以希臘文為基礎，創造了**伊特拉斯坎文字**，而羅馬人學習之後，創造了拉丁文。

伊特拉斯坎人的舞者

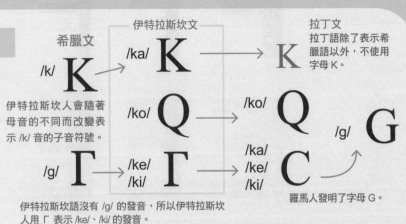

希臘文
伊特拉斯坎文
拉丁文

/k/ K → /ka/ K → K

拉丁語除了表示希臘語以外，不使用字母 K。

/ko/ Q → /ko/ Q

/g/ Γ → /ke/ /ki/ Γ → /ka/ /ke/ /ki/ C

/g/ G

伊特拉斯坎人會隨著母音的不同而改變表示 /k/ 音的子音符號。

伊特拉斯坎語沒有 /g/ 的發音，所以伊特拉斯坎人用「Γ 表示 /ke/、/ki/ 的發音。

羅馬人發明了字母 G。

襯線體

G 的大小寫在各種字型中有許多不同的設計。

倒鉤（Barb）

倒鉤（Barb）

字碗（Bowl）

軸線（Axis）
字碗的軸線角度隨著字型而各有不同。

有些字型的耳部是球狀收尾。

「下巴」（Chin）

字耳（Ear）

突出的部分也稱為字刺（Spur）。

有的字型這裡是刺狀。

「喉部」（Throat）

牛仔靴上的馬刺

無襯線體

大寫字母線

x 線

「下巴」

「喉部」

沒有喉部

大的字刺

基線

無襯線體的筆畫彎曲次數各有不同，也有往下突出的。

書寫體

有書法要素的書寫體稱為「calligraphic script」。

在書寫體中，有個性而感覺隨性的字型稱為「casual script」。

TOPICS 87

眼鏡 g 是什麼？

有兩個字碗的 g（double-storey，兩層樓的），稱為「眼鏡 g」。

字碗（Bowl）

字型通常是這種寫法。也稱為 loop-tailed g。

g

連結處（Link）或頸部（Neck）

字型是 Calibri

下面的字碗也稱為圈（Loop）

g

有些字型的斜體只有一個字碗（single-storey，一層樓的）。也稱為 open-tailed g。

g 有些字型的圈狀部分沒有完全封閉，而無法完全歸類為其中一種。

第8個英文字母 H

就像它的形狀一樣，原本是表示「梯子」？

腓尼基文字

希臘文

拉丁文

heth

eta

拉丁語稱為 ha /ha:/，英語 [etʃ]

原始西奈文字

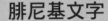

H → H

子音 /ħ/ 或 /x/

母音 /e:/

子音 /h/ 或者不發音

原始西奈文字是橫向，但腓尼基文字是縱向。

古希臘初期的寫法是像「日」的形狀，後來省略上下的橫線而變成 H。

羅馬人照樣使用了希臘字母。

古代的閃語有許多特殊的語音

古代閃語的 heth 代表**無聲喉頭摩擦音** /ħ/，後來在希伯來語則表示**無聲軟顎摩擦音** /x/，後者就是中文「ㄏ」（漢語拼音為 h）的正統標準發音。

腓尼基文字　　　希伯來文

希臘文和希伯來文省略橫線的位置不同。

這個字母的形狀源自什麼？

這個形狀的由來有各種說法。有認為是「**房子、中庭**」的說法，或者認為是「**牆壁、圍欄**」或圍起來的領地，也有一說是像縱向形式一樣表示「**梯子**」。

襯線體

襯線

字喙（Beak）
往旁邊伸出尖角的部分

「關節」（Joint）

大寫字母線

上緣線

主幹

筆畫在接近關節的部分比較細。

x 線

字肩（Shoulder）

橫線（Bar）
夾在其他筆劃之間的橫
線也稱為 cross-bar。

有些字型外側的
襯線比較短。

襯線的長短安排隨著字型而各有
不同。

基線

襯線長短以①②排序。

襯線長短以①②③排序，順序有所不同。

無襯線體

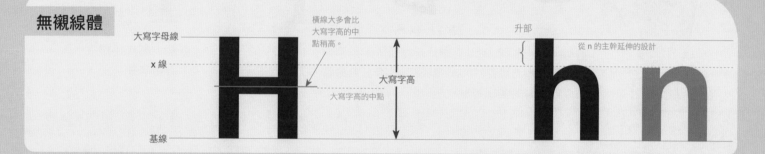

大寫字母線

橫線大多會比
大寫字高的中
點稍高。

升部

從 n 的主幹延伸的設計

x 線

大寫字高

基線

大寫字高的中點

書寫體

大寫字母線

書寫體往往不稱為中
線，而稱為腰線。

腰線
（waist line）
或者稱為中線

升部

基線

字型是 QuillScript

有的字型會加上裝飾性的筆畫

稍微往下突出基線。

第9個英文字母 **I**

字母「I」源自「手的形狀」，令人不可思議

| 腓尼基文字 | 希臘文 | 拉丁文 |

指頭減少……

原始西奈文字

yodh「手」

iota

拉丁語稱為 i /i:/，英語 [aɪ]

指頭減少……

指頭再減少……

半母音 /j/ 或母音 /i/

/j/ 或 /i/

/j/ 或 /i/

這個字母的名稱 yodh 在腓尼基語是「手，手臂」的意思，但希臘語的 iota 就沒有「手」的意義，而成為單純的字母名稱。

羅馬人照樣使用了希臘字母。

TOPICS 88

小寫 i 是什麼時候開始加點的？

→ 6 世紀後半，卡洛林小寫體在法蘭克王國誕生了。這種字體是現代小寫字體的原型。本來 i 是沒有點的，但因為前後有 u 的時候不容易區分，所以大約從 11 世紀開始在 ui、iu 和 ii 的 i 上面添加重音符號。

INITIUM MINIMUM
↓ ↓
INITIUM MINIMUM

到了 12 世紀，和 m、n 相鄰的 i 也開始加上重音符號。14 世紀時，把添加的重音符號變成「圓點」。印刷普及之後，就變成所有的 i 都有一點了。

i ι

現代希臘語 iota 的小寫（右邊的文字）仍然是沒有加點的。

襯線體

有些字型中 I 的襯線比 H 的襯線長。不過，也有像淡紫色的字型一樣，H、I、J 的襯線都一樣長的情況。

小寫 i 和 j 的上半部分（圓點和襯線）形狀相同。

大寫字母線

襯線

x 線

襯線長短以①②③排序，也有與此不同的情況。

③

①

基線

字型是 Times New Roman

字型是 Goudy Old Style

上端線

大寫字母線

無襯線體

大寫 I 和小寫 l 很難區分。

大寫字母線

x 線

大寫 I

小寫 l

有的字型是 I 比較粗，也有兩者粗細相同的。

字型是 Arial

基線

小寫 i 的點在不同字型中有各種形態。

點（Dot）

菱形點（Diamond tittle）

字型是 Johnston

i 和 j 上面的點稱為 dot 或者 tittle。tittle 是指字的小點或點畫，比 title「標題」多一個 t。另外，造型和早期 i 類似的菱形點，稱為 diamond tittle。

襯線的種類

襯線是指筆畫末端短短的裝飾。據說襯線起初的由來是在石板上刻字的時候，在筆畫末端留下的刻痕。

支架（Bracket）

字型是 Trajan
有支架（像是托住層板架的弧形支撐物）的襯線。

Trajan 字型是仿照 2 世紀於羅馬建造的圖拉真柱上面的碑文所設計的，具有完成度極高的美感。當時的字體就已經有襯線了。

字型是 Bodoni
襯線是細線，稱為 hairline serif。

相對於 Trajan 傳統的襯線設計（old face／舊風格字體），像 Bodoni 這樣採用細直線襯線設計的則稱為 modern face「現代體」。至於粗直線的襯線，則稱為 slab serif。

字型是 Clarendon
粗襯線（slab serif）。這種字體過去稱為埃及體（Egyptian）。

第10個英文字母 J

J 是在 I 上加了「鬍鬚」的字母？

希臘文	拉丁文	英文

iota

拉丁語稱為 i /iː/，英語 [aɪ]

[dʒe]

I → I → J

半母音 /j/ 或母音 /i/

希臘語和古典拉丁語
沒有 J，只有 I。

母音 /i/

子音 [dʒ]

J 原本是 I 的一種**異體字**（variant）。
異體字是指同一個字意義相同的變體。

以中文字為例，万是萬的異體字。

後代的歐洲人，大約在通俗拉丁語
的時期，給字首和字尾的拉丁字母
I 加上了往下延伸的鬍狀裝飾，後
來成為英文的 J。

→在通俗拉丁語的時代，J 開
始表示英語的子音 [dʒ]。

TOPICS 89

各語言不同的「Japan」發音

這裡以 Japan 為例，
展示 J 在各種語言中
的發音。

J 的發音隨著時代
一直在變化。

不太一樣

現代法語
/ʒapɔ̃/

現代西班牙語
/xapón/

Japon Japón

中世紀西班牙語的 J 和法語一樣是 /ʒ/ 的音，後來逐
漸變成 /ʃ/，然後變成類似「ㄏ」的 /x/ 音。

現代德語
/jáːpan/

現代英語
/dʒəpǽn/

Japan Japan

在漢語拼音中，j 則是表示「ㄐ」音 /tɕ/。「ㄐ」和「ㄑ」
都是無聲子音，差別在於前者不送氣，後者是送氣的 /tɕʰ/。

襯線體

x 線

襯線

字喙

點

主幹

基線

下端線

圓弧（Arc），或者説是 arc of stem（主幹延伸的圓弧）

球狀尾部

寬度依字型而異，收尾也有各種造型。

字母 J 低於基線的部分，在位置上屬於「降部」，但也可以依照形狀稱為 arc（圓弧）。

無襯線體

上端線

大寫字母線

x 線

末端比主幹細。

基線

下端線

有些字型的 J 即使是大寫也往下延伸到下端線。

切口依字型而異。

基線

下端線

獨特的無襯線體 Futura，其小寫 j（左）與 i（右）如圖所示。j 的筆畫和 i 一樣是垂直向下，兩者可以用長度區分。

延伸花飾線

有些書寫體的延伸花飾線（swash）特別引人注目。swash 是指將筆畫開頭或結尾的部分極度延伸作為裝飾，也稱為「花筆」、「勾耳」。

延伸花飾線（Swash）

延伸花飾線

字型是 Zapf Dingbats

延伸花飾線

有些書寫體的 J 和 T 很像。

因為 J 有降部，考慮整體的平衡，所以 swash 往往比較小。

T 的高度只到基線為止。

第11個英文字母 K

手伸出 3 根手指的形狀，就是這個字母的根源！

腓尼基文字　　　　　　　　　　希臘文　　　　拉丁文

kaph「手掌」

kappa

拉丁語稱為 ka /ka:/，英語 [ke]

只有 3 根手指！

/k/

K /k/ → K /k/

這個字母的名稱 kaph 在腓尼基語是「手掌」的意思，但希臘語的 kappa 只是單純的字母名稱。

羅馬人照樣使用了希臘字母。

kappa 是日語的河童、雨衣？

希臘字母的名稱 kappa 剛好和日語「河童」、「合羽（雨衣的意思）」的讀音相同，只是巧合而已。雨衣之所以稱為 kappa，是源自葡萄牙語 capa 的說法（相當於英語的 cape「斗篷」）。

希臘文和拉丁文的差異

希臘字母 kappa 的小寫和拉丁文的 k 很類似，但有些許差異。拉丁文有升部的延伸，希臘文則沒有。

升部 { 1

希臘文　　拉丁文

襯線體

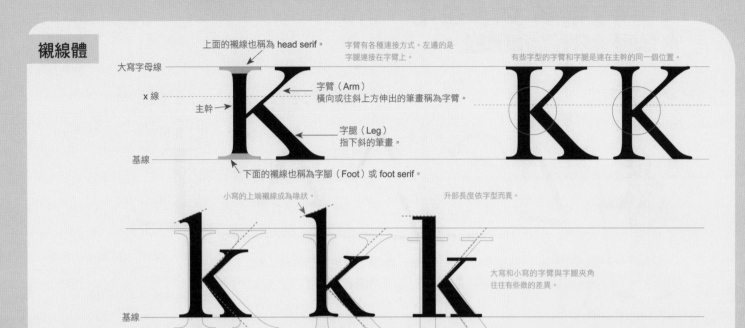

上面的襯線也稱為 head serif。

字臂有各種連接方式。左邊的是字腿連接在字臂上。

有些字型的字臂和字腿是連在主幹的同一個位置。

大寫字母線

x 線

主幹

字臂（Arm）
橫向或往斜上方伸出的筆畫稱為字臂。

字腿（Leg）
指下斜的筆畫。

基線

下面的襯線也稱為字腳（Foot）或 foot serif。

小寫的上端襯線成為喙狀。

升部長度依字型而異。

大寫和小寫的字臂與字腿夾角
往往有些微的差異。

基線

無襯線體

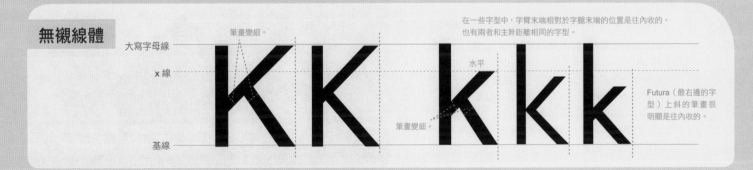

在一些字型中，字臂末端相對於字腿末端的位置是往內收的。
也有兩者和主幹距離相同的字型。

大寫字母線

x 線

水平

筆畫變細。

筆畫變細。

Futura（最右邊的字型）上斜的筆畫很
明顯是往內收的。

基線

第12個英文字母 L

字源是「牧者的手杖」！

腓尼基文字

lamedh「牧者的手杖」

/l/

旋轉

希臘西方

/l/

這個字母的名稱 lamedh 源自腓尼基語表示「**教導**」的字根，代表「**引導牲畜行進的手杖**」。

希臘文

希臘本土 Λ

lambda

Λ /l/

拉丁文

拉丁語稱為 el /el/，英語 [ɜl]

L /l/

與其說拉丁文的 L 是繼承了希臘字母 lambda 的形狀，它看起來更像是腓尼基文字的延續。

TOPICS **90**

為什麼希臘字母的拼法是 lambda？

→現代希伯來語將這個字母稱為 lāmedh，但以前的名稱被認為是 lāmdh（dh 的發音是 /ð/）。

對於希臘人而言，md 連在一起很難發音，所以把 m 發成 b 音而變成 /laːbda/，拼法也變成 lambda。不過，現代英語的發音則是 [ˋlæmdə]，把 b 音省略了。對於各種語言，困難的發音各有不同，所以應對方式也不同。

斯巴達士兵稱自己的國家為「拉刻代蒙」，所以他們的盾牌也有首字母 Λ 的符號。

在溫泉關戰役中，斯巴達約 300 名戰士與數十萬人的波斯軍隊對峙。

襯線體

襯線內側長度較長的字型比較多，但也有相反的。

小寫 l、大寫 I 和數字 1 很相似，所以有些字型在頂部襯線做出了差異。

I 的斜體（右邊的字）有字尾。

大寫字母線

x 線

基線

大寫 I

數字 1

小寫 l

字尾（Tail）

喙部有各種角度和形狀。

無襯線體

字寬依字型而異。

上端線

大寫字母線

主幹的筆畫比字臂來得粗。
→參照 p.285「由於錯覺而做的視覺調整」。

大寫 I

小寫 l

小寫 l 的主幹比大寫 I 來得細。

因為是最簡單的形狀，所以在非襯線體中要分辨這兩者幾乎不可能。

左邊範例的字型是 Futura。小寫 l 的高度貼齊上端線，做出了區隔。

俄文的「el」

俄文西里爾字母中的 Л 對應拉丁文的 L，但形狀完全不同。這是因為俄文字母是從希臘文的 lambda 變形而產生的。

希臘文　　　　格拉哥里字母　　　　西里爾字母

Λ → ℬ → 山 → Л л

格拉哥里字母參考希臘文和希伯來文的字母而設計，經過改良後產生了西里爾字母。

第13個英文字母 M

源自「水波形狀」的字母

腓尼基文字

mem「水，水波」

/m/

這個字母的名稱 mem 被認為是腓尼基語「水」的意思。

希臘文

mu

旋轉 180 度

M /m/

重視美感的希臘人把腓尼基文字的鋸齒形狀改為左右對稱。

拉丁文

拉丁語稱為 em /em/，英語 [ɛm]

M /m/

羅馬人照樣使用了希臘字母。

是源自象形文字嗎？

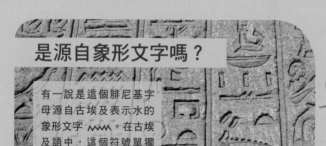

有一說是這個腓尼基字母源自古埃及表示水的象形文字 〰〰〰。在古埃及語中，這個符號單獨出現時表示子音 n，三個疊在一起的 〰〰〰 則表示「水」。

有很多鋸齒

以色列水舞和 M 的關係

TOPICS
91

以色列傳統舞蹈「Mayim-Mayim」是希伯來語「水、水」的意思。這是鑿井之後圍著水源所跳的歡喜之舞。

※歌詞取自舊約聖經以賽亞書第 12 章第 3 節。

襯線體

大寫字母線

x 線

基線

粗

細

M 的縱向筆畫，隨著字型和文獻而有許多不同稱呼。

斜畫（Diagonal）或者 diagonal stem

diagonal 是對角線的意思，在這裡指斜的筆畫。

左邊的髮絲線

細的筆畫稱為髮絲線（hairline）。

右邊的髮絲線

右邊的主幹

字型是Bodoni

頂點（Apex）

有些字型最左邊和最右邊的筆畫是傾斜的。

所有縱向筆畫都傾斜的時候，全都可以稱為 diagonal。

字型是Trajan

毛旋（頭頂）

英語的 vertex 指頭頂、天頂、山頂、頂點，在字型設計中則是指字母下端傾斜筆畫的夾角。

頂角（Vertex）

字胯（Crotch）

兩個筆畫的交點部分，vertex 是指外側，crotch 則是指內側。

無襯線體

大寫字母線

x 線

基線

字寬依字型而異。

縱線稍微粗一點。

所有縱向筆畫都傾斜的時候，全都可以稱為 diagonal。

Futura 的頂點突出了大寫字母線，下面的頂角突出了基線。

不是垂直的。

有些字型下面的頂角比基線高出許多。

第14個英文字母 N

「N」的形狀是來自魚還是蛇？

腓尼基文字	希臘文	拉丁文
nun「魚」	nu	拉丁語稱為 en /en/，英語 [ɛn]

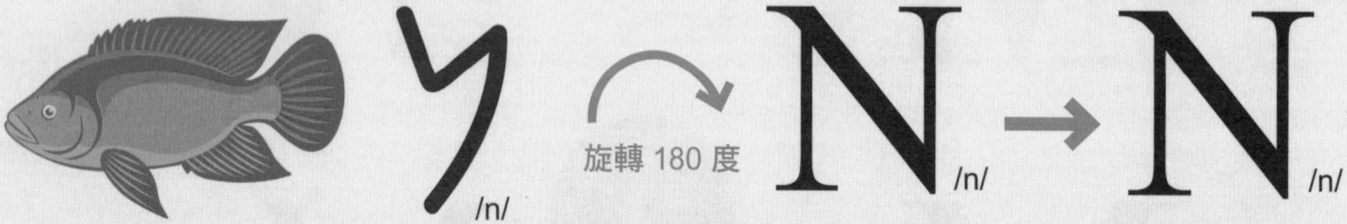

/n/
旋轉 180 度
N
/n/
N
/n/

這個字母的名稱 nun 在腓尼基語和希伯來語是「魚」的意思，但到了希臘語就沒有「魚」的意義，而成為單純的字母名稱。

羅馬人照樣使用了希臘字母。

是魚還是蛇？

腓尼基文字的 nun 看起來並不像「魚」。因此，有一說是字母 nun 源自埃及象形文字中表示蛇的符號。

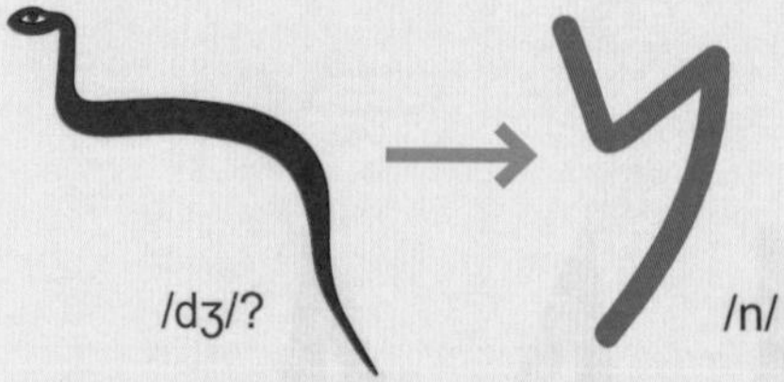

/dʒ/?
/n/

然而，在古埃及語中，這個符號的發音目前暫時以 dj 或 z 表示，和 /n/ 不同。

在古閃語中，「蛇」稱為 nahash，所以腓尼基人被認為是利用古埃及代表蛇的象形文字來表示 n。但為什麼字母的名稱會變成 nun「魚」，則沒有定論。

襯線體

斜畫
粗

頂點

襯線

幾乎就像是 h 的
升部往下降到 x
字高的樣子。

幾乎所有字型中的 n 主幹間距
都不是和 m 完全相等。

字肩

大寫字母線

x 線

基線

襯線

髮絲線
細

頂角
大多會突出基線。

有些字型的直線角度稍微傾斜。

粉紅色是 n，淺藍色是 h。

em 和 en

大寫字母線

基線

下端線

歐洲語文的字型是以大寫 M 作
為寬度的基準，它的寬度稱為
em，類似於中文字型「全形」
的概念。

小寫 n 的寬度稱為 en，類似於中文字型
「半形」的概念。

無襯線體

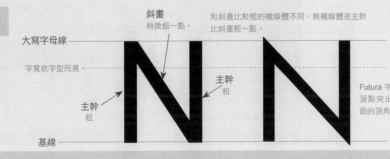

斜畫
稍微細一點。

和斜畫比較粗的襯線體不同，無襯線體是主幹
比斜畫粗一點。

有些字型主幹的上端比
下端稍微細一點，也有
的字型是上下相同。

大寫字母線

字寬依字型而異。

主幹
粗

主幹
粗

基線

Futura 字型的 N 和 M 一樣，
頂點突出了大寫字母線，下
面的頂角突出了基線。

主幹

第15個英文字母 O

很容易想像吧？來源是「眼睛」的形狀

腓尼基文字	希臘文	拉丁文
ʿayin「眼睛」	omicron	拉丁語稱為 o /oː/，英語 [o]

 O 子音 /ʔ/ →  O 母音 /o/ → O 母音 /o/

這裡標示的是拉丁語的發音

這個字母的名稱 ʿayin 在閃語是「眼睛」或「泉水」的意思，兩者都是會有水（眼淚）溢出的東西。

希臘人把腓尼基人的子音字母當成母音字母使用。

羅馬人照樣使用了希臘字母。

ʿayin 原本也是子音嗎？

和 a 的字源 ʾaleph 一樣，腓尼基文字的 ʿayin 原本也是表示子音。這個子音是**有聲喉頭摩擦音** [ʕ]，中文沒有類似的音，感覺像是從喉嚨深處發音時聽到的聲響。

在使用希伯來語的以色列，有許多以「泉水」的附屬形 ein「…的泉水」命名的地方（如 Ein Karem、Ein Limon、Ein Rogel 等等）。

在死海西岸沙漠地帶孤獨存在的綠洲「恩戈地」，在希伯來語是 Ein「…的泉水」+ Gedi「小山羊」，也就是「小山羊之泉」的意思。

現代的恩戈地

襯線體

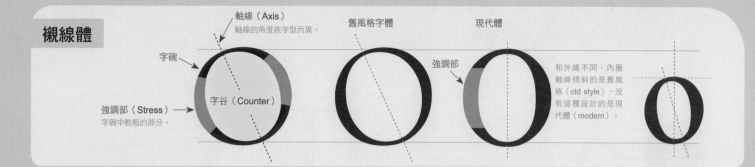

軸線（Axis）
軸線的角度依字型而異。

舊風格字體

現代體

字碗

強調部

字谷（Counter）

強調部（Stress）
字碗中較粗的部分。

和外線不同，內圈軸線傾斜的是舊風格（old style），沒有這種設計的是現代體（modern）。

無襯線體

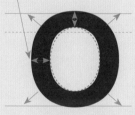

縱線比較粗

O 並不是純粹的橢圓形，它的右上、右下、左上、左下都是往外拉的。

TOPICS 92

字型用語中的「overshoot」

2020 年冠狀病毒肆虐全球時，日本用「overshoot」表示患者爆發性增加的情況。字型用語中的 overshoot 則是指文字稍微超出基準線的設計。

稍微超出大寫字母線（overshoot）。

HAO

圓弧狀的部分稍微超出大寫字母線。這是因為即使實際高度相同，但因為視錯覺的關係，圓形看起來會比方形小。以 O 為基準，C、G、Q、S 的圓弧也會藉由超出大寫字母線或基線的設計，使它們視覺上的大小顯得相同。

稍微超出基線。

雖然實際高度相同，但看起來的大小順序是 ■→▲→● 吧？簡單幾何形狀的字母在設計時會考慮這樣的錯覺。

第16個英文字母 P
形狀的由來是「嘴巴」?

腓尼基文字

pe「嘴巴」

/p/

這個字母的名稱 pe 在腓尼基語是「嘴巴」的意思。

希臘文

希臘人把腓尼基文字不等長的縱線變成垂直，並且讓兩條線等長。

左右翻轉

pi（英語唸 [paɪ]）

Π /p/

拉丁文

羅馬人把右側 I 的形狀變成半圓狀。

拉丁語稱為 pe /peː/，英語 [pi]

P /p/

TOPICS
93

圓周率為什麼用希臘文 π 表示?

3.141592653589……

古代希臘人把字母 Ππ 稱為 /pi/，英語則是稱為 [paɪ]。在數學中，圓周率也稱為 π [paɪ]，但英語名稱 ratio of a circle's circumference 完全沒有 p 的音。事實上，圓周的希臘語說法是 περιφέρεια（periphéreia）或 περίμετρος（perímetros），所以或許因此而用了開頭的字母 π 來表示圓周率。

※ 關於字首 peri-，請參照 p.55。

3 月 14 日在日本是白色情人節，在美國則發明了 Pi Day（圓周率日），在這天會吃派來慶祝。

襯線體

軸線傾斜的是舊風格（old style），垂直的是現代體（modern）。

大寫字母線

x 線

強調部（Stress）

字碗（Bowl）

軸線（Axis）

強調部（Stress）

基線

舊風格

現代風格

字型是 Century

上端線

x 線

b 和 p 的字碗雖然類似，但下面的「關節」（Joint，和主幹連接的部分）不一樣。最右邊是小寫 q 左右翻轉的樣子。它們字碗的角度和添加襯線的方式都不同。

基線

下端線

b 的小寫

關節（Joint）

p 的小寫

q 左右翻轉

無襯線體

大寫字母線

x 線

縱線比較粗

P 的字碗不是純粹的橢圓形，而是右上、右下往外拉的設計。

b 和 p 的字碗在設計上有許多相同的要素。

基線

上端線

x 線

b 和 p 的字碗很類似，和左右翻轉的 q 也很像。

基線

下端線

b 的小寫

p 的小寫

q 左右翻轉

「耳垂」（Lobe）或者圈（Loop）

對於 P 和 R 全封閉或半封閉、呈半圓形突出的筆畫，除了稱為字碗以外，也稱為 lobe 或 loop。lobe 是英語「耳垂」的意思。

Lobe

字型是 Helvetica

字型是 Goudy old

書寫體

在一些字型裡看起來像 L

字型是 Pen Tweaks

第17個英文字母 Q

有點可愛！鬚狀部分源自猴子的尾巴？

腓尼基文字

qoph「猴子」

/q/

這個字母的名稱 qoph 在腓尼基語是「猴子」的意思，它的發音不是 /k/，而是**小舌塞音** /q/。

希臘文

koppa

/k/

幾乎是照著腓尼基文字的樣子為希臘文所採用。希臘西方採用了這個字母，但希臘本土後來不再使用這個字母。

拉丁文

拉丁語稱為 qu /ku:/，英語 [kju]

/kw/

羅馬人把尾巴往旁邊彎曲，拉得長長的。

Q 由來的其他說法

根據另一種說法，字母名 qoph 表示**針孔**。其他還有認為是繩結或耳朵的說法。

TOPICS 94

問號？和 Q 的關係

據說問號？是從拉丁語表示**問題**的 questio 中的 q 和最後的 o 變化產生的。

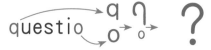

questio

左右翻轉的？

在由右往左書寫的阿拉伯文中，使用左右翻轉的問號。另外，西方也有在表示諷刺或挖苦的句子後面用它當成「諷刺符號」的用法。

完全倒轉的？

西班牙文的疑問句開頭會加上倒問號。

例：¿Qué hora es?（現在幾點？）

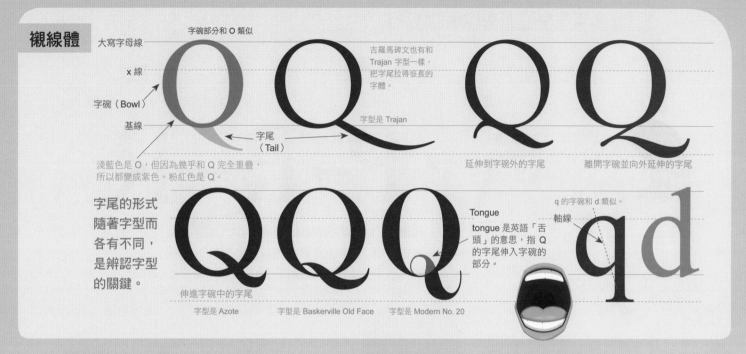

襯線體

字碗部分和 O 類似

大寫字母線

x 線

字碗（Bowl）

基線

字尾（Tail）

古羅馬碑文也有和 Trajan 字型一樣，把字尾拉得很長的字體。

字型是 Trajan

延伸到字碗外的字尾

離開字碗並向外延伸的字尾

淺藍色是 O，但因為幾乎和 Q 完全重疊，所以都變成紫色。粉紅色是 Q。

字尾的形式隨著字型而各有不同，是辨認字型的關鍵。

Tongue

tongue 是英語「舌頭」的意思，指 Q 的字尾伸入字碗的部分。

q 的字碗和 d 類似

軸線

伸進字碗中的字尾

字型是 Azote

字型是 Baskerville Old Face

字型是 Modern No. 20

無襯線體

在無襯線體中，各種字型的字尾也有很大的差異，而成為分辨字型的關鍵。

字型是 Arial

字型是 Rusticana

字型是 Verdana

字型是 Futura

字型是 Copperplate

字型是 Avenir

書寫體

有些字型的 Q 看起來像是 2，但兩者在高度等方面不同。

大寫的 Q　　小寫的 Q　　數字 2

字型全都是 Snell Roundhand

第18個英文字母 R

解析有些令人混淆的「P」和「R」

腓尼基文字	希臘文	拉丁文
resh「頭」	rho	拉丁語稱為 er /er/，英語 [ɑr]

左右翻轉

原始西奈文字

這個字母的名稱 resh 在腓尼基語是「頭」的意思。

希臘文 Π 的寫法曾經和 P 很類似，因為容易混淆，所以有了在 P 上加一畫的寫法。

TOPICS 95

俄文的 P 為什麼稱為 /ɛr/？

→ P 本來在希臘文表示 /r/ 音，所以源自希臘文的西里爾字母 P /ɛr/ 也表示 /r/ 音。因此，P 在俄國、東歐通常都表示 /r/ 音。

前蘇聯火箭上的 CCCP，讀法是 /ɛsɛsɛsɛr/（蘇維埃社會主義共和國聯盟的俄文縮寫）。

拉丁文		俄文、西里爾字母	
P /p/	R /r/	Π /p/	P /r/

拉丁語	德語	希臘語	俄語
義大利語	荷蘭語	馬其頓語	烏克蘭語
法語	瑞典語	保加利亞語	白俄羅斯語
西班牙語	英語	塞爾維亞語	吉爾吉斯語

襯線體

球狀尾部隨著字型而各有不同。

r 的球狀尾部也稱為字耳（Ear）。

小寫 r 是大寫 R 省略右下部分而來的。

字谷　字碗

主幹 →　字腿

襯線

字腳　　腿部有各種形狀。

球狀尾部

淚滴型

書法型　　球狀尾部

無襯線體

粉紅色是 R。淺藍色是大寫 B。

從圖中可以看出，R 上面的字谷比較大。

粉紅色是 r。淺藍色是 n。

書寫體小寫的由來

將大寫 R 的主幹省略，就成為 r rotunda。這個符號曾經用在 o、b、p、h 的後面（例：oꝛ，字型是 Geneva）。

從半 r（r rotunda）產生了書寫體（cursive）的 r。

r rotunda

---

italic 和 oblique 的差異

將字體以機械方式轉為傾斜，稱為「oblique 斜體」。雖然一想到斜體就會認為是「italic 體」，但實際上不完全是如此。italic 體是將字體以單純傾斜方式處理後，修正扭曲的部分並且將整體調整均衡的字型。另外，italic 體的某些字母會和單純打斜的字體不同。

扭曲了

形狀變成好像要往前倒的樣子，筆畫粗細也顯得不均衡。

襯線字型的 oblique 體和 italic 體有許多字母形態不同。

oblique 斜體

將字體單純打斜

italic 斜體

oblique　italic

第19個英文字母 S

字母的根源有牙齒、太陽、弓等說法

腓尼基文字

shin「牙齒」

/s/ 或者 /ʃ/

這個字母的名稱 shin 在腓尼基語是「牙齒」的意思。

希臘文

希臘本土的 sigma

旋轉 90 度

希臘西方的 sigma

/s/

拉丁文

羅馬人採用了希臘文傳到西方、少了一畫的形式 Σ，並且將筆畫改為圓弧狀而變成 S。

拉丁語稱為 es /es/，英語 [ɛs]

S /s/

這個牙齒太尖了吧？

這個字母如果說是牙齒的話，是太尖了一點。在原始西奈文字中，這個字母是 的形狀，但看起來也不太像牙齒。

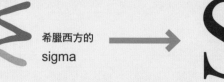

有一說是這個字母源自古埃及表示太陽神與聖蛇標誌（Uraeus）的象形文字。原始閃語的「太陽」確實也被推測是 shamsh，開頭是 sh 音。另一種說法則是源自弓的形狀。

順道一提，希伯來語的 shen 這個詞也用來表示尖銳的岩石。shin 的字母也有可能是表現岩石的山峰。

襯線體

圓弧（Arc）

「倒鉤」（Barb）

大寫字母線

「脊椎」（Spine）

基線

C、G、S 圓弧狀筆畫末端尖尖的部分稱為 barb，是英語「倒鉤」的意思。有倒鉤的襯線稱為 barbed serif。

barb 也可以指鯉魚或鯰魚的觸鬚。

魚的觸鬚（Barb）

字刺（Spur）

也有幾乎沒有字刺的字型。

這個字型的 S 最粗的部分

倒鉤的切口角度等等，隨著字型而各有不同。

以前的英文中，把 f 的橫線去掉的 ſ 是什麼？

希臘文 sigma 的小寫有兩種，一種是字首和字中，另一種是字尾用的。

古典希臘文 ΣΕΙΣΜΟΣ（seismós）「地震」

$$\sigma\epsilon\iota\sigma\mu\acute{o}\varsigma$$

像是拉丁文的 s，但下面延伸超過基線。

字首、字中的 sigma

字尾的 sigma

無襯線體

筆畫變粗的部分，差別不像襯線體那麼大。

下面的字谷比上面的大。

在 19 世紀前，S 的小寫有長 s（字首和字中的 s）以及和現在的 s 相同的短 s（字尾的 s）。到了 19 世紀，長 s 就漸漸不再為人所使用了。

ſ ſ ſ ſ ſ ſ

← 這個形式成為積分符號。

長 s 的各種形式

舉例來說，sadness 在中世紀的小寫可能會變成右邊這樣。

※ 實際上，sadness 在中古英語的拼法是 sadnesse。

ſadneſs

長 s（字首、字中的 s）

短 s（字尾的 s）

順道一提，德文的 ß（eszett）是 ſ 和 s 形成合字而產生的。

第20個英文字母 T

由來是古代表示「標記，署名」的符號「✗」！

腓尼基文字

taw「標記」

/t/

這個字母的名稱 taw 在腓尼基語是「**標記，署名**」的意思。在古代，✗是當成標記的符號使用。

希臘文

tau

/t/

為了避免和另一個希臘字母 X（chi，古代稱為 /kʰi/）混淆，所以省略了上面突出的部分。另外，重視美感的希臘人也把形狀改為左右對稱。

拉丁文

拉丁語稱為 te /teː/，英語 [ti]

/t/

羅馬人照樣使用了希臘字母。

小寫 t 的合字

雖然大部分的合字是 f 和其他字母的組合，但 t 和其他字母的組合也常常可以看到。

ct→ct　ct 的合字。

ſt 和 ﬅ 都是 st 的合字。看起來像是 f 的 ſ，是 19 世紀前小寫 s 的異體字，稱為長 s（字首、字中的 s）。

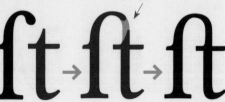

ſ 的升部和 t 的主幹連在一起。

襯線體

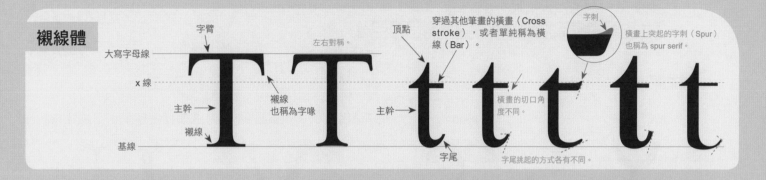

字臂

左右對稱。

頂點

穿過其他筆畫的橫畫（Cross stroke），或者單純稱為橫線（Bar）。

字刺

橫畫上突起的字刺（Spur）也稱為 spur serif。

大寫字母線

x 線

主幹

主幹

襯線也稱為字喙

基線

襯線

字尾

橫畫的切口角度不同。

字尾挑起的方式各有不同。

無襯線體

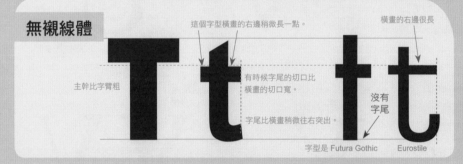

這個字型橫畫的右邊稍微長一點。

橫畫的右邊很長

主幹比字臂粗

有時候字尾的切口比橫畫的切口寬。

沒有字尾

字尾比橫畫稍微往右突出。

字型是 Futura Gothic   Eurostile

書寫體

許多字型的大寫 T 和 I 很類似。

大寫 T

大寫 I

沒有左邊的橫畫

字型是 Journal script

由於錯覺而做的視覺調整

人的眼睛會產生錯覺。例如右圖的直線看起來比較長，橫線看起來比較粗。然而，它們的長度和粗細其實是一樣的。所以字體會考慮人眼的錯覺進行設計。

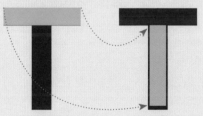

字母 T。右圖把橫線的部分（淺藍色）放在直線上做對比，會發現粗細有些不同。

第21個英文字母 U

「F、V、Y、U、W」彼此是兄弟姊妹？

| 腓尼基文字 | 希臘文 | | 拉丁文 |

腓尼基文字

waw「鉤子」

半母音 /w/

腓尼基文字的 waw 衍生了許多子孫。waw 原本是表示子音 /w/（更準確地說則是半母音）的字母，從這個字母產生出希臘文的 ϒ 和 F。在希臘語中，F 一開始表示 /w/ 音，但後來不再使用這個字母。希臘人除了用 ϒ（upsilon）表示 /w/ 音以外，也用它來表示母音 /y/（介於 /i/ 和 /u/ 之間的音）。（Υ 和 ϒ 是異體字）

希臘文

upsilon

ϒ

母音 /y/

digamma
後來的 ef

F

半母音 /w/
在拉丁語是 /f/

Y

後來變成半母音 /j/
母音 /i/

在拉丁文中，用從 ϒ 衍生的 V（U）表示母音 /u/ 和半母音 /w/。F 則用來表示並非原本代表的發音 /f/（Φ 沒有被拉丁文採用）。

拉丁語稱為 u /uː/，英語 [vi]

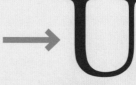

/u/ 或者 /w/
在後期（教會式）
拉丁語為 /v/ 音

英語 [waɪ]

拉丁文

拉丁語稱為 u /uː/，英語 [ju]

U

U 作為 V 的異體字而登場。

英語 [ˋdʌblju]

[w]

襯線體

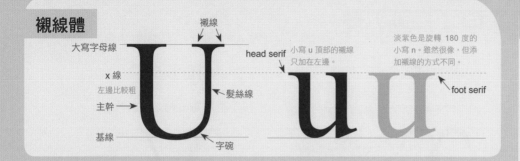

大寫字母線

襯線

head serif

小寫 u 頂部的襯線
只加在左邊。

淡紫色是旋轉 180 度的
小寫 n。雖然很像，但添
加襯線的方式不同。

x 線

左邊比較粗

髮絲線

foot serif

主幹

基線

字碗

無襯線體

大寫字母線

左右對稱

x 線

左右粗細相同。

基線

淡紫色是旋轉 180 度的小寫 n。有些字體
的 u 和旋轉過後的 n 可以完全重疊。

書寫體

延伸花飾線

主幹

書寫體的小寫 u 沒有延
伸花飾線。

Uu 的下端是什麼時候開始變圓的？

在 4 世紀的安色爾字體，有了像是現今小寫 u 的寫法，6 世紀的草寫體（Cursive）也延續了圓弧狀 U 的寫法。不過，U 和 V 在這之後仍然是互相混用的。

英文字母基本上都是從大寫衍生出小寫，但 U 卻是先有小寫，後來才有大寫。16 世紀活字印刷術開始盛行時，產生了小寫字母 u 表示 /u/、v 表示 /v/ 的改革。經過了一百多年，18 世紀初期終於有了大寫 U 表示 /u/、大寫 V 表示 /v/ 的分別。但即使在當時，U 和 V 仍然被視為同一個字母的異體字，要到 19 世紀以後才開始被當成不同的字母。

第22個英文字母 V

「V」是去掉「Y」的下半部產生的形狀？

腓尼基文字

waw「鉤子」

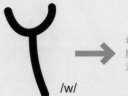

/w/

希臘語的名稱是 upsilon，最初是在 /y/ 音（類似漢語的「ㄩ」）後面加上表示「單純的」的 psilon。因為代表的語音和雙母音 oi 相同，為了區分兩者才如此命名。

希臘文

upsilon

母音 /y/

希臘語的 upsilon 和腓尼基語的名稱 waw 沒有關聯。

重視美感的希臘人把腓尼基文字改為左右對稱。

拉丁文

拉丁語稱為 u /uː/，英語 [vi]

V

/w/ 或 /u/
後來變成 /v/

羅馬人廣泛使用將 Y 下面的部分省略而產生的 V。

作為數字的 V

在羅馬數字中，5 是 V、10 是 X、50 是 L、100 是 C、500 是 D、1000 是 M。關於 5 為什麼用 V 代表，有許多說法，其中一說認為 V 的形狀類似張開五根手指的手。

「Ara Pacis（奧古斯都和平祭壇）」

西元前 13 年建造，位於羅馬的大理石祭壇。當時所刻的拉丁字母和現代的字母幾乎沒有不同，已經相當完美了。

第一行裡的 QUIRINI（Quirinius 的屬格），寫成 QVIRINI。另外，VIAM（via「路」的賓格）第一個字母也是 V。現代拉丁文寫成 u 的單字，在古羅馬不管在字首、字中都寫成 V。

襯線體

大寫字母線

襯線

字胯

x 線

斜畫（Diagonal）或者 diagonal stem

髮絲線
右邊的斜線是細的。

基線

Overshoot
突出基線的部分。

頂角

粉紅色是 V

淺藍色是 A 旋轉 180 度

如左圖所示，將兩者重疊之後，並非完全相同的字型有很多。

考慮到視覺上的平衡，即使是同一字型的大寫和小寫，小寫的斜畫也往往稍細一點。

字型是 Garamond

有些字型的頂角及字胯部分是收成圓角。

無襯線體

大寫字母線

x 線

基線

因為視錯覺的關係，交點部分看起來較黑、較粗，所以實際上是調整成 ① 比 ② 粗。

① ②

油墨擴張彌補
（ink trap）

左右對稱

書寫體

大寫字母線

延伸花飾線

x 線

基線

TOPICS
97

為什麼 BVLGARI 寫成 V？

BVLGARI 是希臘裔的銀匠索帝里歐‧寶格麗（Sotirio Bulgari）在羅馬創立的高級珠寶品牌。創始人的名字明明是 Bulgari，為什麼會寫成 BVLGARI 呢？

這並不是因為創立時還沒有 U 和 V 的分別。寶格麗創立於 1884 年，當時的寫法其實是 BULGARI，但後來為了塑造具有傳統與歷史的品牌形象，才刻意把「U」改成「V」。

第23個英文字母 W

歷史上和日耳曼語有密切關聯的字母！

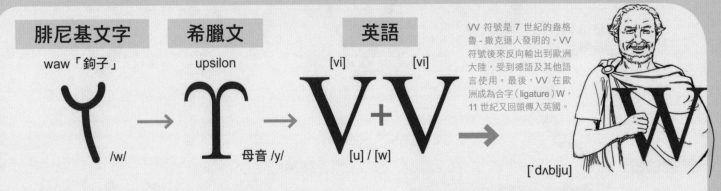

腓尼基文字	希臘文	英語
waw「鉤子」	upsilon	[vi]　　[vi]

Y → Ƴ → V＋V →

/w/　　　母音 /y/　　[u] / [w]

VV 符號是 7 世紀的盎格魯 - 撒克遜人發明的。VV 符號後來反向輸出到歐洲大陸，受到德語及其他語言使用。最後，VV 在歐洲成為合字（ligature）W，11 世紀又回頭傳入英國。

[ˋdʌblju]

歐洲許多語言都有 /w/ 音逐漸消失的趨勢。希臘語也是一樣，初期用 waw 衍生的 F 來表示 /w/ 音，但最後 /w/ 音消失了。

英語的 /w/ 沒有消失而留了下來，是少見的例子。拉丁字母引進不列顛島時，因為沒有表示 /w/ 的字母，所以發明了把兩個 V 並排成 VV 的符號。

兩個 U 還是兩個 V？

英語把 W 稱為 double U「兩個 U」，但在其他語言則稱為「兩個 V」，如法語 double v、西班牙語 uve doble、義大利語 v doppia、葡萄牙語 duplo vê。雖然形狀的確是兩個 V，但英語的名稱其實是 V、U 不分的時代留下的痕跡。如果 W 是兩個 U 組成的話，或許會變成右圖的形狀。

從 double U 的名稱發想而設計出來的字母

襯線體

襯線
字胯
W 的山谷形狀比 V 窄。
有些字型中的 W 像是兩個 V 交疊的樣子（字型是 Bodoni）

大寫字母線
x 線
斜畫（Diagonal）或者 diagonal stem
髮絲線
基線
頂角

粉紅色是 W。淺藍色是 V。

無襯線體

W 的山谷形狀比 V 窄，線也比較細。
有些字型或字重（字的粗細）的頂點是突出的。
頂點

大寫字母線
x 線

小寫和 v 重疊，也可以看出寬度不同。

基線

粉紅色是 W。淺藍色是 V。

TOPICS
98

日本的「W cheese burger」和「W bed」

「W cheese burger」、「W bed」、「W 連休」是日本特有的寫法。因為在日語的口語中，W 的發音和「double」一樣是ダブル（daburu），所以才有這種寫法。英語的正確寫法是 double cheese burger 和 double bed，不會把 W 當成 double 的簡略寫法。另外，二連休則可以說是 two consecutive holidays 或 two-day holiday。

第24個英文字母 X
追溯「字母中最大的謎」

腓尼基文字	希臘文	拉丁文

腓尼基文字

?

這個字母是源自於哪個腓尼基字母並不清楚，確實是「謎之 X」。

希臘文

X

不同地區表示不同的發音。

古希臘本土
/kʰi/
k 的送氣音 /kʰ/

→ 現代希臘語 /x/ ~ /ç/

古希臘西方
/ksi/
雙子音 /ks/

拉丁文

英語 [ɛks]

X

羅馬人依照希臘西方的發音來使用這個字母。

TOPICS
99

X 為什麼表示「未知」和「謎」?

在數學運算式中，經常用字母 x 表示未知數。一開始是法國哲學暨數學家**笛卡兒**採用了這種表示方式，其後獲得廣泛使用。

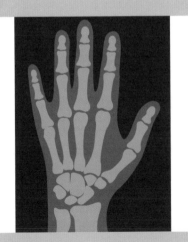

除了數學以外，各種領域的未知事物也開始被稱為 X。**德國物理學家倫琴**將未知的電磁波命名為 X 射線。其他像是未知的行星稱為 X 行星、身分不明的人物稱為 Mister X。關於外星人和 UFO 的機密資訊俗稱 X-file。

襯線體

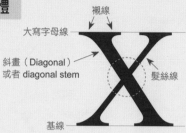

襯線

大寫字母線

斜畫（Diagonal）或者 diagonal stem

髮絲線

基線

如果 X 交叉的部分是直線的話，因為視錯覺的關係，看起來會像是歪掉一樣，所以刻意將筆畫偏移，作為視覺上的補償。

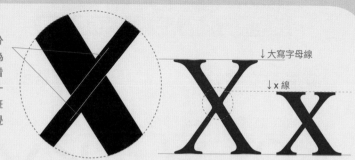

↓大寫字母線

↓x 線

無襯線體

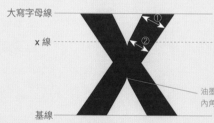

大寫字母線

x 線

① ②

基線

因為視錯覺的關係，交點部分看起來較黑、較粗，所以大部分的字型是 ① 比 ② 粗。

油墨擴張彌補（ink trap，內角凹陷處）

x 高度（x-height）是指從基線到小寫字母高點的高度。如同名稱所顯示的，這個高度是以 x 為基準。

x 線

基線

油墨擴張彌補（ink trap）

油墨擴張彌補是指考慮到印刷時油墨過多滲出的狀況，而刻意將文字內角部分多空出一個凹陷狀。不過，現代的印刷技術精確度已經提升，這樣的設計實際上只是作為一種設計風格而延續下來。

沒有 ink trap 的切角。

在沒有 ink trap 的情況下印刷，角落的油墨會滲出而變成圓角。

空出 ink trap，彌補油墨滲出的情況。

第25個英文字母 Y

英語很常用的字母「Y」的真面目

腓尼基文字

原始西奈文字　　waw「鉤子」

/w/

希臘文

upsilon

現代希臘文 Ϋ /i/

母音 /y/

古代希臘文的 upsilon 有各種形狀。

拉丁文

英語 [waɪ]

Y /j/ / /i/

這個字母的名稱 waw 被認為是腓尼基語「鉤子」的意思。綁繩子的部分在原始西奈文字中以○呈現，在腓尼基文字則是半圓弧。在希臘文中，兩支「角」有各種變化形式。

拉丁文採用了兩支角呈直線的形式。

Y 的三個起源

現代英語單字中的 y，大致可分為三種起源。

❶ 字首的 y- 原本是 g

古英語 gear /jæːr/
↓
中古英語 ʒere /jeːr/
↓
現代美語 year [jɪr]

其他還有 yet, yield, yard, young 等。

源自日耳曼語的古英語，字首的 g-（尤其是 ge-）表示 /j/ 音，稱為軟 g（soft g），在字典和文法書中寫成 ġ 來區分。這個 g 在中古英語時期寫成從 g 衍生的 ʒ（yogh）。最後，因為寫法變得很像 ʒ，就不再使用 ʒ 了。

❷ 字中的 -y- 原本是 υ

希臘文的 upsilon

希臘語 μῦθος /myːθos/
↓
現代美語 myth [mɪθ]

字中有 -y- 的單字，有許多是源自希臘語。例如：bicycle, pyramid, rhythm, symbol 等等。不過，在字中但發音標示為 [j] 的則不是源自希臘語（例如：lawyer）。

❸ 字尾的 -y 原本是 i, g

古英語 trien /trien/
↓ 省略 -en，i 變成 y。
現代美語 try [traɪ]

ski, taxi, safari, bikini 之類的外來語則是例外。另外，也有很多不是源自 i，而是源自 g 的例子，例如古英語的 weġ 變成 way、dæġ 變成 day 等等。

襯線體

左邊的斜畫是粗的，右邊的髮絲線是細的。

在 Palatino 字型中，右邊沒有襯線，左邊的襯線只有一邊。

大寫字母線

x 線

襯線

斜畫

主幹

髮絲線

襯線

基線

v 和 y 在 x 字高的部分寬度相似，但角度有些微差異。

x 線

斜畫

髮絲線

基線

字尾

下端線

球狀尾部

字型是 Palatino

粉紅色是 y。淺藍色是 v。

球狀尾部的形狀依字型而異。

無襯線體

無襯線體的大寫 Y，大多是左右對稱的。

斜畫

斜畫

主幹

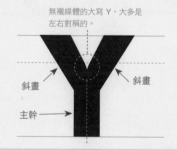

粉紅色是 y。淺藍色是 v。因為幾乎完全重疊，所以淺藍色的 v 變成紫色。

斜畫

字尾

沒有球狀收尾

因為 v 的下面收窄，所以和 y 的角度不同。

字尾的形狀依字型而異。

「希臘的 i」

德語的「年」是 Jahr，「日子」是 Tag，「路」是 Weg，雖然和英語的 year, day, way 字源相同，但沒有使用字母 y。在歐洲語言中，英語是 y 用得比較多的語言。

拉丁語有 Y 的單字一定是從希臘語借用的，所以在非英語的西方語言中，有 Y 的單字往往源自希臘語。

英語 myth /mɪθ/
德語 Mythos /my:tos/
法語 mythe /mit/

因此，Y 在其他語言稱為

法語 i grec
義大利語 i greca
西班牙語 i griega[※]

有不少語言像這樣把 y 稱為「希臘的 i」。

※ 在西班牙語也稱為「ye」。為了和其他字母的名稱統一，所以近年西班牙語開始推行 ye 這個名稱。

第26個英文字母 Z

從第 7 個字母被流放到最後了？

腓尼基文字	希臘文	拉丁文

zayin「武器」？　　　　　　zeta　　　英語 [zɛd]、[zi]

腓尼基文字及初期希臘文是類似 I 的形狀，為了方便書寫，而改成一筆畫的 Z。

據說腓尼基語的 zayin 是**「武器」、「劍」**的意思，但這個字母的形狀原本表示什麼並沒有定論。也有一說是從希臘字母的名稱推測為**「橄欖」**（「橄欖」在亞蘭語是 zetha）。

為什麼 Z 是最後一個字母？

第 7 個希臘字母 Z（zeta）在拉丁語中本來是不使用的。因為西元前 4~5 世紀時，拉丁語的 /z/ 音變成了 /r/ 音，所以就沒有使用字母 Z 的必要了。

希臘字母　　　拉丁字母

zeta　　　　　G

Z

第 7 個　　　第 7 個

omega

Ω　　　　　　Z

最後　　　　　最後

拉丁字母曾經有好幾百年沒有 Z，但到了西元前 1 世紀左右，為了正確表示來自希臘語的借詞，而**再度採用了 zeta**。不過，因為第 7 個字母的位置已經被新發明的拉丁字母 G 佔據，所以 Z 和同樣只用來表示希臘語借詞的 Y 就一起被移到字母順序的最後。

大寫字母線
字喙
字臂
x線
斜畫
字臂
基線

下面的字臂比上面長。

其他字母都是由左上至右下的筆畫加粗，只有 Z 是由右上至左下的筆畫加粗。

A K N V X Z

隨著字型不同，有的尖角被切掉，有的被修圓，也有呈現尖銳狀的。

Z Z Z

無襯線體

大寫字母線
x線
基線

角落的形狀隨著字型而各有不同。

字型是 Arial　　　字型是 Futura

有橫畫的 Z

Z z

為了避免和數字 2 混淆，有時候會加上短的橫畫（stroke）。在歐洲，手寫文字時經常加上這一畫。

Z 叫做 [zɛd] 還是 [zi]？

希臘字母的名稱 zeta 在拉丁語也繼續沿用，到了古法語則變成了 zeda /ˈzeːdə/。後來傳到英語時，就變成 zed [zɛd]。雖然在英國稱為 zed，但在美國則是依照 B、C 等字母的名稱類推，叫做 zee [zi]。

z 開頭的英語單字有許多是來自希臘語或中東語言的借詞。

Z 的日語名稱ゼット（zetto）是來自荷蘭語 zet /zɛt/，而不是德語，因為德語名稱 Zett 的發音是 /tsɛt/。

zoo「動物園」是源自希臘語的 zoion「動物」。

小寫英文史

為了追求易寫、易讀性而誕生的小寫字母

古代的字母只有大寫

從腓尼基文字衍生的希臘文，以及接著產生的拉丁文，一開始只有大寫的字母。到了西元 9 世紀，法蘭克王國的查理大帝（查理曼）時期開始通行「卡洛林小寫體」，從這裡發展出了拉丁字母的小寫。希臘文也是大約在相同的時期創造了小寫。同樣源自腓尼基文字的希伯來文和阿拉伯文，則沒有小寫字母。

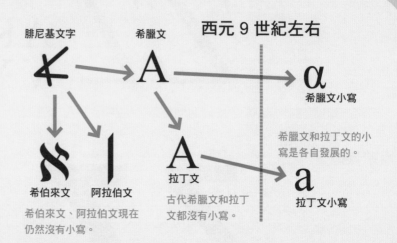

腓尼基文字　希臘文　西元 9 世紀左右

希臘文小寫

希臘文和拉丁文的小寫是各自發展的。

希伯來文　阿拉伯文　拉丁文

希伯來文、阿拉伯文現在仍然沒有小寫。

古代希臘文和拉丁文都沒有小寫。

拉丁文小寫

比較希臘文和拉丁文，會發現小寫有許多不同

拉丁文的大寫是參照希臘文而創造的，但拉丁文的小寫則沒有參考希臘文，由拉丁文大寫獨立發展而成。所以，即使大寫字母形狀相同，小寫字母還是長得不一樣。

alpha　beta　epsilon　zeta　eta

希臘文　Aα Bβ Eε Zζ Hη

相同 ‖　不同 ‖　‖　‖　‖

拉丁文　Aa Bb Ee Zz Hh

2000 年前已經臻於完美的羅馬體

提圖斯凱旋
門的碑文

羅馬大寫體
Roman Capital

古羅馬時代刻在石碑上的字體。這種文字形式被認為是後代各種羅馬體的起源。當時還沒有小寫字母，也還沒有 J、U、W 等字母。名稱中的「Capital」是「大寫」的意思。因為是刻在石頭上，所以字體中使用許多直線。

圖拉真柱

以古羅馬碑文為本而製作的現代字型範例

Trajan

ABCDEFGHIJKLMN
OPQRSTUVWXYZ

圖拉真柱是為了紀念圖拉真皇帝征服達西亞勝利，在西元 113 年建造的圓柱狀紀念碑。紀念柱高達 30 公尺，內部有螺旋狀的樓梯可以登上頂部。在紀念柱的基座部分，刻有美麗的羅馬大寫體碑文，自古至今有許多藝術家將它作為文字的參考範本。1989年，Adobe 公司的設計師 Carol Twombly 以圖拉真柱的文字為範本，製作了稱為 Trajan 的字型（她也製作過 Lithos 和 Myriad 等字型）。Trajan 只有大寫字母的寫法，反映了古羅馬字體只有大寫的情況。不過，字型中還是追加了 J、U、W。

田園風的簡樸文字

俗大寫體 Rustic

1~5 世紀常用來書寫於莎草紙或石板上的字體，在 11 世紀以前也用於法律文書等等。

rustic 的意思是「鄉村的，質樸的」。和羅馬體比起來，顯得不那麼莊重。只有大寫字母。當時經常用這種字體來製作維吉爾詩作的手抄本。

從俗大寫體汲取靈感的現代字型範例

Rusticana

ABCDEFGHIJKLMN
OPQRSTUVWXYZ

為了方便手寫而變圓的字體！

擷取自西乃抄本

安色爾體
Uncial Script

為了更快速地抄寫基督信仰相關的手抄本，而在 4~8 世紀左右廣為流傳的字體。特徵是形狀簡單、有圓潤感，而且字母 M、N、U 比較寬。

安色爾體逐漸出現了羅馬體沒有的升部和降部，可以說是小寫字母登場前的先驅。拉丁語 uncialis 是「一吋」的意思，但實際上的字源則有多種說法。以安色爾體書寫的西乃抄本、梵諦岡抄本、亞歷山大抄本是非常重要的聖經抄本。

從安色爾體發想而製作的現代字型範例

Omnia

abcdefghijklmn
opqrstuvwxyz

西乃抄本是 4 世紀左右的聖經抄本，以希臘語書寫。1844 年在西乃山下的聖凱薩琳修道院被發現。

很接近小寫字母了？

取自 Codex Basilicanus（4 世紀）

半安色爾體
Half-Uncial Script

以安色爾體為本，在 3 世紀左右出現的字體。升部及降部比安色爾體更長，很接近現代的小寫字母。和安色爾體比起來，是更容易連續書寫的文字。

有半安色爾體印象的現代字型範例

Roman Uncial Modern

abcdefghijklmn
opqrstuvwxyz

這個字型的小寫是模仿半安色爾體，大寫模仿安色爾體。

在查理大帝的時代誕生的小寫字體！

卡洛林小寫體
Carolingian minuscule

以卡洛林小寫體為基礎的現代字型範例

Carolina

abcdefghijklmn opqrstuvwxyz

查理大帝從英國聘請到卡洛林宮廷的神學家阿爾琴，研究如何創造優雅又易讀、易寫的字體，並發明了卡洛林小寫體。而具有政治力量與執行力的查理大帝在各地建造學校與修道院，為文字的普及做出了貢獻。

也稱為卡洛林王朝小寫體。法蘭克王國的查理大帝（法語稱為 Charlemagne「查理曼」），為了統一各地不同的字體，而規定了這種字體的規範。順道一提，「卡洛林」王朝的意思是「查理的」，是以查理大帝的祖父查理·馬特命名的。

查理大帝是第一代的神聖羅馬皇帝，也是法蘭克王國極盛時期的國王，統治整個西歐地區。對於文化衰退的中世紀日耳曼社會，他推行教育，並且復興古典文化（卡洛林文藝復興）。右邊的照片是德國亞琛主教座堂珍寶館收藏的查理大帝胸像。皮膚為銀製，頭髮以黃金製造，並以寶石裝飾，據說內部還有本人的頭蓋骨。

從卡洛林小寫體開始，單字之間留下空白成為一般的習慣

在卡洛林小寫體登場之前的文書，單字和單字之間沒有空白，不容易看出從哪裡到哪裡是一個單字。而在卡洛林小寫體中，單字之間會留下空白，標點符號的使用也開始普遍。

各國字體不同的情況獲得解決，書面溝通的問題也獲得改善。而且，因為單字和句子的界線變得容易分辨，也使得誤解文章的情況減少。最終，卡洛林小寫體發展成歐洲各種字體的小寫寫法。

後記
字源的學習資源推薦

　　本書將重點放在字首、結合形式、字尾，而且全書都試著以「這個單字源自希臘語還是拉丁語」的觀點進行解說。大多數的讀者或許不太會意識到字源是希臘語還是拉丁語這個問題。但如果這是一本關於日語詞源的書，卻沒有特別區分詞彙是源自漢語還是日語的固有語，又或者是取自西方語言的外來語，而是全部混在一起介紹的話，應該會讓人覺得不值得閱讀吧。

　　就像日本人在學生時期會學習古文和漢文一樣，西歐人也有很多學習希臘語、拉丁語基礎的機會，所以能自然培養對於希臘語和拉丁語的素養。但在日本的學校教育中，卻沒有機會學習希臘語、拉丁語的基礎知識。雖然這只是我個人的期望，但我覺得，就算只教最初階的內容也好，如果能為所有國高中生提供學習希臘語、拉丁語基礎的課程，應該會對日後的英語學習有幫助。這樣一來，因為只懂得死記硬背而學不好英語的人應該會減少，而且除了英語以外，也能增進學生對於語言學的整體了解程度。

　　閱讀本書之後，如果對英語字源感興趣，接下來該閱讀什麼資料呢？首先，可以閱讀古典希臘語、拉丁語的基礎學習書，或者後面主要參考文獻中列出的英語史相關書籍，都會很有幫助。至於個別單字的字源，以英文撰寫的字源相關書籍應該也會很有意思。而在近年，關於字源的英文網站（www.etymonline.com 或 www.wiktionary.org）也很值得參考。此外，如果各位願意參考拙著，我將會非常開心。關於英語字源的小知識，可參考《know 的「k」為什麼不發音？》（日本 KADOKAWA 出版，台灣未出版）；算數及數學方面的詞語，可參考《＋－×÷的起源》（日本 KADOKAWA 出版，台灣未出版）；世界歷史中的人名、地名、事件，可參考《歷史單字大全 西洋史篇》（日本すばる舍出版，台灣未出版）；解剖學用語的字源則可參考《圖解：骨骼單字大全》、《圖解：肌肉單字大全》、《圖解：大腦單字大全》、《圖解：內臟單字大全》（以上皆為日本丸善雄松堂出版，台灣已由楓書坊出版）。

　　最後，我要由衷感謝 KADOKAWA 出版社負責本書編輯工作的色川賢也先生、針對修正及內容提供建議的小林達也先生、協助修正及校對工作的白石よしえ女士、鎌田孝先生及田中李奈女士、擔任本書設計工作的吉岡秀典先生、製作書中描線插畫的飯村俊一先生、協助製作字型相關說明的大塚航先生，以及以各種形式參與本書製作的人們。

原島宏至

References　主要参考文献

- 橋本功著『英語史入門』慶應義塾大学出版会（2005）
- 中尾俊夫著『英語発達史』篠崎書林（1979）
- 岸田隆之、奥村直史、早坂信著『歴史から読み解く英語の謎』教育出版（2002）
- 田中美輝夫著『英語アルファベット発達史―文字と音価』開文社出版（1970）
- 大名力著『英語の文字・綴り・発音のしくみ』研究社（2014）
- 古川尚雄著、広島文教女子大学英文学会編『英独比較語学』渓水社（1982）
- 浜崎長寿著『ゲルマン語の話』大学書林（1976）
- オウエン・バーフィールド著『英語のなかの歴史』中央公論社（1978）
- 梅田修著『英語の語源事典―英語の語彙の歴史と文化』大修館書店（1990）
- 中島節著『メモリー英語語源辞典』大修館書店（1998）
- 小島義郎、増田秀夫、高野嘉明、岸暁編『英語語義語源辞典』三省堂（2004）
- 大槻真一郎著『科学用語語源辞典〈ラテン語篇〉―独―日―英』同学社（1989）
- 水谷智洋編『羅和辞典〈改訂版〉』研究社（2009）
- 宮野成二著『系統的にみた医学・生物学領域の英語術語辞典』広川書店（1972）
- 山中元監修『英単語の語源を知り語彙を増やすためのラテン語-日本語-派生英語辞典』国際語学社（2006）
- 谷川政美著『フェニキア文字の碑文―アルファベットの起源』国際語学社（2001）
- 大槻博著、大槻きょう子著『英語の語彙に与えた外国語の影響』燃焼社（2010）
- 唐澤一友著『英語のルーツ』春風社（2011）
- 小川芳男編『ハンディ 語源英和辞典』有精堂出版（1993）
- 下宮忠雄・金子貞雄・家村睦夫編『スタンダード英語語源辞典』大修館書店（1989）
- 三浦順治著『スミス英語変遷史』千城出版（1967）
- トニー・オーガード著『英語ことば遊び事典』大修館書店（1991）

- Michael Meier-Brügger 著 "Indo-European Linguistics: An Introduction", De Gruyter （2003）
- James Clackson 編 "Indo-European Linguistics: An Introduction", Cambridge University Press （2007）
- J. P. Mallory 著 "The Oxford Introduction to Proto-Indo-European and the Proto-Indo-European World", Oxford University Press （2006）
- Calvert Watkins 著 "The American Heritage Dictionary of Indo-European Roots, Third Edition", Houghton Mifflin Harcourt （2011）
- Erin McKean 編 "The New Oxford American Dictionary", Oxford University Press （2005）
- Henry George Liddell 著 "Greek-English Lexicon", Oxford University Press （1935）
- Onions 著 "Oxford Dictionary of English Etymology", Oxford Univ Pr （1966）
- Helena Kurzová 著 "From Indo-European to Latin: The Evolution of a Morphosyntactic Type",
   John Benjamins Publishing Company （1993）
- Wilfred Funk 著 "Word Origins: A Classic Exploration of Words and Language", Gramercy （1992）
- Robert K. Barnhart 著 "Barnhart Concise Dictionary of Etymology", Collins Reference （1995）
- Friedrich Kluge 著, Elmar Seebold 編 "Etymologisches Wörterbuch der deutschen Sprache", De Gruyter （2002）
- John Ayto 著 "Dictionary of Word Origins", Arcade Pub （2011）
- Editors of the American Heritage Dictionaries 編 "Word Histories and Mysteries: From Abracadabra to Zeus",
   Houghton Mifflin Harcourt （2004）
- Orrin W. Robinson 著 "Old English and its Closest Relatives: A Survey of the Earliest Germanic Languages", Routledge （2003）
- Donald Ayers 著 "English Words from Latin and Greek Elements", University of Arizona Press （1986）
- Donka Minkova, Robert Stockwell 著 "English Words: History and Structure", Cambridge University Press （2009）
- Francis Katamba 著 "English Words: Structure, History, Usage", Routledge （2004）
- Charles Dunmore, Rita M. Fleischer 著 "Studies in Etymology", Focus （2008）
- Random House 編 "Word Lore: The History of 200 Intriguing Words", Gramercy （2006）
- Pierre Grimal 著 "The Dictionary of Classical Mythology", Wiley-Blackwell （1996）
- Wilhelm Gesenius 著 "Gesenius' Hebrew grammar", Ulan Press （2012）
- Michael S. MacRakis 編 "Greek Letters: From Tablets to Pixels", Oak Knoll Pr （1996）
- W.G. Casselman 著 "Dictionary of Medical Derivations: The Real Meaning of Medical Terms", CRC Press （1998）

等等

Index 索引

字首

B

用語

台灣廣廈 國際出版集團
Taiwan Mansion International Group

國家圖書館出版品預行編目（CIP）資料

英文字源解剖全圖鑑/原島廣至著. -- 初版. -- 新北市：語研學院出版社, 2022.03
　面；　公分
ISBN 978-626-95466-2-6（平裝）
1.CST: 英語 2.CST: 詞源學

805.121　　　　　　　　　　　　　111000462

LA PRESS 語研學院
Language Academy Press

英文字源解剖全圖鑑
第一本左右跨頁完整呈現拉丁語、希臘語的英語起源

作　　者／原島廣至　　　　編輯中心編輯長／伍峻宏・**編輯**／賴敬宗
翻　　譯／劉芳英　　　　　封面設計／張家綺・**內頁排版**／菩薩蠻數位文化有限公司
　　　　　　　　　　　　　製版・印刷・裝訂／皇甫・秉成

行企研發中心總監／陳冠蒨　　線上學習中心總監／陳冠蒨
媒體公關組／陳柔彣　　　　　產品企製組／黃雅鈴
綜合業務組／何欣穎

發　行　人／江媛珍
法律顧問／第一國際法律事務所 余淑杏律師・北辰著作權事務所 蕭雄淋律師
出　　版／語研學院
發　　行／台灣廣廈有聲圖書有限公司
　　　　　地址：新北市235中和區中山路二段359巷7號2樓
　　　　　電話：（886）2-2225-5777・傳真：（886）2-2225-8052

代理印務・全球總經銷／知遠文化事業有限公司
　　　　　地址：新北市222深坑區北深路三段155巷25號5樓
　　　　　電話：（886）2-2664-8800・傳真：（886）2-2664-8801
郵政劃撥／劃撥帳號：18836722
　　　　　劃撥戶名：知遠文化事業有限公司（※單次購書金額未達1000元，請另付70元郵資。）

■出版日期：2022年2月　　ISBN：978-626-95466-2-6
　　　　　2024年6月5刷　　版權所有，未經同意不得重製、轉載、翻印。